Ellen Berg

Das bisschen Kuchen

atb aufbau taschenbuch

Ellen Berg, geboren 1969, studierte Germanistik und arbeitete als Reiseleiterin und in der Gastronomie. Heute schreibt sie und lebt mit ihrer Tochter auf einem kleinen Bauernhof im Allgäu.

Mehr zur Autorin unter www.ellen-berg.de

Niki ist Mitte vierzig, rund und vergnügt. Plötzlich gerät ihre Welt aus den Fugen: Eine untergewichtige Schlange will ihr den Mann abspenstig machen. Niki sieht sich mit der Schicksalsfrage aller Frauen konfrontiert: Bin ich zu dick? Sie beschließt, den Kampf aufzunehmen – und verordnet sich eine Fastenkur am Zürichsee. Trost findet sie dort nicht nur bei ihren schwergewichtigen Leidensgenossinnen, sondern auch bei Leo, einem XXL-Mann, mit dem sich sogar Kuchenentzug überstehen lässt. Und dann ist da noch Mario, ein hocherotischer Masseur. Eins ist klar: Fasten ist der neue Sex! Doch Niki muss mit harten Bandagen kämpfen, um zur wahren Liebe zu finden.

Ellen Berg

Das bisschen Kuchen

(K)ein Diät-Roman

atb aufbau taschenbuch

MIX
Papier aus verantwortungsvollen Quellen
FSC® C083411
www.fsc.org

ISBN 978-3-7466-2827-1

Aufbau Taschenbuch ist eine Marke
der Aufbau Verlag GmbH & Co KG

9. Auflage 2020

Umschlaggestaltung U1berlin, Patrizia Di Stefano
unter Verwendung einer Illustration von © Gerhard Glück
Druck und Binden CPI books GmbH, Leck, Germany
Printed in Germany

www.aufbau-verlag.de

Für alle, die mehr Leichtigkeit in ihrem Leben brauchen.

& für alle die einfach
wunderbar sind

Tag null

»Tut mir leid. Ich fürchte, das Kleid ist einfach zu eng für Sie.«

Die Verkäuferin wirkte nicht so, als ob ihr diese Tatsache größeren Kummer bereitete. Abschätzig musterte sie ihre Kundin, die im gnadenlosen Licht der Umkleidekabine mit einem Stück Stoff kämpfte. Der Kopf war nicht zu sehen, nur zwei stämmige Beine und ein fleischiger Rücken, über dem der offene Reißverschluss auseinanderklaffte. Kein schöner Anblick.

»Aber das ist Größe achtundvierzig!«, japste Niki.

»Eine italienische achtundvierzig«, erwiderte die Verkäuferin schneidend. »Sie bräuchten mindestens eine achtundfünfzig, doch die gibt es nicht bei Dolce und Gabbana. Wir führen hier *Designermode*.«

»Verdammt, helfen Sie mir endlich aus dem Ding raus!«

Niki brach der Schweiß aus. Was für eine Schnapsidee, ausgerechnet in diese elegante Boutique zu stolpern. Sie hätte sich denken können, dass eine Frau wie sie hier nichts finden würde. Eine Frau, die seit Jahren ihre Füße nicht mehr sah, wenn sie an sich herabschaute. Hektisch riss sie an dem Kleid herum.

»Vorsicht! Das Teil kostet tausendzweihundert Euro!«

»Ist mir egal. Hauptsache, ich sehe vor heute Nachmittag das Tageslicht wieder«, giftete es aus dem Stoffknäuel.

In Wahrheit stand Niki unter Schock. Tausendzweihundert Euro für so einen winzigen Fetzen? Sie wagte nicht mehr, sich zu bewegen.

Mit spitzen Fingern zerrte die Verkäuferin an dem kostbaren Seidenkleid, bis Niki darunter zum Vorschein kam, hochrot und völlig verschwitzt. Sie trug ein hautfarbenes Mieder, das ihre üppigen Fleischmassen kaum zu bändigen vermochte. Der Körper schien an den Rändern förmlich überzuquellen, wie ein aufgepopptes Soufflé in einer zu kleinen Form.

Niki fuhr sich durch ihre dunklen Locken. Dann betrachtete sie hasserfüllt das elfenhaft schlanke Wesen, das vor ihr stand. »Sie denken wohl, dass Frauen mit ein paar Rundungen kein Recht auf Ihre sturzblöde *Designermode* haben, was?«, schrie sie. »Das ist diskriminierend! Ich werde mich über Sie beschweren! Und über Dolce und Gabbana!«

Eilig hängte die Verkäuferin das Kleid über einen Bügel und strich es glatt. »Bitte. Wie Sie wünschen.« Sie verzog ihre sorgfältig geschminkten Lippen zu einem schadenfrohen Lächeln. »Kann ich sonst noch etwas für Sie tun?«

»Mir aus den Augen gehen, Sie elender Hungerhaken!«

Mit einem beherzten Ruck zog Niki den Vorhang der Umkleidekabine zu und ihr weiträumiges Mantelkleid in Eintopfbraun an. Wütend knöpfte sie es zu. Sie lebte einfach in der falschen Epoche. Vier Jahrhunderte früher, und man hätte sie als Muse von Rubens gefeiert. Als Vollweib.

Als sinnliche Sensation. Aber in Zeiten von Size Zero blieb ihr nur die Rolle des Freaks. Das Leben war ungerecht.

Eine Minute später stürmte sie hocherhobenen Kopfes aus dem Laden. Sie war den Tränen nahe. »Kauf dir was Schönes«, hatte ihr Mann beim Frühstück gesagt und ihr seine Kreditkarte in die Hand gedrückt. Schließlich war es ihr fünfundzwanzigster Hochzeitstag. Doch es gab nichts Schönes. Nicht für Niki.

Mit einem Schluchzer in der Kehle ging sie an den spiegelnden Schaufenstern entlang. Sie war fünfundvierzig, und sie war kein schlechter Mensch, aber sie musste zugeben, dass sie aussah wie Moby Dick im Trockendock. Was war bloß mit ihr passiert? Sie wusste es nicht. Sie wusste nur, dass sie sich wie schon so oft in ein Kaufhaus schleichen würde, in die Abteilung für Umstandskleider. Dort wurde sie zuweilen fündig. Auch wenn sie aufpassen musste, dass sie nicht wieder ein rosa Hängerchen mit Bärchenaufdruck erwischte.

Schniefend rieb sie sich eine Träne aus dem Augenwinkel. Wenigstens Wolfgang hielt zu ihr. Ihr Mann liebte sie, so wie sie war. Mit jedem Kilo. Das nannte man wahre Liebe. So was kannte die Verkäuferin bestimmt nicht, dieses mickrige Häuflein Haut und Knochen, dass sich vermutlich dreimal am Tag erbrach und ihre einsamen Abende mit einem Salatblatt teilte.

Als Niki den Duft von frisch gebackenem Kuchen erschnupperte, blieb sie unwillkürlich stehen. Hmm. Es roch buttrig und süß. Wie von einer geheimen Macht gesteuert, betrat sie das Café, dem der Duft entströmte. Mit seinen verstaubten Seidenblumengestecken und den dunklen, schweren Eichenmöbeln schien es eher ein Tortenfriedhof für alte Damen zu sein, doch das war Niki egal. Sie atmete schwer. Die entwürdigende Szene in der Boutique saß ihr noch in den Gliedern. Gut, sie warf inzwischen einen Schatten, der an eine Mondfinsternis grenzte. Aber hatte sie nicht auf den Schreck eine kleine Belohnung verdient? Das bisschen Kuchen.

Am Tresen wählte sie ein Stück Cappuccinotorte und zwei Mandelhörnchen aus. Dazu bestellte sie einen extragroßen Latte Macchiato. Dann verzog sie sich in eine ruhige Ecke. Sobald das herrlich sündige Zeug vor ihr stand, waren alle Bedenken verflogen. Was gab es Besseres als den sahnigen Geschmack von Cappuccinotorte auf der Zunge? Was konnte befriedigender sein als das tiefe Behagen, die letzten Krümel eines Mandelhörnchens mit einem großzügig gesüßten Schluck Latte macchiato runterzuspülen?

Essen ist der neue Sex, sagte Niki immer. Allerdings verschwieg sie lieber, dass es die einzige Variante von Sex war, die ihr geblieben war. Wolfgang hatte sie seit Jahren nicht mehr angerührt. Aber war das nicht normal, nach zweieinhalb Jahrzehnten Ehe und einer erwachsenen Tochter? Es war doch viel wichtiger, dass sie eine wunderbare Freundschaft verband. Wenn sie zusammen im Bett lagen und fernsahen, Niki mit einer Tafel Schokolade und ihr Mann mit seinem Laptop, fehlte ihnen nichts zum Glück. Wirklich nicht.

Sie schob die leeren Teller von sich. Lecker. Doch richtig

rund war die Sache noch nicht. Sie dachte kurz nach, dann orderte sie eine Mousse-au-Chocolat-Schnitte. Das Zeug war köstlich. Sogar eindeutig besser als Sex, wenn sie sich an die zwar angenehmen, aber auch schweißtreibenden Leibesübungen am Anfang ihrer Ehe erinnerte. Echte Leidenschaft spürte sie mittlerweile nur, wenn die Geschmacksknospen ihrer Zunge stimuliert wurden. Zum Beispiel von den feinen Aromen einer Käsesahnetorte.

Sie leckte sich die Lippen. O ja. Eigentlich konnte sie noch ein Stückchen Käsesahne vertragen. Kalorien hin oder her, darauf kam es jetzt auch nicht mehr an. Eilig winkte sie die Kellnerin heran und bestellte Nachschub.

Die Käsesahne war eine Offenbarung. Ein Hauch von Creme auf federleichtem Biskuit, abgeschmeckt mit einem Spritzer Zitrone. Der Wahnsinn. Zufrieden lehnte sie sich zurück. Was sich Wolfgang wohl für den Abend ausgedacht hatte? Ob er sie in ihr Lieblingsrestaurant ausführen würde? Ja, ganz bestimmt. Ihr herzensguter Gatte wusste doch, was sie wollte: schlemmen bis zum Pupillenstillstand, eine Flasche Wein und zum Dessert ein, zwei Amaretto. Diese Vorstellung hob ihre Stimmung weiter an. Nur, dass sie immer noch nichts anzuziehen hatte.

Niki zahlte und machte sich auf zum Kaufhaus ihres Vertrauens. Es lag in einer etwas heruntergekommenen Fußgängerzone, jenseits der glamourösen Einkaufsmeile. Das Pflaster war vermüllt, und die Leute, die an ihr vorbeihasteten, sahen nicht so aus, als ob sie Designermode in Übergrößen vermissten.

Sie wollte gerade das Kaufhaus betreten, als sie wie vom Blitz getroffen stehenblieb. Starr vor Entsetzen blinzelte sie in die Morgensonne. Was war das? Es dauerte ein wenig, bis ihr Verstand begriff, was ihre Augen sahen. Dort drüben schlenderte Wolfgang entlang – und er war nicht allein. Nun traf es sie mit der Wucht eines Erdbebens, sie taumelte einen Schritt rückwärts. Wolfgangs Hand lag auf der Schulter einer Frau, die ihn verzückt anlächelte. Sie war jung. Sie war hübsch. Sie war DÜNN!

Nikis Beine knickten ein. Instinktiv klammerte sie sich an den nächstbesten Arm. Er gehörte einem älteren Herrn in einem steingrauen Popelinemantel, dessen spärliches weißes Haar nach allen Seiten abstand.

»So früh am Morgen, und schon betrunken!«, schimpfte er. »Lassen Sie mich gefälligst los!«

Doch Niki musste sich festhalten, sonst wäre sie mit Getöse zu Boden gegangen. Verzweifelt krallte sie ihre Finger in den Mantelstoff und schloss die Augen. Sie hatte genug gesehen. Oder war es nur eine Halluzination gewesen? Als sie die Augen wieder öffnete, schmolz ihre letzte Hoffnung dahin wie ein Nougat-Eclair in der Mikrowelle. Wolfgang war stehengeblieben und küsste die junge Frau. Eng presste sie sich an ihn, während seine Hände zu ihrem kleinen, runden Po wanderten.

Niki dagegen presste sich an einen wildfremden Herrn aus der Abteilung rüstiger Rentner. Vergeblich versuchte er, die schwergewichtige Frau abzuschütteln, die an ihm hing wie ein Koala am Eukalyptusbaum.

»Haben Sie eigentlich noch einen letzten Rest Selbstachtung?«, blaffte er.

»Ist mir gerade abhandengekommen«, schluchzte Niki.

Dann ließ sie den älteren Herrn los und rannte davon, so schnell sie konnte. Blind vor Tränen erreichte sie ihren Wagen. Es war alles aus.

Wie durch ein Wunder landete Niki unfallfrei im Carport ihres adretten Einfamilienhauses. Sie hatte ein paar rote Ampeln überfahren und nur um Haaresbreite eine antriebsschwache Rentnerin verfehlt, die in Zeitlupe einen Zebrastreifen überquerte. Wie sie alles hasste! Wolfgang. Seine Geliebte. Am meisten aber sich selbst.

Nachdem sie ausgestiegen war, blieb sie einen Moment lang stehen. Voller Bitterkeit betrachtete sie das Haus, das so viele Jahre ihr Daheim gewesen war, ihre Burg, ihr warmes Nest. Der zweistöckige Bau lag auf einer kleinen Anhöhe, umgeben von einem anmutig verwilderten Garten mit blühenden Büschen und alten Obstbäumen. Die grüngestrichenen Fensterläden, die strahlend weiß verputzten Mauern und das weit heruntergezogene Ziegeldach verliehen dem Haus jene Gemütlichkeit, die Niki vom ersten Augenblick an angezogen hatte. Hier hatte sie mit Wolfgang alt werden wollen. Vorbei.

Während ihr Ströme von Tränen über die Wangen liefen, schloss sie die Haustür auf, lief ins Wohnzimmer und warf sich auf die Couch. Hemmungslos weinte sie in ein Sofakissen. Was hatte sie denn erwartet? Dass ein attraktiver Mann wie Wolfgang allen Ernstes eine Vollfettstufe liebte? Ausgerechnet Wolfgang, der regelmäßig ins Fitnessstudio ging und eine Figur besaß, auf die selbst Brad Pitt neidisch gewesen wäre?

Es gibt Situationen im Leben, in denen man eine gute Freundin braucht. Glücklicherweise hatte Niki gleich mehrere gute, na ja, ziemlich gute Freundinnen. Doch was hätte sie schon zu hören bekommen? Vermutlich liebreiche Sätze wie: »Sieh dich doch an – du hast dich gehen lassen. Hast alles in dich reingestopft, was nicht bei drei im Kühlschrank war. Jetzt bekommst du die Quittung!« Nein, diese Art von Trost konnte sie nun wirklich nicht gebrauchen.

Wenn doch wenigstens ihre Tochter Peggy noch da gewesen wäre. Doch die lebte ihr eigenes Leben und ließ sich nur noch selten zu Hause blicken. Besonders herzlich war das Verhältnis schon länger nicht mehr. Ein, zwei Anrufe im Monat, ab und zu ein Pflichtbesuch, zu mehr reichte es nicht. Peggy war vierundzwanzig und als angehende Juristin äußerst zielstrebig. Eine junge Karrierefrau, im Gegensatz zu ihrer Mutter. Niki war allein. So allein, wie man nur sein konnte.

Wieder stieg das Bild der unerträglich jungen, hübschen und grässlich dünnen Frau in ihr hoch. Es tat verflucht weh. Wer konnte schon wissen, wie lange das bereits lief mit den beiden? Tage? Wochen? Monate? Brutal hieb Niki auf das Sofakissen ein. Ha! Überstunden! Dienstreisen! Der alte Trick! Gut, sie war vielleicht nicht die hellste Lampe am Leuchter, obwohl man ihr einst einen ansehnlichen IQ bescheinigt hatte. Aber wie dämlich musste man eigentlich sein, um einem Mann solche lachhaften Ausreden abzukaufen?

Sie war rettungslos dusslig gewesen, soviel stand fest – blind wie ein Maulwurf und naiv wie eine Vierjährige, die noch an den Weihnachtsmann glaubt. Wenn Wolfgang doch wenigstens etwas gesagt hätte. Aber er hatte sich nie beschwert. Warum war ihr nicht aufgefallen, dass er sich immer seltener zu Hause aufhielt? Warum hatte sie keinen Verdacht geschöpft, als er begann, sie sogar an den Wochenenden allein zu lassen? Daheim auf dem Sofa, wo sie sich einen Liebesfilm nach dem anderen reinzog, gut versorgt mit übergroßen Eiscremebechern? Nachdem sie eine ganze Kleenexschachtel durchgeheult hatte, fasste Niki einen Entschluss. So leicht würde sie sich nicht geschlagen geben. Sie würde um Wolfgang kämpfen. Mit allen Mitteln. Selbst wenn sie dafür, tja, abnehmen musste.

Erschöpft schleppte sie sich ins Badezimmer. Die Wände waren rosa gekachelt, eine Farbe, die sie gegen Wolfgangs Widerstand durchgesetzt hatte, so wie die rosa geblümten Gardinen und die verschnörkelten, goldfarbenen Wasserhähne. Nikis Schuhe flogen in eine Ecke. Dann zog sie ihr Kleid und die teuflisch enge, figurformende Wäsche aus, in der sie aussah wie eine geplatzte Fleischwurst. Todesmutig stieg sie auf die Waage. Das hatte sie seit Menschengedenken nicht mehr getan.

Sie brauchte einen Moment, um die Zahl zu verkraften. Achtundneunzig Kilo. Die Schlagkraft eines linken Hakens hätte kaum vernichtender sein können. *Achtundneunzig Kilo?*

Beklommen stellte sie sich vor den goldgerahmten Spiegel am Fenster, der bis zum Boden reichte. Betrachtete ihre braunen Locken, die grünen Augen, den sinnlich geschwungenen Mund. Eigentlich war sie doch noch ganz ansehnlich. Ihr Blick glitt tiefer. Jetzt nicht mogeln, ermahnte sie sich. Nicht den Bauch einziehen. Und wirklich einmal hinschauen. So genau hatte sie es bisher nämlich gar nicht wissen wollen. Also los. Augen auf und durch.

Was sie sah, ließ sie erschauern. Okay, das Ding war gelaufen. Sie war eine Naturkatastrophe in XXL. Das Ensemble aus Fettpolstern, Speckschürzen und gedellter Haut, das sie sich all die Jahre als Rubensfigur schöngeredet hatte, verursachte ihr nur noch Übelkeit. Sie war eine Karikatur ihrer selbst.

Niki ertrug den niederschmetternden Anblick nicht länger. Sie warf einen Bademantel über und tappte auf nackten Füßen in Wolfgangs Arbeitszimmer. Die Wände waren bedeckt mit Bücherregalen, auf dem Schreibtisch türmten sich Akten und ungeöffnete Briefumschläge. Von wegen Überstunden. Mit eiskalten Fingern klappte sie seinen Laptop auf.

Als Erstes gab sie »Diät« ein. Das meiste kannte sie schon. »Schlank im Schlaf« hatte sich als dreiste Lüge erwiesen – vielleicht auch deshalb, weil sie nie ohne eine Tafel Schokolade ins Bett ging. Die Low-Carb-Diät war an ihrer Vorliebe für Croissants gescheitert, die Veggie-Diät an ihrem Hang zu Schweinshaxen und Königsberger Klopsen.

Nun versuchte sie es mit dem Stichwort »Fettabsaugung«.

Kaum zu glauben, wie viele Kliniken es gab, die diese Verzweiflungstat anpriesen. Aber Niki hatte Angst vor Spritzen und Kanülen. Am Ende saugte man ihr noch sämtliches Gedärm aus dem Bauch. Und dann? Sogar Magenverkleinerungen wurden angeboten. Schauderhaft, einfach schauderhaft.

Zur Abwechslung entschloss sie sich für den schlichten Begriff »abnehmen«. Mit einem sanften Glockenton baute sich die Website eines Hotels auf. An einem malerischen See gelegen, bot es alle erdenklichen Annehmlichkeiten: Luxussuiten mit Whirlpool, eine holzgetäfelte Bibliothek, Wellness bis zum Abwinken. Das Beauty Resort Vitalis am Zürcher See schien das Paradies auf Erden zu sein. Mit einem Schönheitsfehler: das Essen. Darüber schwieg sich die Website nämlich aus. Es war nur von »Ernährungsumstellung«, »entgiften« und »entschlacken« die Rede.

Als Niki die Preisliste anklickte, wurde ihr flau. Ein einziger Tag in diesem Luxusschuppen kostete in etwa so viel wie eine Woche Pauschalurlaub für eine vierköpfige Familie. Sechshundert Euro. Das war Wahnsinn. Wer verbrannte denn so viel Kohle, nur um unter Aufsicht zu hungern?

Sie klappte den Laptop zu und wankte ins Wohnzimmer. Ihr tränengetrübter Blick wanderte über die gemütliche schokoladenbraune Polstergruppe, die Bilder mit gebratenem Federvieh an den Wänden, den Couchtisch, auf dem eine Schale voller Pralinen stand. Keine Frage, sie hatte sich in einen Riesenschlamassel reingefuttert.

Niki horchte in sich hinein. Es war einer der seltenen

Momente in ihrem Leben, in denen es ihr den Appetit verschlagen hatte. Ein ganz, ganz schlechtes Zeichen. Normalerweise hätte sie sich jetzt ein üppiges Mittagessen gegönnt. Eine deftige Nudelsuppe, auf der münzgroße Fettaugen schwammen, ein saftiges Eisbein samt buttrigem Kartoffelbrei und zum Nachtisch Götterspeise mit Vanillesauce, gekrönt von einem Cappuccino und einer Handvoll Pralinen. Zum Teufel mit dem ganzen Zeug!

Mit einem gezielten Fußtritt kickte sie die Schale vom Tisch, und die Pralinen kullerten über den Teppich. In diesem Augenblick piepste ihr Handy. Die SMS kam von Wolfgang.

Bestell schon mal einen Tisch im Vittorio.
Und das Zehn-Gänge-Menü für zwei. Wird
leider etwas später. Komme nicht vor neun.
Freu mich ganz doll auf dich!

Nicht vor neun? Selbst heute, an ihrem Hochzeitstag, gab er dieser halbverhungerten Schlampe den Vorzug? Niki schleuderte das Handy in den Kamin, wo es in einem Haufen kalter Asche versank.

»Der Teilnehmer ist leider nicht erreichbar«, flüsterte sie.

Dann begann sie zu packen.

Am Flughafen war die Hölle los. Jetzt, am frühen Abend, strömten lauter gutaussehende Menschen in Businesskleidung aus den Fliegern und strebten dem trauten Heim zu. Das Niki nicht mehr hatte. Und vielleicht nie wieder haben würde. Sie schluckte. Neiderfüllt betrachtete sie die vielen schlanken Frauen mit Attacheköfferchen, die figurbetonte Kostüme trugen und auf hohen Hacken durch die Menge stöckelten.

Irgendetwas hatte sie falsch gemacht. Gründlich falsch. Warum war sie nicht eine dieser rasend attraktiven Frauen? Warum saß sie hier in einem sackartigen rosa Gebilde mit Bärchenaufdruck, die geschwollenen Füße in klobigen Gesundheitsschuhen?

Der Wartebereich vor ihrem Gate war angefüllt mit ernst dreinschauenden Herren, die auf ihren Laptops herumhackten oder lauthals telefonierten. Niemand würdigte sie eines Blickes. Sie war unsichtbar, eine tranige Matrone, der niemand Beachtung schenkte. Unruhig rutschte sie auf dem unbequemen grauen Schalensitz hin und her.

»Der Flug drei-zwei-neun-acht nach Zürich ist nun zum Einsteigen bereit«, ertönte eine Stimme aus den Lautsprechern.

Niki zuckte zusammen. Das war ihr Flug. Sie war noch nie in Zürich gewesen und hatte keinen blassen Schimmer, was sie dort erwartete – abgesehen von Whirlpools, Wellness und einer holzgetäfelten Bibliothek. Sie zögerte. Sollte sie wirklich losfliegen?

Der Gedanke daran, wie skrupellos sie Wolfgangs Kreditkarte gequält hatte, machte ihr ein schlechtes Gewissen. Ein billiger Flug war so kurzfristig nicht zu haben gewesen. Das Erste-Klasse-Ticket und die Anzahlung für vier Wochen Hotelaufenthalt hatten ein Vermögen verschlungen.

Sie gab sich einen Ruck. Nicht sie, Wolfgang war es, der gefälligst ein schlechtes Gewissen haben sollte. Ciao, du Mistkerl, dachte sie grimmig. Verschlucken sollst du dich an deiner halben Portion. Wenn ich in vier Wochen wiederkomme, schlank wie eine Tanne, wirst du mich um Gnade anbetteln. Diese wundervolle Vorstellung verlieh ihr die nötige Energie, um aufzustehen und sich in die Schlange der einsteigenden Passagiere einzureihen.

Das Innere des Flugzeugs erwies sich als Herausforderung. Peinlich berührt, betrachtete Niki ihren Sitz, der offensichtlich für Kleinstkinder gedacht war. Wie um Himmels willen sollte sie da hineinpassen? Die Herren rechts und links von ihr sahen sie vorwurfsvoll an, als sie sich auf den Mittelplatz quetschte. Keiner von ihnen sagte ein Wort, kein »Hallo«, kein »Guten Abend«. Der smarte Typ im dunkelblauen Anzug zur Rechten zog lediglich eine Augenbraue hoch.

Sie hüstelte nervös. Das ging ja gut los. Die Armlehnen schnitten tief in ihren Rippenspeck, und sie musste ihre umfangreichen Schenkel fest zusammenpressen, um nicht die Hosenbeine ihrer Sitznachbarn zu berühren. Niki rechnete fest damit, dass eine der überirdisch dünnen Stewardessen sie in der nächsten Sekunde rauswerfen würde. Schon meinte sie die Ansage zu hören: »Aufgrund des enormen Übergewichts einer Passagierin kann das Flugzeug leider nicht abheben. Wir bitten daher Frau Annika Michels, umgehend auszusteigen.«

Doch nichts geschah, außer dass die beiden Herren demonstrativ von ihr abrückten. Waren sie etwa angewidert?

Sahen sie ein Monster in ihr? Niki versuchte, sich klein zu machen. Ein Ding der Unmöglichkeit. Eng legte sie die Arme an den Körper und zog die Schultern hoch.

Wann war sie eigentlich das letzte Mal geflogen? Schwach erinnerte sie sich an eine Reise nach Spanien. Es war Lichtjahre her. Auf jeden Fall hatte der allgemeine Schlankheitswahn dazu geführt, dass die Sitze mittlerweile auf Bonsaiformat geschrumpft waren. Ein klarer Fall für die Menschenrechtskommission der UNO.

Das Brummen der Turbinen wirkte wohltuend einschläfernd. Sie war fast eingenickt, als eine Stewardess ihr ein heißes Tuch reichte. Dankbar rieb sie sich die Hände damit ab, dann den Nacken. Sie schwitzte. Sie schwitzte eigentlich immer. Lag das etwa am Übergewicht? Darüber hatte sie noch nie nachgedacht. Verstohlen spähte sie zu den beiden Herren, die sich in ihre Zeitungen vertieft hatten. Bemerkten sie überhaupt, dass Niki eine Frau war? Eine Frau aus Fleisch und Blut, die so gern einen einzigen freundlichen Blick bekommen hätte?

Noch nie war sie allein verreist. Wie sehr sie Wolfgang vermisste! Säße er doch jetzt neben ihr, dann wäre alles gut. Er würde ihr die Hand auf den Arm legen, und sie würde seine Wange streicheln, wie er es gern hatte. Stattdessen saß sie mutterseelenallein im Flieger, ohne männlichen Beistand, während Wolfgang – nicht mal dran denken!

Dabei hatte alles so romantisch angefangen, damals, als sie ihn kennengelernt hatte. Es war im Supermarkt gewesen, an der Käsetheke. Eigentlich kein romantischer Ort, doch als Wolfgang sich neben sie stellte, mit dem hungrigen Blick eines kulinarisch unterforderten Junggesellen, war es um Niki geschehen. Sie hatte ihm einen aromatischen Bergkäse empfohlen, dazu Feigensenf und ein Früchtebrot. Als sie mit ihren Tüten den Supermarkt verließen, hatte er sie zu sich nach Hause eingeladen. Dort hatten sie zuerst den Käse verspeist und dann einander. Von der ersten Minute an war klar gewesen, dass sie zusammengehörten und immer zusammenbleiben würden. Liebe auf den ersten Blick, ja, so etwas gab es wirklich.

»Etwas zu trinken, die Dame?« Die Stewardess hielt Niki ein Tablett mit Champagnergläsern hin.

Niki griff zu. »Und, äh, bekommt man hier auch was zu essen?«

Die Köpfe ihrer Sitznachbarn wandten sich ihr ruckartig zu. Niki versank vor Scham. Man musste kein Hellseher sein, um die Gedanken ihrer Mitreisenden zu lesen: Fett wie ein Krapfen, und denkt nur ans Essen.

Sie räusperte sich. »Ich meine, nicht, dass ich Hunger habe, ich frag nur so.«

Dabei hatte sie seit ihrer Kuchenorgie keinen Bissen zu sich genommen. Ihr Magen war ein riesiges schwarzes Loch im unendlichen Universum ihres Körpers.

Die Stewardess verzog keine Miene. »Selbstverständlich servieren wir in der Ersten Klasse ein Dinner, sobald die Anschnallzeichen erloschen sind. Sie haben die Wahl zwischen Zanderfilet an Lachsschaum, Hühnchen in Weißweinsauce und Bœuf Bourguignon.«

Die Herren feixten. Niki sah es genau. Sie straffte ihre Schultern. Denen würde sie es zeigen. Sie war rund, na und? Sie konnte eben genießen, im Gegensatz zu den hohlwangigen Elendsgestalten mit Streichholzärmchen, die diesen Typen gefielen.

»Zander, Hühnchen, Bœuf Bourguignon – ich nehme an, das sind die Vorspeisen«, flötete sie. »Ich hätte sie gern alle drei. Und was ist der Hauptgang?«

Es war schon dunkel, als die Maschine hart aufsetzte. Niki rieb sich die Augen. Sie hatte fest geschlafen, nachdem sie die lachhaft winzigen Portionen des Menüs eingeatmet hatte. Stöhnend befreite sie sich aus der Zumutung, die diese Airline Sitz nannte.

»Einen schönen Abend noch«, sagte sie zuckersüß zu ihren Sitznachbarn. »Hoffentlich bekommen Sie daheim was Anständiges zu essen.«

Während sie am Gepäckband auf ihren Koffer wartete, fischte sie einen Zettel aus ihrer Handtasche und las die darauf gekritzelte Adresse. Beauty Resort Vitalis, Seestraße 33. Was erwartete sie dort? Ein Einlauf zur Begrüßung und Sit-ups bis zum Morgengrauen? Worauf hatte sie sich bloß eingelassen?

Als sie wenig später am Taxistand auf einen freien Wagen wartete, fiel ihr eine Frau auf, die es an Leibesfülle locker mit ihr aufnehmen konnte. Sie war massig wie ein Sumoringer und trug einen weinroten Jogginganzug, der jeden einzelnen Wulst ihrer unförmigen Gestalt betonte. Darüber hatte sie eine viel zu kleine schwarze Lederjacke gezogen. Das pechschwarz gefärbte Haar und der lila geschminkte Mund vervollständigten den Eindruck, dass hier ein weiblicher Vollproll unterwegs war.

Die Frau stand etwas entfernt in der Warteschlange, doch plötzlich hob sie ihre prall gefüllte Plastiktüte an und drängelte sich zu Niki durch.

»Sagen Sie nichts, Sie rosa Nilpferd«, legte sie los. »Sie wollen ins Vitalis, so wie Sie aussehen. Stimmt's?«

Sprachlos stand Niki da. Was war denn das für eine Unverschämtheit? Und woher wusste diese unmögliche Person, was sie vorhatte?

»Nun klapp mal deinen Kiefer zu«, sagte die Frau. »Ich bin Walburga. Wir können uns gleich duzen, das machen am Ende sowieso alle. Ich fahr schon zum dritten Mal in die Folterkammer. Und du? Zum ersten Mal hier? Egal, wir können uns das Taxi teilen.«

Kalte Wut kroch in Niki hoch. »Ich mache einen – Wanderurlaub in der Schweiz«, sagte sie abweisend. »Und ich wüsste nicht, wieso …«

»Lass mal stecken«, wiegelte die Frau ab, die ungefähr in Nikis Alter sein mochte. »Geschätzte hundert Kilo Lebendgewicht wandern nicht. Sie rollen höchstens die Berge runter. Komm schon, Notfälle wie wir müssen zusammenhalten!«

In diesem Moment hielt ein freies Taxi neben Niki. Walburga stieß einen gellenden Pfiff aus, hob ungefragt Nikis Koffer an und wuchtete ihn zusammen mit ihrer Plastiktüte in den Kofferraum. Dann zwängte sie sich auf den Rücksitz.

»Hallo, fertig zum Schwertransport!«, rief sie Niki zu. »Oder willst du warten, bis dich morgen früh der Putztrupp aufwischt?«

Widerstrebend setzte sich Niki neben sie. Walburga nannte dem Fahrer die Adresse, und schon schoss das Taxi davon. Niki sah schweigend aus dem Fenster. Sie hatte beschlossen, das Grauen in Menschengestalt neben sich abgrundtief zu hassen. Woher hatte diese Person überhaupt so viel Geld, dass sie sich das Vitalis leisten konnte? Banküberfall? Mafia? Drogen? Alles schien möglich.

Aus dem Augenwinkel beobachtete sie, wie Walburga eine Tafel Schokolade aus ihrer Lederjacke holte und ihre Zähne hineingrub.

»Henkersmahlzeit«, sagte sie kauend. »Willst du auch was?«

Entrüstet wehrte Niki ab. »Auf keinen Fall. Schon mal was von Ernährungsumstellung gehört?«

Dabei lief ihr das Wasser im Mund zusammen. Es war genau die Sorte Schokolade, der sie nicht widerstehen konnte. Vollmilch mit ganzen Haselnüssen. Ein Brüller.

»Ich hab einen ganzen Vorrat dabei«, verkündete Walburga. Das letzte Stückchen Schokolade verschwand zwischen ihren lila bemalten Lippen wie eine Maus im Rachen eines Löwen. »Kannst jederzeit drauf zurückkommen, Dummerchen.«

Dummerchen? Jetzt wurde es Niki zu viel. »Nur fürs Protokoll: Ich habe einen ziemlich hohen IQ.«

Walburga zuckte die Schultern. »Davon wird die Küche auch nicht sauber.«

Eine feindselige Stille trat ein, während Niki sich vornahm, Walburga in den kommenden vier Wochen konsequent zu schneiden. Die jedoch schien völlig resistent gegen Nikis unnahbare Haltung zu sein.

»Schätzchen, sei froh, dass du mich getroffen hast. Sonst wärst du komplett ahnungslos beim Erstkontakt. Nimm dich in Acht vor Doktor Mannheimer. Der ist Hardcore. Er hat beim Mossad trainiert. Wenn er dich beim heimlichen Essen erwischt, erledigt er dich notfalls auch mit einem Knopf seines Arztkittels. Geh lieber zu Frau Doktor König, die ist ein Cremeschnittchen und drückt auch mal ein Auge zu.«

Niki fixierte einen unsichtbaren Punkt an der Frontscheibe.

»Vorsicht beim Shiatsutrainer«, setzte Walburga ihre ungebetenen Erläuterungen fort. »Mario hat mehr Sex im kleinen Finger als George Clooney in der Hose.« Sie grinste. »Es sei denn, du stehst auf die schnelle Nummer. Er hat mich mal ins Koma massiert. Als ich aufwachte, lag er auf mir. ›Du denkst doch nicht ernsthaft über einen Quickie nach?‹, fragte ich. Und er: ›Hab ich schon. Das Ergebnis war positiv.‹«

Entgeistert sah Niki Walburga an. Auch der Fahrer schenkte ihr mittlerweile mehr Aufmerksamkeit als dem Straßenverkehr.

»Hey«, lachte Walburga. »So was ist gut fürs Immunsystem. Dicke Frauen haben zu wenig Sex. Das ist bekannt.«

Niki fand es erschreckend, dass Walburga solche Sachen wusste. Sie war nicht prüde, aber Walburgas lose Sprüche gingen ihr gewaltig auf die Nerven.

»Ich will kein Sexabenteuer, nur abnehmen«, sagte sie kalt. »Entschlacken und entgiften. Das ist alles.«

Kopfschüttelnd holte Walburga eine zweite Tafel Schokolade heraus. »Träum weiter. Das Vitalis wird dein Leben verändern. Und zwar komplett.«

Niki kniff die Lippen aufeinander. Sie wollte kein anderes Leben. Sie wollte Wolfgang zurückhaben. Und dann sollte alles wieder so sein wie früher. Tapfer schluckte sie ihre Tränen hinunter.

Die Website hatte nicht zu viel versprochen. Das Beauty Resort Vitalis verströmte schon von weitem den gediegenen Luxus eines klassischen Grandhotels. Der mehrstöckige Bau mit schlanken weißen Säulen lag direkt am Wasser, in einem weitläufigen Park, der mit bunten Glühbirnen illuminiert war. In der Ferne ließen blinkende Lichter das gegenüberliegende Ufer des Sees erahnen.

Im Schritttempo fuhr das Taxi über den knirschenden Kies der Auffahrt, bis es vor dem hellerleuchteten Eingang hielt. Zwei beleibte Frauen in extravaganten Cocktailkleidern standen dort und hielten Wasserflaschen in den Händen, offenbar das angesagteste Accessoire der hiesigen Diätszene. Neugierig musterten sie die Neuankömmlinge, die sich aus dem Taxi schraubten.

Niki hatte alles in ihren Koffer geworfen, was ihr gerade noch passte. Viel war es nicht: farbenfrohe Frotteekittel, die sie vornehm »Hauskleider« nannte, T-Shirts, in denen ganze Großfamilien Platz gefunden hätten, fluffige Umstandshosen mit Gummizug. Eine Garderobe, die diesen Namen verdiente, besaß sie schon lange nicht mehr. Von Cocktailkleidern ganz zu schweigen.

»Die beiden Doppelrahmschnecken da sind Dauerkunden«, flüsterte Walburga und nickte den Frauen zu. »Tamara und Alexis, voll die Diätjunkies. Jojo de luxe. Sobald sie ein paar Gramm abgespeckt haben, geht's ab in die Fresstempel – um schwuppdiwupp wieder hier zu landen. So wie ich. Willkommen im Club.«

Nein, so hatte sich Niki das nicht gedacht. Vier Wochen mussten reichen, um aus ihr jene begehrenswerte Frau zu machen, die sie einmal gewesen war. Für Wiederholungen fehlte es schlicht an Geld. Die Hypothek des Einfamilienhauses war noch nicht abbezahlt, sie sparten auf ein neues Auto. Und sie hatte keine Lust, dereinst mit Wolfgang auf dem Campingplatz zu nächtigen, nur, weil sie sich nicht beherrschen konnte.

»Siebzig Franken, die Damen«, rief der Taxifahrer ungeduldig.

Sie legten zusammen, nahmen ihr Gepäck und stapften in die Lobby. Alles hier war überirdisch elegant. Dicke, dezent gemusterte Teppiche lagen auf dem weißen Marmorboden. Überall standen Palmen in silbernen Kübeln, zartgrüne, weiche Couchen luden zum Verweilen ein. An einem weißen Flügel saß ein Pianist und klimperte Wohlfühlmusik.

Niki fühlte sich völlig fehl am Platz. Diese Welt kannte sie nicht. Wenn sie überhaupt mal mit Wolfgang verreiste, logierten sie in preiswerten Mittelklassehotels, wo sie nicht weiter auffielen. Dies hier war eine glänzende Bühne, auf der Niki nicht mal als Statistin vorgesehen war. Unsicher ging sie hinter Walburga her, die den Empfangstresen ansteuerte. Die jungen Mädchen dahinter trugen bunte Dirndl und waren so gut trainiert, dass sie noch nicht einmal aufhörten zu lächeln, als Walburga ihre Plastiktüte auf den Tresen knallte.

»'n Aaabend. Na, alles frisch in der Bluse?«

»Grüezi miteinand'«, erwiderte eine magere Rothaarige, in deren knochigem Dekolleté eine Edelweißkette baumelte. »Ich hoffe, Sie hatten eine angenehme Anreise.«

»Nee.« Walburga kratzte sich ungeniert am Kopf. »Flieger verspätet, nur ein paar eklige Chips in der Holzklasse, runde Füße vom Druckabfall in der Kabine. Walburga Maletzke. Und? Bekomme ich wieder mein Zimmer mit Seeblick?«

Das Mädchen klickte in ihrem Computer herum. »Wir sind leider ziemlich ausgebucht. Zum See hin ist nur noch ein Doppelzimmer frei. Ich kann Ihnen ein Einzelzimmer zum Hof anbieten.«

»Damit ich eine fette Depression kriege?« Walburga stampfte mit dem Fuß auf. »Einzelzelle zum Hof, ohne Sonne, ohne Spaßfaktor? Kommt nicht in den Sack.« Sie warf einen schnellen Blick auf Niki. »Was ist mit ihr? Kriegt sie auch so eine miese Besenkammer?«

Das Lächeln des Mädchens gefror. »Wir verfügen ausnahmslos über sehr hübsche Zimmer.«

»Hübsch ist was anderes«, schnaubte Walburga. »Pass mal

auf, du kleiner Mistkäfer, wir zwei Grazien nehmen das Doppelzimmer, und aus die Maus.«

Niki hatte der Unterhaltung mit wachsender Panik zugehört. »Wir?«, stieß sie hervor. »Es gibt kein Wir. Lieber nehme ich eine Wäschekammer im Keller, als mit der da ein Zimmer zu teilen.«

Walburga zwinkerte der Tresenkraft zu. »Ist 'ne total verpeilte Torte. Na, schön. Sie halten uns das Doppelzimmer noch ein paar Tage frei, ja? Falls Prinzessin es sich anders überlegt.«

Da kannst du lange warten, dachte Niki. Sie reichte dem Mädchen ihre Kreditkarte. »Ich würde den Rest gern sofort bezahlen.«

Weil ich nicht weiß, wann Wolfgang die Kreditkarte sperrt, fügte sie in Gedanken hinzu. Er wird vor Wut in den Schreibtisch beißen, wenn er merkt, dass sein Hochzeitstagsgeschenk den Wert eines funkelnagelneuen Autos erreicht hat.

»Selbstverständlich.« Das Mädchen angelte sich die Kreditkarte und zog sie durch die Maschine. »Ich wünsche Ihnen einen erfolgreichen Aufenthalt, Frau Michels.«

Während Niki die Quittung unterschrieb, schob ihr die Angestellte eine Plastikhülle mit eng bedruckten Zetteln über den Tresen.

»Ihr Anwendungsplan. Bitte melden Sie sich morgen früh um viertel nach sieben bei Herrn Doktor Mannheimer zur Anfangsuntersuchung. Nüchtern.«

Doktor Mannheimer? War das nicht der gefährliche Finsterling? Walburga verzog höhnisch den Mund. Aber Niki hatte zu viel Stolz, um nach der netten Ärztin zu fragen. Sie nahm die Schlüsselkarte in Empfang, schnappte sich ihren Koffer und floh, bevor Walburga ihr einen frechen Spruch hinterherschicken konnte.

Als Niki ihr Zimmer gefunden hatte, sank ihr ohnehin niedriger Wohlfühlpegel unter null. So beeindruckend das Hotel auch von außen wirkte, dieses enge Gelass war eine einzige Frechheit. Ein Bett, ein Sessel, ein Beistelltisch und ein Kleiderschrank verteilten sich auf geschätzte zwölf Quadratmeter. Da halfen auch die hellgrünen Seidentapeten und der kostbare Kronleuchter nichts. Das Badezimmer war eng wie eine Telefonzelle. Selbst lebenslänglich verurteilte Raubmörder hatten mehr Platz als ein Vitalis-Gast, dem das nötige Kleingeld für eine Suite fehlte.

Sie holte zwei gerahmte Fotos aus dem Koffer und stellte sie auf das Tischchen. Auf einem lächelte ihr Wolfgang entgegen, auf dem anderen ihre Tochter Peggy. Dann überlegte sie es sich anders und verbannte Wolfgang zurück in den Koffer. Sein selbstgefälliges Erobererlachen war schwer zu ertragen. Es hatte ihm immerhin ein außereheliches Testosteronhoch verschafft, das Niki soeben die dunkelsten Stunden ihres Lebens bescherte.

Morgen würde sie sich bei ihm melden. Oder übermorgen. Sie würde sich schön Zeit lassen. Es schadete überhaupt nicht, wenn er ein bisschen vor sich hin schmorte. Sollte er doch glauben, sie sei auf offener Straße an einem Hamburger erstickt. Oder man hätte sie in einen orientalischen

Harem verschleppt, wo Kingsize-Frauen als ultimativer erotischer Kick galten.

Seufzend dachte sie an den Mann, mit dem sie fünfundzwanzig Jahre ihres Lebens verbracht hatte. Wolfgang bedeutete ihr alles. Ein Leben ohne ihn war schlicht nicht vorstellbar. Sicher, im Bett lief nichts mehr, aber das würde sich ändern. Sie erinnerte sich noch gut daran, wie sehr sie seine Nähe genossen hatte, seine Hände auf ihrem Busen, seine zärtlich gemurmelten Worte an ihrem Ohr. Und wie schön es gewesen war, in seinen Armen einzuschlafen.

Niki stülpte sich das lächerliche rosa Hängerchen über den Kopf und setzte sich aufs Bett. Achtundneunzig Kilo. Um bei einer Größe von einem Meter vierundsechzig auch nur entfernt an eine leichtfüßige Gazelle zu erinnern, musste sie sich halbieren. Diese Erkenntnis war so schockierend, dass sie dringend einen Amaretto brauchte. Sie stand auf und öffnete die Minibar. Doch die war nur randvoll mit Wasserflaschen.

Ärgerlich trat Niki die Tür der Minibar zu. Wenn sie jetzt daheim gewesen wäre, hätte sie sich einen schönen Rotwein eingeschenkt und sich mit einer Schachtel Pralinen aufs Sofa gelegt. Dann hätte sie einen Liebesfilm mit sicherem Happy End eingeworfen und einen gemütlichen Couchabend verbracht. Sehnsuchtsvoll dachte sie an ihr Zuhause. Abgesehen von den unguten Entwicklungen, was Wolfgang betraf, hätte sie sich über nichts den Kopf zerbrechen müssen. Im Kühlschrank warteten stets ausgesuchte Köstlichkeiten auf sie. Der Gedanke daran, dass sie jetzt einen frischgebackenen Apfelkuchen mit Vanilleeis essen könnte, brachte sie fast um den Verstand.

Sie trat ans Fenster, doch die Aussicht auf den trübseligen Innenhof voller Mülltonnen machte alles nur noch schlimmer. Sie hatte Hunger. Sie wollte einen Amaretto. Das Zimmer war eine Katastrophe, ihre Ehe vorläufig am Ende. Ein schreckliches Schicksal hatte beschlossen, sie heimzusuchen. Und sie konnte nicht mal eine Freundin anrufen – ihr Handy lag unter einer dicken Schicht Asche daheim im Kamin.

Tag eins

Als der Morgen graute, war Niki am Ende. Die Nacht war ein Desaster gewesen. Schweißnass hatte sie sich auf dem Bett hin und her gewälzt wie ihr eigener Alptraum. Der Anblick von Wolfgang und seiner Geliebten hatte sich so unauslöschlich in ihre Netzhaut gefräst wie ein Brandzeichen auf das Fell einer Kuh. So ein Schuft. Leider liebte sie diesen Schuft.

An Schlaf war sowieso nicht zu denken gewesen. Vom Innenhof drangen unablässig Geräusche ins Zimmer: rumpelnde Waschmaschinen, klappernde Mülltonnen, Autos, die mit aufheulenden Motoren einparkten und wegfuhren. Aber sie hatte nun einmal die unterste Kategorie gebucht. Da konnte man keinen schalldichten Ballsaal erwarten.

Fast wäre sie schwach geworden und hätte die Rezeption angerufen, um doch noch das Doppelzimmer zu verlangen. Unglücklich mit Seeblick war immer noch besser als deprimiert im Wohnklo. Die Erinnerung an Walburgas prolligen Dampframmenstil hatte sie jedoch davon abgehalten. Wenngleich eine Tafel Schokolade aus Walburgas Vorrat hilfreich beim Einschlafen gewesen wäre …

Missmutig hievte Niki ihren müden Körper aus dem Bett. Sie duschte und zog den weißen Hotelbademantel über, auf dem in Hellgrün der Schriftzug »Beauty Resort Vitalis« eingestickt war. Dann wählte sie ein Paar ausgelatschte Badeschlappen und machte sich auf die Suche nach dem Speisesaal. Ein Mordshunger beutelte sie. Sie hätte töten können für ein Marmeladenbrötchen. Und für Rühreier mit Rostbratwürstchen hätte sie ohne mit der Wimper zu zucken eine mittlere Kleinstadt ausgelöscht.

Auf den Gängen war bereits Betrieb wie in der Fußgängerzone zur Weihnachtszeit. Übernächtigte Gestalten in Bademänteln schlichen Schulter an Schulter die Flure entlang. Niki folgte ihnen und gelangte zu einem großen zitronengelb gestrichenen Raum mit weiß gedeckten Tischen. Von den Stuckdecken baumelten riesige Kristalllüster, an den Wänden hingen buntfarbige Landschaftsgemälde. Die Fensterfront gewährte eine beeindruckende Aussicht auf den See, der im Morgenlicht glitzerte. Ein paar Segelboote glitten über die spiegelglatte Wasserfläche, die mit der Sonne flirtete.

Sofort besserte sich ihre Laune. Früüühstück!, jubilierte es in ihr. Nach allem, was sie über Diäten wusste, durfte man morgens zulangen, bis die Schwarte krachte. Erst abends blühte einem eine Qual namens Dinner Cancelling, wie sie bei ihren ausgedehnten Recherchen im Internet erfahren hatte. Aber etwas fehlte hier. Niki kam nicht gleich drauf. Dann begriff sie: kein Kaffeeduft, kein Duft frischer Brötchen. Es roch eher nach Krankenhaus, eine Mischung aus Desinfektionsmitteln, Verzweiflung und Kamillentee.

Voller Bedauern dachte Niki an die knusprigen Croissants, die sie jeden Morgen vom Bäcker holte, an die selbstgekochten Marmeladen, die brutzelnden Eier, die Wildschweinsalami, den Schinken, die Baguettes. Bei der Vorstellung, wie zu Hause dampfender Cappucino aus der italienischen Kaffeemaschine zischte, war ihr zum Weinen zumute.

Entkräftet hockte sie sich an den nächstbesten Tisch und schaute sich um. Komisch. Die anderen Gäste waren eindeutig hyperaktiv. Dauernd stand jemand auf und verschwand hinter einer Schwingtür am anderen Ende des Speisesaals, um wenig später zurückzukehren. Dann wiederholte sich die Prozedur. Wer machte denn so was? War sie aus Versehen in einer Anstalt des Wahnsinns gelandet, eingesperrt mit verhaltensauffälligen Volltrotteln?

»Einen schönen guten Morgen!«

Niki sehnte den Tag herbei, an dem das stimmen würde. Sie sah auf und direkt in das hagere Gesicht einer Frau, die sie spontan an Heidis gruselige Gouvernante Fräulein Rottenmeier erinnerte. Ihr graues Haar hatte sie straff zu einem Knoten zusammengebunden. Das verhärmte Gesicht war blass und länglich, die spitze Nase und die stechenden Augen verrieten die Gnadenlosigkeit eines weiblichen Folterknechts. Wie die Mädchen an der Rezeption trug sie ein Dirndl.

»Sie sind neu, richtig? Darf ich um den werten Namen bitten?«

Die Stimme der Frau klang streng, dennoch atmete Niki auf. Schließlich war sie ein üppig zahlender Gast und diese

Kellnerin quasi der Zugangscode zur Küche. Da sollte man besser Freundschaft schließen, selbst mit einem übellaunigen Drachen. Zum Glück hatte Niki ein paar Geldscheine in die Bademanteltasche gesteckt, bevor sie losgegangen war.

»Michels«, antwortete sie. »Annika Michels.«

Sie senkte ihre Stimme zu einem Raunen, während sie einen Zwanzigeuroschein herausfingerte, den sie dem Drachen unauffällig hinhielt. »Ich weiß, ich bin eigentlich zum Abnehmen hier, aber ich habe schrecklichen Hunger. Könnte ich bitte ein klitzekleines Rührei und einen Cappuccino haben? Fünf, sechs Rostbratwürstchen wären auch sehr schön. Und süßer Senf. Danach würde ich mich über einen Blaubeermuffin freuen.«

Eine steile Falte erschien auf der Stirn der Frau. Sie ignorierte den Geldschein, holte einen Block aus der Schürzentasche ihres Dirndls und tippte mit dem Zeigefinger darauf.

»Frau Annika Michels, soso. Sie haben gleich einen Termin bei Herrn Doktor Mannheimer. Nüchtern. Wissen Sie, was nüchtern bedeutet?«

Niki druckste etwas Unverständliches. Kleinlaut stopfte sie den Schein in ihre Bademanteltasche zurück. Ihr Körper rebellierte. Er wollte etwas zu essen! Irgendwas! Gab es denn kein Erbarmen?

»Ich heiße Inge-Gundula. Sie werden sich hier sehr wohlfühlen«, behauptete die Frau mit dem einschüchternden Tonfall einer Herbergsmutter.

Ohne weitere Erklärung eilte sie davon und kam mit einem Glas Wasser zurück. »Sie haben eine Dreiviertelstunde zur

Darmentleerung. Herr Doktor Mannheimer wird Ihnen dann einen Ernährungsplan zusammenstellen.«

Ein Glas Wasser? Das war ja wohl ein schlechter Scherz. Für den Zaster, den Niki hier abdrückte, konnte sie Kaviar pfundweise verlangen. Doch Inge-Gundula war schon zum nächsten Tisch gegangen. Also gut. Niki trank einen großen Schluck und bereute es eine Sekunde später zutiefst. Was für ein Teufelszeug war das denn? Es schmeckte widerwärtig bitter und löste Brechreiz aus. Hustend setzte sie das Glas ab.

Mit einem raubtierartigen Sprung war Inge-Gundula bei ihr. »Nein, Frau Michels, alles trinken!« Sie blieb stehen, um Niki zu überwachen.

»Was – was ist das? Gift?«

Ein schmallippiges Lächeln erschien auf dem Gesicht von Fräulein Rottenmeier, wie Niki sie innerlich taufte. »Das ist Glaubersalz. Die Wirkung ist durchschlagend. Glauben Sie mir.«

Folgsam trank Niki das Glas leer. Kurze Zeit später wusste sie, warum die anderen Gäste immer wieder aus dem Raum stürzten. Der Teil ihres Körpers, der für die Kanalisation zuständig war, explodierte förmlich. Panisch lief sie zur Schwingtür, hinter der sich gleich mehrere Toiletten verbargen. Dann rauschte es aus ihr heraus, als hätte sie in den vergangenen vierundzwanzig Stunden einen ganzen Delikatessenladen geplündert. Die begleitende Geräuschkulisse trieb ihr die Schamesröte ins Gesicht.

Es war furchtbar. Es war demütigend. Und es war kaum

zu glauben, was da alles mit der Gewalt eines Vulkanausbruchs ihre Eingeweide verließ.

Niki war kaum an ihren Tisch zurückgekehrt, als das Ganze wieder von vorn losging. Grinsend winkte ihr Walburga zu, die an einem der Nebentische saß. Sie trug einen türkisfarbenen Jogginganzug und amüsierte sich köstlich über Nikis weit aufgerissene Augen und ihren watschelnden Laufschritt.

»Sommerschlussverkauf!«, rief sie. »Alles muss raus!«

Als Niki zum dritten Mal zu ihrem Stuhl zurücktrottete, wurde sie von Fräulein Rottenmeier erwartet.

»Wir haben hier eine Tischordnung«, erklärte sie. »Ihr Platz ist drüben am Fenster.«

Sie zeigte auf einen Tisch, an dem ein menschlicher Petziball hockte. Der Mann wog locker zweihundert Kilo. Seine Arme reichten kaum bis zur Tischkante, da er wegen seines unförmigen Bauchs etwa einen halben Meter Abstand wahren musste. Mit versteinertem Gesichtsausdruck knabberte er an einem Brötchen herum.

»Ich möchte lieber allein bleiben«, flüsterte Niki. »Haben Sie nicht noch einen Einzeltisch, nur für mich?« Sie zeigte auf die vielen leeren Tische, die nicht eingedeckt waren.

Fräulein Rottenmeier schüttelte ungehalten den Kopf. »Es gehört zu unserem Konzept, dass die Gäste ihre Erfahrungen austauschen. Tisch sieben. Ich mache Sie sogleich mit Herrn Holst bekannt.«

Walburga hatte alles mit angehört. »Bingo!«, gluckste sie, als Niki an ihr vorbeiging. »Leo ist die Sahne auf dem

Knäckebrot. Du brauchst aber jede Menge erotische Fantasie, falls er dich antörnt. Ich empfehle die äußerst bequeme Pythonstellung, bei der man sich gegenüberliegend …«

»Kein Wort mehr«, fauchte Niki. »Ich habe null Bedarf an schmuddeligen Tipps!«

Sie folgte Fräulein Rottenmeier, die bereits mit dem Mann sprach. Der erhob sich schwer atmend und streckte Niki eine Hand hin, deren Finger an zu dick geratene Wiener Würstchen erinnerten. Er war etwas kleiner als sie.

»Leo Holst«, sagte er. »Ist mir ein Vergnügen.«

Im Grunde sah er gar nicht so übel aus. Dunkles, welliges Haar, braune Augen mit goldenen Pünktchen, nettes, etwas melancholisches Lächeln. Ein Brötchenkrümel klebte an seiner feuchten Unterlippe. Darunter war Notstandsgebiet. Gleich drei Doppelkinne ruhten auf dem geöffneten Hemdkragen. Sein aufgeblähter Bauch und die seitwärts ausgestellten Plattfüße machten ihn vollends zur bedauernswerten Witzfigur.

Aber war Niki nicht selbst eine Witzfigur? War es das, was Wolfgang in ihr sah? Seit sie das dürre Wesen an seiner Seite gesehen hatte, war das wohl eine traurige Gewissheit.

»Annika Michels«, presste sie hervor. »Ich, äh, muss jetzt leider zum Arzt. Man sieht sich.«

»Um halb zwölf beginnt das Mittagessen«, sagte Fräulein Rottenmeier. »Pünktlich.«

Essen war das Letzte, woran Niki jetzt denken konnte. Wenn sie nicht alles täuschte, rumorte es schon wieder in ihrer Kanalisation. Ohne ein weiteres Wort rannte sie los.

»Viel Spaß, Lady Dünnpfiff«, ätzte Walburga hinter ihr her.

Niki hätte sie am liebsten mit ihrem türkisfarbenen Jogginganzug erwürgt.

Doktor Mannheimer war ein drahtiger Mittfünfziger, der den Charme einer geladenen Pistole verbreitete. Seine abgezehrten Gesichtszüge und das militärisch kurz geschnittene graue Haar machten den ersten Eindruck auch nicht besser. Ängstlich saß Niki auf dem Besucherstuhl und zog den Bademantel fest zu, während er mit dem schnarrenden Tonfall eines ermittelnden Kommissars ihre Daten abfragte.

»Alter? Gewicht? Vorerkrankungen?«

Stockend antwortete sie ihm. Sie fühlte sich wie eine Schülerin, die beim Diktat gemogelt hatte. Dieser Arzt gab einem auf der Stelle das Gefühl, etwas Furchtbares angestellt zu haben. Ob er wirklich beim Geheimdienst gewesen war?

Ihre Augen schweiften durch das Zimmer. Die hellgrün gestrichenen Wände, die hübschen Blumenaquarelle und die einladende beigefarbene Sesselgruppe am Fenster machten dem angepriesenen Wellnessgroove alle Ehre – im Gegensatz zu Doktor Mannheimer, dessen Blick sich dolchartig in Nikis Bademantel bohrte.

Und schon kam der Satz, vor dem sie sich am meisten gefürchtet hatte: »Dann legen Sie mal ab, Frau Michels.«

Seit vielen Jahren hatte sich Niki niemandem mehr nackt oder auch nur im Badeanzug gezeigt. Wolfgang kannte seine Frau nur in zeltartigen Flanellnachthemden, die sie bis oben zuknöpfte. Am Strand ließ sie sich gar nicht mehr blicken, einen Arzt hatte sie ebenfalls seit Jahren nicht mehr aufgesucht. Nur ihr Spiegelbild und sie wussten, dass sie mittlerweile einer riesenhaft vergrößerten Qualle glich.

Mit hängenden Schultern löste sie den Gürtel des Bademantels. Das letzte bisschen Restenergie ging dafür drauf, den Bauch einzuziehen. Dann wagte sie einen Blick in Doktor Mannheimers Gesicht.

Mit verspannter Miene scannte er jeden Millimeter ihres sträflich vernachlässigten Körpers.

»Hmmmm.« Das war alles.

Niki räusperte sich. »Wie schlimm ist es?«

Statt einer Antwort machte sich der Arzt Notizen. Mit zackigen Bewegungen glitt der Kugelschreiber übers Papier. Schrieb er gerade ihr Todesurteil?

»Bitte legen Sie sich auf die Liege da drüben.«

Die Liege war viel zu schmal. Niki hatte so gerade eben darauf Platz. Entsetzt sah sie, wie sich Doktor Mannheimer die Hände in einem kleinen Waschbecken wusch. Was hatte er vor? Wollte er mit bloßen Händen eine Notoperation durchführen?

Ohne weitere Vorwarnung kam er auf Niki zu und drückte grob seine Finger in ihren Bauch. »Ich beginne nun mit der manuellen Untersuchung«, verkündete er überflüssigerweise.

Immer heftiger wurden seine knetenden Bewegungen, als wolle er einen zähen Hefeteig in eine Skulptur verwandeln.

Es war ziemlich unangenehm. Niki litt stumm. Sie wollte nur noch, dass es wieder aufhörte.

»Erweiterter Rippenbogen, vergrößerter Magen, Unregelmäßigkeiten der Darmausstülpungen«, murmelte Doktor Mannheimer. »Wissen Sie eigentlich, was Sie Ihrem Körper zumuten?«

»Nö. Wieso?«

Niki fand ihn bei weitem zu unfreundlich, wenn man bedachte, dass Klienten wie sie seine zweifellos grandiose Villa in Bestlage sowie mindestens zwei Ferienhäuser und drei Luxuskarossen finanzierten.

»Wenn Sie so weitermachen, haben Sie in fünf Jahren Diabetes Typ zwei, Arthrose, Gicht und chronische Verstopfung.«

»Ach, nee. Noch mehr gute Neuigkeiten?«

Er legte den Kopf schief. »Falls Sie fortschreitende Übersäuerung, Atemnot und Herz-Kreislauf-Probleme als gute Neuigkeiten bezeichnen …«

Toll, dachte Niki. Am besten erschieße ich mich gleich.

Endlich ließ er von ihr ab. »Bitte steigen Sie auf die Waage. Danach können Sie sich wieder anziehen, Frau Michels.«

Die Waage zeigte 97,5 Kilo an, was Niki in einen Taumel der Begeisterung versetzte. Sensationelle fünfhundert Gramm weniger als am Tag zuvor! Beschwingt zog sie ihren Bademantel wieder an. Alles wird gut, dachte sie, Wolfgang wird mich nicht wiedererkennen. Und das bedeutete Sex mit einer fremden Frau. Welcher Mann träumte nicht davon?

Der Arzt überreichte ihr den Zettel, den er mit seiner

unleserlichen Handschrift bedeckt hatte. »Sie absolvieren das übliche Programm mit Heuwickeln, Kneippanwendungen, Entgiftungsbädern und Massagen. Zusätzlich Shiatsu, Personal Training und Stretching. Ihren persönlichen Ernährungsplan wird Inge-Gundula Ihnen geben.«

Beim Wort Shiatsu klingelte etwas bei Niki. »Äh, könnten wir dieses Dings, dieses Schatzi weglassen? Ich steh nicht so auf asiatische Akrobatik, wissen Sie.«

Der Mund von Doktor Mannheimer war nur noch ein Strich. »Sie befinden sich in einem äußerst bedenklichen Zustand. Und das wird sich nur ändern, wenn Sie mit aller Konsequenz« – er verschränkte die Arme vor der Brust –, »ich betone: mit aller Konsequenz den Behandlungsplan einhalten. In zwei Tagen sehen wir uns wieder. Nicht zuletzt die Waage wird erweisen, ob Sie die Hoheit über Ihren Körper zurückgewinnen können.«

Mir würde schon reichen, wenn ich die Hoheit über Wolfgangs Körper zurückgewinnen könnte, dachte Niki. Dann schlüpfte sie in ihre Schlappen und verließ grußlos ihren Peiniger.

Kaum war Niki in ihrem Zimmer angelangt, als ein Dirndlmädchen klopfte und ihr ein heißes, streng riechendes Kissen auf die Lebergegend legte. Es war mit aufgewärmtem Heu gefüllt, zur Entgiftung, wie das Mädchen erläuterte. Anschließend wurde Niki zum Kneippraum geführt, wo sie ihre Füße abwechselnd in heißes und kaltes Wasser tauchen musste. Es folgte ein Sprudelbad in einer Wanne mit eingebauter Lichtshow. Das blubbernde Wasser färbte sich gelb, blau, dann violett, während psychedelische Musik aus verborgenen Lautsprechern waberte. Es war wie in musikalischen Seifenblasen paddeln. Für so einen Trip zogen sich andere Leute Drogen rein.

Zur Mittagszeit fühlte Niki sich wie ein nasses Handtuch im Schleudergang. Sie hatte weder Lust auf das gestrenge Fräulein Rottenmeier noch auf den schwabbelnden Leo Holst. Auch auf eine weitere Begegnung mit Walburga verzichtete sie gern. Also ließ sie sich das Mittagessen aufs Zimmer bringen. Es bestand aus einer staubtrockenen Reiswaffel und einem armseligen Häufchen gekochten Gemüses. Widerwillig gabelte sie das faserige Etwas in sich hinein. Warum tat sie sich das an? Sie musste vollkommen verrückt sein.

Nachdem Niki dann noch eine ziemlich grobe Rückenmassage, eine geschlagene Viertelstunde Laufband, eine Stretchinglektion und eine erneute Kneippanwendung durchgestanden hatte, war sie so müde, als hätte sie den Mount Everest bestiegen. Ohne Sauerstoffgerät. Sie hatte nicht einmal mehr die Kraft, das Abendessen aufs Zimmer zu bestellen, sondern schlief einfach im Bademantel auf dem Bett ein.

Ein schwerer Fehler, wie sie feststellte, als sie Stunden später erwachte. Ihre Uhr zeigte Mitternacht. Der Hunger wütete in ihrem Magen wie ein wildes Tier. Ein unerträglicher Kopfschmerz hämmerte in ihren Schläfen. Wenn sie nicht sofort etwas zu essen bekam, würde sie die Tapeten von den Wänden kratzen. Nikis Hände zitterten, als sie die Nummer der Rezeption wählte.

»Könnten Sie mir freundlicherweise sagen, in welchem Zimmer Frau Walburga Maletzke untergebracht ist?«

»Einen Moment, bitte.«

Sie wartete voller Ungeduld. Die Vision einer Tafel Vollmilchschokolade mit ganzen Nüssen quälte sie so heftig, dass sie sich zusammenreißen musste, das verschlafene Mädel an der Rezeption nicht wüst zu beschimpfen.

»Zimmer zweihundertvier.«

Jetzt gab es kein Halten mehr. Das Tor zum Schlemmerparadies stand weit offen! Niki musste nur noch das Zimmer finden, bei Walburga zu Kreuze kriechen, und schon würde sie den himmlischen Geschmack schmelzender Schokolade und zart knackender Nüsse auf der Zunge spüren.

Von irren Hungerfantasien getrieben, hastete sie durch die leeren Gänge, bis sie die erlösende 204 erblickte. Doch sie klopfte vergeblich. Entweder schlief Walburga tief und fest, oder sie hatte einfach keine Lust auf Besuch zur Geisterstunde.

»Walburga«, rief Niki leise. »Mach auf! Ich bin's!«

Keine Reaktion. Nikis Vorfreude sank in sich zusammen wie ein angestochener Luftballon. Fieberhaft überlegte sie, was zu tun war. Bis sie sich angezogen, ein Taxi bestellt hatte und in die Innenstadt gefahren war, hatten die Restaurants sicher schon geschlossen. Also musste sie ihre Schritte dorthin lenken, wo die naheliegende Quelle der Genüsse war: in die Küche. Sie befand sich direkt neben dem Speisesaal, wie Niki sich erinnerte. Heimlich wie ein Dieb schlich sie los.

Im Speisesaal war alles dunkel. Ihr Herz klopfte, als sie die Klinke der Küchentür herunterdrückte. Die Tür war unverschlossen. Innerlich frohlockend, schob Niki sie auf. Dann wich sie erschrocken zurück.

Das konnte nicht wahr sein! Und doch gab es keinen Zweifel: Im flackernden Licht einer Kerze saßen drei Frauen auf dem gekachelten Fußboden und aßen Spaghetti. Walburga und die zwei vormals eleganten Damen, die jetzt statt ihrer Cocktailkleider bunt bedruckte Baumwollnachthemden trugen. Mit großen Augen starrten sie Niki an.

Sie sammelte sich. »Das ist ekelhaft! Das ist unmoralisch! Ich will mitmachen!«

Sekunden später schlang sie die Spaghetti direkt aus dem Topf in sich hinein. Mit den Fingern. Gierig zermalmten ihre Zähne die rettende Pasta. Sie wollte nur noch essen, essen, essen. Ihr gebadeter, massierter, gekneteter, ausgehungerter Körper bebte. Alles drehte sich vor ihren Augen.

Es dauerte eine Weile, bis ihr Magen Entwarnung gab. Mit dem Handrücken wischte sie sich die herrlich fettige Sauce vom Kinn. Seufzend richtete sie sich auf. Und blickte in drei erstaunte Augenpaare.

»'schuldigung«, sagte sie. »Normalerweise habe ich bessere Tischmanieren.«

Walburga lachte dröhnend. »Sieh mal an. Da schiebt aber jemand Kohldampf. Jetzt guck nicht wie ein deprimierter Speckpfannkuchen. Willst du einen Schluck Rotwein?«

Niki verzehrte sich nach einem Schluck Rotwein. »Aber ist das nicht streng untersagt?«

»Bedingungslose Grundversorgung mit Alkohol ist ein Menschenrecht«, widersprach Walburga und rülpste. Sie erhob sich umständlich, was eine ganze Weile dauerte. Dann schenkte sie Niki ein Glas ein.

»Wohl bekomm's, Prinzessin.«

Selig trank Niki das Glas in einem Zug aus. Sie hielt inne. Ach, du dickes Dotter. Schon stieg das Gefühl nagender Reue in ihr hoch. Sie stellte das Glas auf den Küchentresen zurück.

»Was habe ich bloß getan?«

»Das einzig Richtige«, erwiderte eine der beiden Damen. »Man kann nicht immer nur hungern.«

»Aber ich bezahle ein Vermögen dafür, dass die mir das fiese Fett von den Hüften hauen«, jammerte Niki. »Am besten, ich lass das Ganze und fahre wieder nach Hause.«

Walburga klatschte sich eine weitere Ladung Spaghetti auf den Teller. »Nee, nee, so einfach ist das nicht. Das Vitalis ist wie ein Handyvertrag: Einmal unterschrieben, und du kommst nie wieder raus.«

Die zweite Dame nickte. »Stimmt. Aber was viel schlimmer ist: Man wird süchtig danach. Daheim gehe ich in die feinsten Restaurants. Doch nichts schmeckt so gut wie verbotenes Essen während einer Fastenkur.« Sie hob ihr Glas. »Auf die besten Schuldgefühle seit der Erfindung der Kalorien!«

Niki nahm ihr Glas, füllte nach und setzte sich zu den

drei Frauen auf den Boden. Es war falsch, und es war entwürdigend, was sie taten. Vier erwachsene Frauen führten sich auf wie Teenager auf Klassenreise, die hinter dem Rücken des Lehrers hirnlosen Unsinn verzapften. Dummerweise machte es wirklich Spaß.

»Wieso bist du eigentlich hier?«, fragte Walburga, den Mund voller Nudeln. »Moment, sag nichts. Dein Kerl treibt's mit einer Größe vierunddreißig, richtig?«

Einmal mehr hatte diese merkwürdige Frau ins Schwarze getroffen. Niki senkte den Kopf. »Könnte man so stehen lassen.«

Walburga tätschelte sich ihren voluminösen Bauch. »Ich sag immer: Wenn's keine Kerle gäbe, wäre die Welt voll von dicken, glücklichen Frauen.«

»Und du?«, erkundigte sich Niki. »Ist bei dir auch ein Mann im Spiel?«

Walburga schmatzte vergnügt. »Nicht nur einer, darauf kannst du einen lassen. Obwohl es immer wieder überraschend ist, wie viele Männer auf Wertstofftonnen wie mich stehen. Auf was Griffiges, falls du weißt, was ich meine.«

Niki überlegte, was Walburga gemeint hatte, als sie gleich mehrere Männer andeutete. Sie konnte sich schwer vorstellen, dass auch nur ein einziges männliches Exemplar Interesse an diesem rülpsenden Fleischberg zeigte.

»Sag mal …«, sie zögerte. »Was machst du eigentlich beruflich?«

Die beiden Damen kicherten.

»Ich bin im Dienstleistungsgewerbe«, antwortete Walburga. Sie schlürfte ihren Wein. »Wenn du's ganz genau wissen willst: Ich betreibe einen Edelpuff.«

Niki fiel fast das Glas aus der Hand. »Wie bitte?«

»Ist 'n anständiger Beruf wie jeder andere auch«, erwiderte Walburga.

»Und sehr lukrativ«, ergänzte eine der Damen. »Sonst hätte sie kaum die finanzielle Möglichkeit, sich im Vitalis aufzuhalten. Ich bin übrigens Tamara.« Sie deutet auf die Dame neben sich. »Und das ist Alexis.«

Stumm schüttelten sie einander die Hände.

»Jetzt, wo wir uns alle liebhaben, sollten wir gleich die nächste Pulle köpfen«, schlug Walburga vor. »Das ist übrigens der Wein von Doc Mannheimer, den er sich immer in der Mittagspause reinpfeift. Echt lecker. Ich könnte schon morgens meine Zähne damit putzen.«

Sie ging auf die Knie und zog sich langsam am Küchentresen hoch. Sportliche Fähigkeiten braucht sie jedenfalls nicht für ihren ausgefallenen Job, dachte Niki. Ob sie bei besonderen Kunden wohl selbst Hand anlegte?

Tamara drehte eine ihrer prachtvollen roten Locken um den Zeigefinger. Sie war etwa Ende vierzig und sah aus wie ein in die Jahre gekommener Posaunenengel. Trotz der späten Stunde war sie stark geschminkt. Die Wimpern hatte sie pechschwarz getuscht, ihre Lippen schimmerten dunkelrot.

»Wirklich köstlich«, sagte sie. »Ein Château Pétrus. Der kostet ein paar Hunderter, wenn man ihn im Lokal bestellt.«

Wie bitte? Niki runzelte die Stirn. In welcher Liga spielte

denn Tamara? Ein paar hundert Euro für eine einzige Flasche Wein?

Mit einem gekonnten Plopp entkorkte Walburga die neue Flasche und schenkte die Gläser voll. Bis zum Rand.

Alexis nippte genießerisch. »Ein bisschen zu kalt«, befand sie. Ihr akkurat geschnittener blonder Pagenkopf bildete einen aparten Kontrast zum cremeglänzenden, aufgedunsenen Gesicht, in dem zwei stahlblaue Augen leuchteten. »Morgen bringe ich ein Weinthermometer mit, damit wir diesen edlen Tropfen perfekt temperiert würdigen können.«

So viel zum Thema Luxusprobleme. Niki hätte den Wein auch mit Eiswürfeln fantastisch gefunden.

»Mist, verdammter!«, zischte Walburga plötzlich.

Sie blies die Kerze aus. Im Dunkeln lauschten sie angestrengt. War da was? Oha. Es war deutlich zu hören: Eilige Schritte näherten sich.

»Was ist, wenn sie uns erwischen?«, wisperte Niki.

»Dann schmeißen sie uns unter Absingen schmutziger Lieder in hohem Bogen raus«, grunzte Walburga. »Und falls du denkst, die Kohle gibt's zurück – Fehlanzeige.«

»Grundgütiger!«, entfuhr es Niki. »Was machen wir denn jetzt?«

Man lernt immer dazu. Niki zum Beispiel lernte gerade, dass es leichter war, eine Büffelherde in der Wüste zu verstecken als vier vollgewichtige Frauen in einer geräumigen Hotelküche. Sie hatten sich in den Vorratsraum geflüchtet. Walburga klemmte unter einem Tisch, dessen bodenlange

Tischdecke sie verbarg. Tamara und Alexis waren aufs breite Fensterbrett geklettert und hatten die Gardine zugezogen. Niki blieb nur der reichlich unbequeme Platz in einem Wandschrank, in dem das Mineralwasser aufbewahrt wurde. Mit angezogenen Knien hockte sie auf einem der Wasserkästen.

»Was ist hier denn los?«, meckerte eine vertraute Stimme nebenan.

Das fürchterliche Fräulein Rottenmeier musste soeben die Reste des verbotenen Gelages entdeckt haben. Man hörte das Klappern von Geschirr und einen gänzlich ungouvernantenhaften Fluch. Dann quietschte die Tür zum Vorratsraum, und das Licht wurde eingeschaltet.

Niki hielt den Atem an. Dicke Schweißperlen tropften von ihrer Stirn. Für Walburga und die beiden Damen war das Ganze vielleicht ein schreiend komisches Räuber-und-Gendarm-Abenteuer. Für Niki aber ging es um alles. Wenn man sie jetzt nach Hause schickte, konnte sie die Aussicht auf ein Happy End ihrer Ehe knicken.

Angstvoll lugte sie durch den schmalen Spalt der angelehnten Schranktür. Fräulein Rottenmeier sah sich misstrauisch um. In ihrem nachtschwarzen Kapuzenbademantel sah sie aus wie der Henker in einem schlechten Mittelalterfilm. Bestimmt gab es in der Speisekammer ein Hackebeil, mit dem sie ungehorsamen Gästen zu Leibe rückte. Doch stattdessen hielt Fräulein Rottenmeier nur einen harmlosen kleinen Löffel in der Hand. Sie ging zur Kühltruhe und wühlte im untersten Fach, bis sie eine riesige Packung Eiscreme zutage förderte. Im Stehen schaufelte sie das Eis in sich hinein.

Sieh an, dachte Niki. Die gestrenge Herrin über Hunger und Durst hat ein süßes Geheimnis. Dabei ist sie mager wie ein Windhund. Bestimmt straft sie sich für ihre Verfehlung morgen früh mit einer extragroßen Kanne Glaubersalzlösung ab.

Nach einer gefühlten Ewigkeit stellte Fräulein Rottenmeier die Eispackung ins Kühlfach zurück. Noch einmal sah sie sich um. Schließlich löschte sie das Licht, und ihre Schritte entfernten sich, bis kein Laut mehr zu hören war.

Walburga war die Erste, die zu sprechen wagte. Klar, Walburga. Wer sonst?

»Boah, das war knapp wie ein Stringtanga«, prustete sie. »Mir geht echt die Pumpe.«

Der Tisch kippte krachend um, als sie sich aus ihrem Versteck befreite. Niki fuhr zusammen. War Walburga lebensmüde? Doch die kroch seelenruhig auf allen vieren zur Kühltruhe und öffnete sie.

»Jemand Lust auf lecker Eis?«

Niki lief immer noch der Angstschweiß den Rücken herunter. Sie hatte den Adrenalinschub ihres Lebens hinter sich. Und ihr Po fühlte sich an, als hätte sie Jahre auf einem Nagelbrett verbracht. Tief hatten sich die Schraubverschlüsse der Flaschen in ihre ausladende Sitzfläche gebohrt. Nur allmählich löste sie sich aus ihrer Erstarrung.

»Wie kannst du jetzt bloß ans Essen denken?«, herrschte sie Walburga an, während sie sich aus dem Schrank pulte. »Das wäre fast ins Auge gegangen!«

»Nun beruhige dich mal und hol uns vier Löffel«, sagte Walburga ungerührt. »Große Löffel. Schmeckt besser.«

»Du träumst wohl«, grummelte Niki.

Tamara zog die Gardine beiseite und ließ sich schwerfällig von der Fensterbank gleiten. »Und ich dachte schon, das Dessert fällt aus.« Sie verschwand nach nebenan und kam mit vier Suppenlöffeln wieder.

Alexis hatte deutlich mehr Mühe, ihr Körpervolumen zu sortieren. Stöhnend streckte sie ihre Arme und Beine von sich, dann plumpste sie zu Boden. Tamara reichte ihr einen Löffel, und schon ging die Fressorgie weiter, als sei nichts geschehen. Einträchtig machten sich die drei über das Eis her.

»Also, mir reicht's«, raunzte Niki. »Wer weiß schon, was als Nächstes passiert? Am Ende reitet noch Doktor Mannheimer hier ein und verpasst uns eine Darmspülung.«

Walburga sah sie sichtlich entnervt an. Sie zeigte mit dem Löffel erst auf ihren Kopf, dann auf ihren wogenden Busen. »Weißt du, was das ist?«

Niki wollte es gar nicht wissen.

»Eine geniale Kombination aus Hirn und Hupen.« Walburga schob sich einen Löffel Eis in den Mund. »Du bist echt der Dummi vom Dienst. Denk doch mal nach. Meinst du im Ernst, dass Doc Mannheimer in dieser Absteige übernachtet? Der sitzt längst in seiner Villa und versucht, seinen Horrorjob zu vergessen.«

»Ach so.« Niki ärgerte sich über sich selbst. Natürlich schlief Doktor Mannheimer nicht im Hotel. Wieso auch?

»Lektion eins: Kenne deinen Feind«, dozierte Walburga. »Lektion zwei: Irgendwo gibt es immer was zu essen. Lektion drei: Schnapp dir einen Löffel und hau rein, solange noch was übrig ist.«

Na jaaa, die Aussicht auf ein Eis war in der Tat nicht zu verachten. Niki schwitzte wie nach dem fünften Saunagang. Ein kühles Eis war gewissermaßen eine medizinische Maßnahme. Aber ab morgen wird gehungert, versprach sie sich hoch und heilig.

Sie setzte sich zu dem Trio und fing an zu essen. Fräulein Rottenmeier hatte erstaunlicherweise einen ausgezeichneten Geschmack. Es war Erdbeereis mit kleinen Kuchenstückchen darin, die ein dezentes Käsesahnearoma ahnen ließen. Hammer. Absoluter Hammer.

»Na siehst du, jetzt ist deine kleine Welt wieder in Ordnung«, sagte Walburga gönnerhaft. »Mit Verlaub: Du bist ein sozialer Vollpfosten. Aber wir kriegen dich noch hin.«

Niki war nicht sicher, ob sich das mit ihren ehrgeizigen Plänen vereinbaren ließ. Doch dieses Eis zu verschmähen wäre ohne Frage eine größere Sünde gewesen, als es zu essen. Und dann setzte sie ein, die wunderbare Entspannung, die stets folgte, wenn sie dem Verlangen nach etwas Süßem nachgab. Sie schloss die Augen und atmete tief durch.

Alexis leckte hingebungsvoll ihren Löffel ab. »Wir haben übrigens am Schwarzen Brett deinen Anwendungsplan gelesen.«

»Aus reiner Neugier«, gestand Tamara. »Freu dich. Morgen früh ist Shiatsu dran.«

Tag zwei

Am nächsten Morgen bewies Niki ihre rasche Auffassungsgabe, indem sie sich schon um fünf Uhr ein Glas Wasser mit Glaubersalz aus dem Frühstücksraum holte. Der Großteil ihrer rumpelnden Darmaktivitäten fand daraufhin in der eigenen Nasszelle statt. Genuss ohne Reue, dachte sie erleichtert. Nachts naschen, morgens entsorgen. Kein schlechter Plan. Aber ob sie mit dieser kindischen Schummelei wirklich abnehmen würde?

Sie musste unwillkürlich lachen bei der Vorstellung, dass Wolfgang sie so sah, auf der Toilette hockend. Gigantische Eruptionen erschütterten ihren Körper, begleitet von einem unsäglichen Pupskonzert. Ach ja, Wolfgang. Den gab es ja auch noch. Noch immer wusste er nicht, wo seine Frau abgeblieben war. Ob er sich wohl schon in Sorgen auflöste?

Sie würde ihn anrufen, klar. Aber im Moment beschäftigte sie etwas ganz anderes: Um neun Uhr hatte sie ein Date mit dem sagenumwobenen Shiatsutrainer. Wenn Walburga nicht übertrieben hatte, sah sie einer erotischen Offensive entgegen, der sie sich weder physisch noch mental gewachsen fühlte. Wie lange war es her, dass ein Mann sie angesehen hatte, wie ein Mann eine Frau ansieht? Wann hatte sie zuletzt so etwas wie Lust gespürt, abgesehen von den multiplen kulinarischen Orgasmen bei Käsesahne und Mandelhörnchen?

Während sie unter der Dusche stand, wanderten ihre Gedanken zu dem Schatten von einem Garnichts, in das Wolfgang neuerdings seine Körperflüssigkeiten versenkte. Was hatte dieses magere Mädel, das sie nicht hatte, abgesehen von der skelettartigen Gestalt? Vermutlich beherrschte sie Kunststückchen im Bett, die man definitiv nicht im Mädchenpensionat lernte. Solche Frauen gehörten verboten.

Gedankenverloren beobachtete Niki, wie das Wasser ihren üppigen nackten Busen hinabrann. Ihr wurde schmerzlich bewusst, dass sie in puncto Sex im Tal der Ahnungslosen lebte. Vor Wolfgang hatte es nur einen pickeligen Youngster gegeben, der sich vor lauter Aufregung überall hin ergossen hatte, nur nicht an die vorgesehenen Stellen. Von eigenen Initiativen hatte Niki daraufhin dankend abgesehen. Sie war eine hoffnungslose Amateurin. Und dabei würde es bleiben.

Mit eckigen Bewegungen trocknete sie sich ab. Falls dieser Shiatsumann ihr zu nahe kam, würde sie ihn mit ihrer schieren Masse erdrücken. So lange, bis ihm die Luft ausging. Sex kam nicht in Frage. Mit diesem Thema hatte sie abgeschlossen. Es sei denn, er würde sich Mousse au Chocolat auf die Lenden … Stopp! An solchen lächerlichen Fantasien war nur Walburga schuld!

Ziemlich wacklig suchte Niki wenig später den Speisesaal auf. Sie hatte eines ihrer Frotteekleider angezogen. Rotweiß gestreift, bodenlang. Darin sah sie aus wie die wandelnde Markise eines Eiscafés. Von Walburga war zum Glück noch nichts zu sehen. Vermutlich schob sie eine Extrarunde auf dem Klo nach den Exzessen der vorigen Nacht.

Leo Holst dagegen saß bereits an ihrem gemeinsamen Tisch am Fenster. Seine Miene hellte sich auf, als Niki sich zu ihm setzte.

»Guten Morgen, schöne Frau«, gurrte er.

Er trug einen dunkelblauen, weiß bestickten Kaftan, der sich über den immensen Weiten seiner Körperformen blähte. Bestimmt eine Sonderanfertigung. Die Gleichberechtigung hatte noch nicht dazu geführt, dass es auch Umstandsabteilungen für Männer gab. Immerhin bewies seine ungewöhnliche Kleiderwahl Mut.

Moment mal. Wie war das gewesen? Hatte er wirklich »schöne Frau« gesagt? Was für ein Schmierlappen war das denn? Oder wollte er sie vereiern? An ihr war nichts schön, wirklich nicht.

»Morgen«, muffelte sie.

Unauffällig sah Niki auf seinen Teller. Darauf vereinsamte ein schlappes Brötchen. Sonst war nichts zu sehen.

»Ihr Speiseplan ist hier«, sagte Leo.

Er zeigte auf einen Zettel in der silbernen Halterung, die zwischen ihnen auf dem Tisch stand.

Niki zog den Zettel heraus und las. »Frühstück: Dinkelbrötchen und Schafjoghurt. Jeden Bissen dreißigmal kauen. Nicht trinken, nicht reden, nicht lesen. Konzentrieren Sie sich nur auf den Kauvorgang.« Dreißigmal kauen? Wie eklig war das denn? »Mittagessen: Gedünstetes Gemüse mit Reiswaffel.« Diesen hinterhältigen Angriff auf ihre Geschmacksnerven kannte sie ja schon. »Abendessen: Gemüsesuppe. Wir empfehlen allerdings ein Dinner Cancelling.«

Jetzt mal im Ernst: Wollten diese Leute, dass Niki demnächst schreiend am Kronleuchter hing?

»Aller Anfang ist schwer«, seufzte Leo, als hätte er ihre Gedanken erraten. »Aber Sie schaffen das schon. Sehen Sie mich an: Ich habe bereits vierzig Kilo abgenommen.«

Niki wagte nicht, sich auszumalen, was für einen Anblick er am Beginn der Kur geboten hatte. Wie um Himmels willen hatten sie ihn hierhertransportiert? Mit einem Kran? Oder besaß er so viel Geld, dass er sich drei Sitze im Flieger leisten konnte?

»Wo, äh, leben Sie denn? Ich meine, normalerweise«, erkundigte sie sich aus purer Höflichkeit.

»In London. Ich bin zu fünfundzwanzig Prozent Brite.«

Und ich bin zu hundert Prozent angeödet, dachte Niki. In der Lotterie der Sitzordnung hatte sie die absolute Niete erwischt. Sie winkte Tamara und Alexis zu, die etwas entfernt an einem Tisch Platz nahmen. Sie trugen neonfarbene Designerjogginganzüge mit bunten Strassapplikationen. Wie gern hätte Niki ein bisschen mit ihnen geratscht. Stattdessen saß sie hier mit einem laufenden Meter, der in früheren Zeiten eine Jahrmarktsattraktion gewesen wäre.

»Wie lange sind Sie denn schon hier?«, heuchelte sie Interesse.

»Drei Monate«, antwortete Leo.

Er sah auf einmal aus wie ein Vögelchen, das aus dem Nest gefallen war. Ein ziemlich umfangreiches Vögelchen.

Armer, kleiner, dicker Junge. Bestimmt hatte er als Kind nie mitspielen dürfen. Außenseiter auf Lebenszeit. Das kannte Niki besser, als ihr lieb war. Fettsack hatte man sie früher genannt. Dickerchen, Hängebauchschwein. Kinder konnten grausam sein. Ein Strom warmen Mitleids überrollte sie.

»Einen wunderschönen guten Morgen!«, unterbrach Fräulein Rottenmeier Nikis Überlegungen.

Sie trug ein Tablett, auf dem ein einziges, mikroskopisch kleines Brötchen lag sowie eine Schale mit Joghurt. Daneben stand eine Kanne. Hui, dachte Niki. Ob wohl Kaffee drin ist? Hoffnungsfroh hob sie den Deckel an. Ja-haaa! Der Zwanziger hatte seine Wirkung offenbar doch nicht verfehlt. Die Flüssigkeit in der Kanne war schwarz. Sie war heiß. Es war KAFFEE! Auch wenn er eigenartig roch.

Gierig füllte sie ihre Tasse und trank. Die Enttäuschung folgte auf dem Fuße.

»Muckefuck!«, rief sie erbost.

»Getreidekaffee«, verbesserte Fräulein Rottenmeier. »Sehr bekömmlich. Bohnenkaffee ist verboten. Koffein macht süchtig und unterbindet eine authentische Körperwahrnehmung.« Sie stellte Niki das Brötchen vor die Nase. »Guten Appetit, Frau Michels.«

Guten Appetit? Wobei denn? Der Tag würde kommen, an dem sie die Wahrheit über das schreckliche Fräulein Rottenmeier herausschreien würde: dass sie nachts heimlich Eis in sich reinstopfte, während sie ihre Gäste grausam darben ließ.

»Ich weiß nicht, was mir lieber wäre – dieser eklige Kaffee

oder der sichere Tod«, sagte sie düster, als Fräulein Rottenmeier außer Hörweite war.

»Man gewöhnt sich an das Essen hier«, beteuerte Leo. »Ich sage immer: Die Summe der Laster bleibt gleich. Man muss nur rausfinden, welche Laster es außer Essen sonst noch gibt.«

Seine Augen lächelten. Irgendwie hatte der Mann was. Auch wenn er eher mütterliche Gefühle in Niki weckte.

»Und wie sieht Ihr Programm heute aus?«, fragte Leo.

Niki hatte gerade in das mausegraue Brötchen gebissen und verschluckte sich prompt. Würgend wedelte sie mit den Händen.

»Sch-sch-atzi«, hustete sie.

»Schatzi? Sind wir schon so weit?«, grinste Leo.

Zu einer Antwort kam es nicht mehr. Nikis Darmtrakt meldete Alarmstufe rot. Sie warf ihre Tasse um und riss auch gleich den Stuhl mit, als sie mit der Anmut eines Bulldozers losstürzte und die rettende Schwingtür ansteuerte.

Was für eine Bescherung. Niki fühlte sich wie ein Elefant mit einem Silvesterböller im Po. Die Kombination von Spaghetti und Glaubersalz war eine hochexplosive Mischung. Aus so was könnten Terroristen Bomben bauen, dachte sie, als die unappetitlichen Dinge ihren Lauf nahmen. Dann fiel ihr der Termin um neun ein, und ihr Herz rutschte in den Schlüpfer. Den sie gar nicht anhatte.

»Herzlich willkommen, ich bin Mario.«

Niki musterte ihn erleichtert. Der etwa dreißigjährige Mann sah ganz harmlos aus. Groß, braunes, schulterlanges

Haar, eher dürr als schlank. Er trug eine weite weiße Baumwollhose und ein ebenso weites weißes T-Shirt, das um seinen schmalen Brustkorb schlotterte. Irgendwie wirkte er wie ein Hippie, der sich im Marihuanarausch ins Vitalis verlaufen hatte. Jedenfalls nicht wie eine erogene Zone auf zwei Beinen.

Sie sah sich um. Die Wände des gut geheizten Raums waren sonnengelb gestrichen, ein paar künstliche Palmen sollten offenbar für exotisches Flair sorgen.

Ob Walburga hier wirklich einen Quickie gehabt hatte? Bestimmt war es nur das schwüle Wunschdenken einer Frau gewesen, die hoffnungslos oversexed war. Das sah Walburga ähnlich. Große Klappe und kein Zahn im Mund. Oder hatte sie selbst ihr Opfer angefallen? Armer Mario. Aber man konnte nicht vorsichtig genug sein. Auch bei einer unerotischen Bohnenstange.

»Mein Hauskleid behalte ich an«, stellte Niki klar.

»Das wollte ich auch gerade vorschlagen«, sagte er.

Blinkte da etwa ein Funken Spott in seinen Augen? Mit gemischten Gefühlen nahm Niki die große orangefarben bezogene Matratze am Boden in Augenschein. Sie war das einzige Möbelstück im Raum, falls man so was überhaupt als Möbelstück bezeichnen konnte. Ein paar pinkfarbene Kissen lagen darauf. Gelbe Wände, orange Matratze, pinke Kissen – der gute Mario war farbenblind, so viel stand schon mal fest.

Angriffslustig sah sie ihn an. »Und? Worum geht's? Muss ich jetzt meinen Namen tanzen?«

»Shiatsu ist eine energetische Therapie«, erklärte er vollkommen ruhig. »Das Ziel ist es, Energieblockaden aufzuspüren und sanft zu lösen.«

Na, dann sind wir morgen früh noch nicht fertig, dachte Niki. Ich bin eine einzige Blockade. 97,5 Kilo abwesende Energie.

Mario drückte auf die Taste eines CD-Players, und eine zirpende Harfenmusik erfüllte den Raum. »Legen Sie sich bitte hin. Auf den Bauch.«

Nicht gut. Gar nicht gut. Wie sollte sie ihn in Schach halten, wenn sie ihn nicht sah? Dennoch tat sie, was er sagte. Schließlich bezahlte sie eine Mörderkohle dafür.

»Und jetzt atmen«, ordnete Mario an. »Ganz langsam. Atmen Sie in Ihre Mitte.«

»Wo, äh, ist die noch mal?«

Seine Handflächen drückten auf ihre Hüften. »Hier.« Er fing an zu brummen wie ein Bär, der den Honigtopf wittert. »Mmmmhh …«

Unbeweglich starrte Niki auf den Palmenkübel, der direkt vor ihr stand. Lange hielt sie diesen Quatsch nicht aus.

»Nicht denken, nur atmen.« Mario drückte stärker. Seine Hände bewegten sich langsam südwärts, bis sie Nikis Po erreichten.

»Jetzt machen Sie aber mal 'n Punkt, Sie Freizeitguru«, protestierte sie. »Sie können doch nicht …«

»Atmen«, fiel ihr Mario ins Wort. »Einfach nur atmen. Lassen Sie sich fallen. Tief, immer tiefer. Mmmhhh…«

Wenn hier jemand eine Therapie brauchte, dann dieser

brummende Späthippie. Fehlte nur noch, dass er ihr das Peacezeichen auf die Stirn malte.

»Durch jeden Atemzug verbinden Sie sich mit der Mutter Erde und schöpfen aus ihr die unendliche Kraft des Kosmos«, behauptete er.

Und dann passierte etwas absolut Absurdes. Mario legte sich auf sie. Einfach so. War das etwa normal? Wussten Fräulein Rottenmeier und Doktor Mannheimer eigentlich, was diese bekiffte Servicekraft so trieb? Jedenfalls ließ Niki sich nicht einfach von einem durchgeknallten Blumenkind besteigen.

Sie stützte sich auf die Ellenbogen und versuchte, sich zu befreien. Doch Mario hatte sie fest im Griff. Mit Händen und Füßen bearbeitete er ihren Körper. Im Grunde war es erstaunlich, über welche Kräfte er verfügte.

»Oh, oh«, stöhnte er. »Sie sind total blockiert.«

Nun setzte er sich auch noch rittlings auf sie und stemmte seine Fäuste zwischen ihre Schulterblätter. Ein brennender Schmerz durchflammte Niki. Jetzt wusste sie's: Diese Mogelpackung von einem Softie war in Wahrheit ein Sadist.

»Aufhören«, wimmerte sie.

»Der Schmerz tut Ihnen gut«, erklärte Mario mit weicher Stimme. »Sie müssen sich spüren. Sie haben sich schon seit Jahren nicht mehr gespürt.«

Was sollte das denn bitte heißen?

Die Antwort ließ nicht lange auf sich warten. »Sie haben gegessen, um zu vergessen. Sie haben sich einen Schutzpanzer zugelegt, damit Sie nicht wahrnehmen, was rings um sie passiert. Essen betäubt Sie. Essen ist Ihre Droge. Und am Ende konnten Sie sich selbst nicht mehr spüren. Keine Freude. Keinen Schmerz. Sie haben das Gefühl für sich und Ihren Körper verloren.«

Was für einen Blödsinn erzählte ihr dieser Kerl? So ein abgefeimter Trick. Dieses ganze Gesäusel von Energieblockaden war doch nur ein Vorwand, um wehrlose Frauen zu betatschen.

Mario knetete ihre Arme. Unvermittelt ging er zum Du über. »Da ist viel Kraft in deinen Armen. Du bist stärker, als du denkst. Die ganze Welt kannst du aus den Angeln heben, wenn du zu deiner Energie zurückfindest.«

Das war das Stichwort. Sie hatte Kraft? Jawoll! Mit einer einzigen jähen Bewegung riss Niki ihre Arme hoch und warf Mario ab wie ein wildes Pferd seinen Reiter. Blitzschnell rappelte sie sich auf.

»So, Schluss mit der Esoterikabteilung!«, schrie sie. »Ich gehe, bevor Sie mir noch Räucherstäbchen in sämtliche Körperöffnungen stecken!«

Aufgebracht wandte sie sich zur Tür. Auch Mario war schon wieder auf den Füßen, schien jedoch völlig unbeeindruckt von ihrem Temperamentsausbruch.

»Wir haben noch eine gute Dreiviertelstunde. Du kannst jederzeit wiederkommen.«

»Nie im Leben!«, schrie Niki. »Suchen Sie sich jemand anderes für Ihre Zirkusnummer!«

Sie knallte die Tür hinter sich zu und rannte davon. Durch die Wellnesszone, durch die endlosen Flure, in denen ihr überall Bademantelgestalten begegneten, durch den Speisesaal, zum Aufzug, ins Zimmer. Dort warf sie sich aufs Bett.

Seltsamerweise konnte sie nicht weinen, obwohl jedes von Marios Worten ein Stich in ihr Herz gewesen war. Wenn auch alles in ihr dagegen rebellierte, ahnte sie, dass er recht hatte. Immer, wenn es ihr schlecht ging, aß sie, damit sie sich besser fühlte. Sie aß, wenn Wolfgang morgens aus dem Haus ging, sie futterte sich durch ihre einsamen Tage und Abende. Sie schlemmte sich sogar durch die Nächte, in denen sie stocksteif neben Wolfgang lag und sich nach Nähe sehnte. Nach einer Berührung. Nach einer liebevollen Geste.

Niki horchte in sich hinein. Spürte sie etwas? Ja, doch. Trauer, Verletztheit, Scham. Nicht gerade tolle Gefühle. Aber immerhin – es war das allererste Mal, dass sie ihre desolate Verfassung in aller Klarheit erkannte.

Fünf Minuten später klopfte sie wieder an die Tür des Shiatsuraums. Ihr Herz bummerte. Und doch konnte sie nicht anders. Mario hatte mitten hinein gesehen in ihre wunde Seele.

»Ich freue mich, dass du wiedergekommen bist«, begrüßte er sie, nicht im mindesten überrascht. »Wie schön, dass du deine Kraft entdeckst. Das war ein guter Anfang. Wut ist immer ein Anfang. Jetzt leg dich auf den Rücken.«

Niki war zu schwach, um zu widersprechen. Ergeben streckte sie sich auf der Matratze aus. Sie gab es ungern zu, aber Mario war der einzige Mensch auf der Welt, der sie verstand. Und der sie sah, wie sie wirklich war.

Er glitt neben sie und strich mit den Händen über ihren Bauch. »Da sitzt die Wut. Genau da. Du hast die Wut gut verpackt. Du hast sie in deinem dicken, großen Bauch versteckt. Lass sie raus.«

Verständnislos blinzelte Niki ihn an. »Wie denn?«

Mario nahm eines der pinkfarbenen Kissen und hielt es ihr hin. »Box rein.«

»Kann ich nicht.«

»Stell dir jemanden vor, auf den du wütend bist. Da gibt es ganz bestimmt jemanden. Na, los doch.«

Wolfgangs selbstgewisses Lächeln tauchte vor ihrem geistigen Auge auf. War sie wütend auf ihn? Nein, eher fühlte sie sich schuldig. Er war ein strahlender Held und sie eine pummelige Peinlichkeit, für die er sich vermutlich schon seit Jahren schämte. Ja, so war es. Leider. Sie war ein übergewichtiges Monster, das keine Liebe verdient hatte. Nur einen Mann, der seinen Appetit woanders stillte.

Doch dann schaute sie in Marios fragende Augen, und ganz neue Gedanken kamen ihr in den Sinn. Falsch! Wolfgang war es, der sie abgehakt hatte! Er hatte sie im Stich gelassen, allein mit ihren Pralinen, ihren Kuchen, ihren dampfenden Töpfen. Und hatte tatenlos zugesehen, wie sie in ihrem Fett und ihrem Elend versank, während er sich mit einer anderen vergnügte!

Niki setzte sich auf. Der erste Schlag war noch zaghaft. Der zweite schon kräftiger. Dann boxte sie mit beiden Händen drauflos. Auch Mario bekam etwas ab, doch das schien ihn nicht zu stören.

»Ja! Ja!«, feuerte er Niki an. »Bloß nicht schwächeln! Du bist stark!«

Sie machte weiter, bis ihr die Tränen kamen. Dann ließ sie die Fäuste sinken. Hemmungslos schluchzte sie alles heraus, was sie immer runtergeschluckt hatte. Mit dem Ärmel ihres Frotteekleids wischte sie sich über das nasse Gesicht.

»Gut, sehr gut«, sagte Mario beschwichtigend. »Wein ruhig, das befreit.«

Er legte das Kissen beiseite. Zart streichelte er ihren zuckenden Körper. Ihren Busen. Hallo? Ja, ihren Busen. Ihren Bauch. Ihre – Moment mal! Sie hielt seine Hand fest.

»Schließ die Augen. Lass es einfach geschehen«, ertönte Marios samtweiche Stimme.

Seine Hände waren überall. Er war nicht zudringlich, nur voller Hingabe und Zärtlichkeit. Sanft massierte er jeden einzelnen ihrer Finger, ihre Ohrläppchen, ihre Halsbeuge. Noch nie hatte Niki etwas so Schönes, so Zartes und Liebevolles erlebt. Na ja, ein Hauch von Erotik war vielleicht dabei. Aber nicht so, wie sie es befürchtet hatte. Ganz anders – pure Wonne. Allmählich entspannte sie sich und atmete ruhiger, mit geschlossenen Augen.

Mario war ein Knaller.

In der Kneippabteilung herrschte Hochbetrieb. Dicht gedrängt saßen die Gäste auf weißgekachelten Stufen, die sich an den hellblauen Wänden entlangzogen. Ihre nackten Füße hielten sie in nebeneinander aufgereihte Wasserbecken. Ein milchiger Dunst mit einem leichten Himbeeraroma hing über den Köpfen. Auch hier verzichtete man nicht auf therapeutische Musik, die sich mit dem gedämpften Gemurmel der Anwesenden mischte.

Benommen blieb Niki an der Glastür stehen. In ihrem Kopf purzelten die Bilder der vergangenen Stunde durcheinander wie Spielfiguren in einem Würfelbecher. War das alles wirklich passiert? Warum hatte sie es zugelassen? Hatte Mario sie verhext? Es fiel ihr schwer, sich überhaupt auf den Beinen zu halten. Ihr Körper vibrierte bis in die Fingerspitzen.

»Hier ist noch was frei!«, rief jemand.

Es war Tamara. Ihre roten Locken hatte sie zu einem gekonnt nachlässigen Dutt frisiert. Im Ausschnitt ihres Jogginganzugs glänzte eine schwere Goldkette, an den Fingern glitzerten Brillantringe. Da klotzte aber jemand gewaltig. Wieso hatte Tamara das nötig?

Niki fand große Klunker ziemlich daneben. Sie besaß nebenbei bemerkt auch gar keine. Wolfgangs Geschenke waren eher fantasielos bis schäbig gewesen – Pralinen, Tuppersets, Alpenveilchen. Bis er den entscheidenden Fehler gemacht und ihr seine Kreditkarte überlassen hatte. Ein himmlischer Fehler. Wie sonst hätte sie die geschmeidigen Hände von Mario kennengelernt? Ach, Mario …

»Hey, Niki! Was stehst du da rum? Immer nur rein in die gute Stube!«

Na, schön. Seufzend hockte sie sich neben Tamara. Im hellen Morgenlicht, das durch die Fenster fiel, sah ihr Gesicht älter aus als bei Kerzenschein in der nächtlichen Küche.

Auf den faltigen Hamsterbäckchen klebte verschmiertes Rouge. Sie hatte rosafarbenes Lipgloss aufgetragen und ihre Wimpern getuscht, aber ein müder Zug lag um ihre Augen. Sie war mindestens Ende fünfzig. Darüber konnten weder Schmuck noch Schminke hinwegtäuschen. Niki hätte sie am liebsten umarmt, so sehr rührte sie Tamaras vergeblicher Kampf gegen das Alter.

»Und?« erkundigte sich Tamara. »Wie war's beim Shiatsu?«

»Wozu fragen? Ihre Schreie waren bis zur Rezeption zu hören«, erwiderte eine Stimme, die in Nikis Ohren so schrill klang wie eine Kuchengabel, die einen Porzellanteller ritzt.

»Ach, wirklich?« Ergriffen sah Tamara Niki an.

»Rückt mal beiseite, Mädels«, sagte Walburga und drängelte sich zwischen die beiden. »Ich will alles wissen, solange sie noch nachdieselt. Also? Wie hat er's dir gemacht?«

»Gar nicht. Es war so langweilig, dass ich eingeschlafen bin«, schwindelte Niki. »Keine Ahnung, was ihr an ihm findet.«

Skeptisch betrachtete Walburga Nikis gerötetes Gesicht. »Netter Versuch. Aber in solchen Dingen bin ich nun mal Profi. Du siehst total durch den Wind aus.«

Niki winkte Leo zu, der sich etwas entfernt niederließ. Er hatte sichtlich Mühe, seine Plattfüße in das Bassin zu heben.

»Ach was. Hab mich schon besser amüsiert«, behauptete sie.

»Hier gibt es keine Frau zwischen sechzehn und sechsundneunzig, die nicht voll abdreht, wenn es um Mario geht«, schnaufte Walburga entrüstet. »Und falls du denkst, dass deine schauspielerischen Fähigkeiten für Hollywood reichen, hast du dich geschnitten. Du bist heiß wie ein Vulkan.«

»Finde ich auch«, sprang Tamara ihr bei. »Und wie deine Augen glänzen!«

Die beiden wollten sie in die Enge treiben. Niki wusste nicht weiter. In diesem Augenblick erschien eine hübsche junge Frau in einem weißen Kittel an der Tür.

»Telefon für Frau Michels!«

Das musste eine Verwechslung sein. Niemand wusste, wo sie sich aufhielt.

»Frau Michels?«

Niki machte sich ganz klein. Einfach so tun, als hätte sie nichts gehört.

»Ist hier!«, rief Walburga.

So eine Verräterin. Das würde Niki ihr heimzahlen, und zwar mit Anlauf und Kawumm.

Widerstrebend zog sie ihre Füße aus dem Wasser. Dann folgte sie der jungen Frau zum Empfangsbereich der Wellnessabteilung, einem gedimmt beleuchteten Raum mit Bambusmöbeln und Vitrinen voller Kosmetika. Gebeutelt von dunklen Vorahnungen, griff sie zu dem Hörer, den man ihr hinhielt.

»Ja?«, fragte Niki bang.

»Bist du wahnsinnig geworden?«, bellte es am anderen Ende der Leitung.

Niki sank auf einen der Bambusbarhocker vor dem Anmeldetresen. Sie bestand nur noch aus schlechtem Gewissen.

»Oh, äh, hallo Schatz. Wie hast du mich gefunden?«

»Mit Hilfe der Polizei«, rief Wolfgang wütend. »Sie haben die Passagierlisten der Fluggesellschaften gecheckt, nachdem ich alle Krankenhäuser abgeklappert habe. Ein Erste-Klasse-Flug nach Zürich! Geht's noch?«

So ein Mist aber auch. Hatte sie wirklich geglaubt, sie könnte sich unsichtbar machen? Instinktiv zog sie den Kopf ein.

»Und dann?«

»Die Kreditkarte, Annika. In besonderen Fällen bekommt man Auskunft. Beauty Resort Vitalis am Zürichsee. Zusammen mit dem Flug sind das dreißig Mille. Du hast uns ruiniert! Ist dir das eigentlich klar?«

Das stimmte nicht. Wolfgang sparte auf einen Porsche. Und auf einen eigenen Fitnessraum. Geld war schon da, nur war es eben verplant. Für Wolfgang. Dennoch zerbröselte Niki wie ein vertrocknetes Croissant. Tränen traten in ihre Augen.

»Entschuldige. Ich wollte doch nur …«

Wolfgang schrie mittlerweile. »Gnädige Frau lassen sich die Fingernägel mit purem Gold lackieren, oder was? Du setzt dich jetzt auf der Stelle in einen Zug und kommst nach Hause. Ich habe schon mit dem Hotel verhandelt. Vielleicht kriegen wir das Geld zurück, wenn ich dich für unzurechnungsfähig erklären lasse. Verflucht noch mal, so was wie du gehört in die geschlossene Abteilung!«

Das war schlimmer als ein Schlag ins Gesicht. Niki begann zu weinen. Sie hatte alles falsch gemacht. Die Rettungsaktion für ihre Ehe ging soeben mit Pauken und Trompeten daneben. Begriff Wolfgang denn gar nicht, dass sie das alles aus Liebe tat? Für ihn, nur für ihn? Sie war so aufgelöst, dass sie nicht merkte, wie ihr jemand auf die Schulter tippte.

»Annika?«

Sie fuhr herum und blickte in Marios sanfte Augen. Er lächelte breit und hielt ihr seine Fäuste vors Gesicht.

»Nicht vergessen«, flüsterte er. »Immer schön die Wut rauslassen.«

Dann nickte er den jungen Damen hinter dem Tresen zu, die ihn verschleierten Blicks anglühten, und verschwand in Richtung Ausgang.

Sofort ging mit Niki eine eigentümliche Verwandlung vor. War sie denn noch bei Trost, sich schon wieder zu ducken? Dabei hatte sie doch gerade erst begriffen, was Wolfgang abzog! Wut war angesagt, kalte, finstere Wut! Sie holte mit der freien Hand ein Tuch aus der Kleenexbox, die auf dem Tresen stand, und schnäuzte sich. Dann reckte sie sich.

»Wie heißt sie?«

»Was?«

»Na, das süße Ding, das du vorgestern vor dem Kaufhaus abgeschleckt hast, du Seitenspringer.«

Stille.

Niki begutachtete das Gemälde hinter dem Empfangstresen. Es zeigte leicht bekleidete Frauen, die sich in einem Dampfbad rekelten. Wolfgang war weit, weit weg. Und nicht erst seit gestern. Ob sie ihm sagen sollte, wie sehr sie ihn liebte? Dass sie Höllenqualen auf sich nahm, nur, um ihm wieder zu gefallen? Nein, dafür war es zu früh.

»Ich nehme mal an, dass du eine sturmfreie Bude ganz gut gebrauchen kannst«, erklärte sie mit fester Stimme. »So ungestört im Ehebett ist es doch viel netter als auf der Besucherritze. Jedenfalls für einen Mann, der sein Gehirn mit seinem Penis verwechselt.«

»Wie?« Wolfgang hatte sich noch nicht von Nikis Überraschungsangriff erholt. Er räusperte sich. »Nein, nein, du hast da was missverstanden. Ich ...«

»Vorschlag«, unterbrach Niki ihn knapp. »Wir beide denken jetzt mal vier Wochen nach. Dann gebe ich dir noch eine einzige Chance. Solange lässt du mich in Ruhe.«

»Was redest du da? Du bist meine Frau! Du kommst gefälligst zurück! Und wenn ich dich persönlich aus diesem sauteuren Resort schleifen muss!«

Er drohte ihr. Normalerweise wäre sie jetzt winselnd zu ihm zurückgelaufen, hätte sich mit einer Tafel Schokolade ins Bett gelegt und die Decke über den Kopf gezogen. Es wäre nicht das erste Mal gewesen. Wenn sie stritten, was selten vorkam, zog sie stets den Kürzeren. Heute nicht. Aber heute war ja auch nicht normalerweise.

»Ich warne dich«, presste Niki hervor. »Versuch's gar nicht erst.« Plötzlich hatte sie eine Eingebung. »Ich bin nicht allein hier.«

Sie wollte ihn eifersüchtig machen. Keine schöne Taktik, aber angeblich effektiv. Sollte er ruhig denken, dass sie durchaus noch attraktiv für andere Männer war.

Wieder Stille. Der Schlag hatte gesessen. Ein Volltreffer.

»Also, mach es dir gemütlich«, säuselte Niki. »Falls du

Hunger hast – die Kühltruhe ist randvoll, und mit der Mikrowelle solltest du eigentlich klarkommen. Ciao, Wolfgang.«

Sie legte auf. Nackte Panik kroch in ihr hoch. Was, wenn er wirklich anreiste?

»Siehst aus, als hätte dir jemand in den Pudding gespuckt, was war denn los?«, fragte Walburga, als Niki leichenblass in die Kneippabteilung zurückkehrte.

»Das wollte ich *dich* gerade fragen«, erwiderte Niki kühl. »Überlass es in Zukunft bitte mir, ob ich ein Gespräch annehme oder nicht. Und gewöhn dich schon mal dran, dass ich es nicht mag, wenn man sich in mein Leben einmischt.«

Walburga fiel die Kinnlade herunter. Niki konnte es ja selbst kaum glauben, dass sie den Mut hatte, Walburga so direkt ihre Meinung zu sagen. Sie, das verschreckte Kätzchen, das selten oder nie aufmuckte. Das war eine neue Niki. Eine, die Grenzen zog.

»Sachte, sachte«, ruderte Walburga zurück. Sie tauschte einen kurzen Blick mit Tamara. »Wir hatten nur den Eindruck, dass du – Betreuungsbedarf hast.«

Niki tauchte ihre Füße in ein Becken mit kaltem Wasser. Sie konnte eine Abkühlung gebrauchen. Doch die Wut in ihr kochte weiter. Auch gut. Da konnte sie gleich alles in einem Abwasch erledigen.

»Soso, Betreuung nennst du das«, giftete sie. »Ich sag jetzt mal, wie ich das nenne: emotionalen Totalschaden. Seit ich dich das erste Mal sah, hast du mich nur runtergemacht. Als wäre ich das dümmste Dummchen unter der Sonne. Das halte ich nicht mehr aus.«

Jetzt war Walburga vollends aus dem Konzept gebracht. Schweigend nagte sie an ihrer violetten Unterlippe.

»Es ist ja nur, weil …« Tamara spielte nervös mit ihrer goldenen Kette. »Wir mögen dich. Sehr. Und wir machen uns ein bisschen Sorgen. Natürlich wollen wir nicht aufdringlich sein. Aber man braucht Freundinnen hier. Gute Freundinnen. Sonst steht man die Kur nicht durch.«

Das Wort Freundinnen löste in Niki etwas aus. Sie dachte an ihr Leben zu Hause. Hatte sie Freundinnen? Gute Freundinnen? Klar, es gab ein paar Frauen, mit denen sie sich von Zeit zu Zeit zu Kuchen und Prosecco traf. Hatte eine von ihnen jemals gesagt, dass sie Niki mochte? Sie konnte sich nicht erinnern. Schon wieder war sie den Tränen nahe.

»Lass einfach laufen«, sagte Walburga ungewohnt leise. »Wir heulen hier alle wie die verdammten Welpen. Die Kur nimmt einen total mit. Is' normal.«

»Wirklich?«

Niki schaute zu Walburga hinüber. Auch sie sah heute Morgen nicht gerade taufrisch aus. Das pechschwarze Haar hing ihr strähnig in die Stirn, ihre Augenlider waren rot geschwollen, ihre fleckige Haut zeigte deutliche Spuren eines anstrengenden Lebens. Letztlich wusste Niki nichts über Walburga. Nur, dass sich hinter dem ganzen prolligen Gerempel offenbar eine genauso verletzliche Frau verbarg, wie sie selbst eine war.

Walburga zog einen Schmollmund und hielt Niki die Hand hin. »Frieden?«

Niki zögerte, dann schlug sie ein. »Okay, Frieden. Aber werd jetzt bloß nicht zahm. Ich mag deine bescheuerten Sprüche.«

»Ach nee. Echt jetzt?« Walburga wirkte ehrlich erfreut.

Niki sah zur Uhr und sprang auf. »Herrje, der Yogakurs! Kommt ihr mit?«

»So sicher wie die Tatsache, dass Mario dich rauf und runter gerattert hat«, grinste Walburga.

Zu dritt steuerten sie den Yogaraum an. Er glich einer Turnhalle, nur dass der Boden aus rötlichem Parkett bestand und die Wände mit einem zarten Blumenmuster bemalt waren. Die Holzjalousien der bodentiefen Fenster waren halb heruntergelassen, so dass das Sonnenlicht Streifen auf das Parkett warf. Sphärische Streicherklänge durchzogen den Raum, aufgelockert durch das Stöhnen und Ächzen von etwa fünfzig Menschen.

Der Kurs hatte schon angefangen. Eine ältere grauhaarige Dame, gertenschlank und drahtig, stand im weißen Gymnastikanzug vorn auf einem Podest. Sie hatte ein Bein so weit hochgezogen, dass der Fuß das gegenüberliegende Knie berührte. Ihre Handflächen hatte sie wie zum Gebet vor der Brust zusammenlegt. Als wollte sie den Gott des Yoga anflehen, er möge sie endlich von diesen vielen dicken Menschen befreien.

»Das nächste Mal bitte pünktlich«, tadelte sie die Neuankömmlinge. »Wir sind bereits beim Sonnengruß, in der

Version für Anfänger: Gerade stehen, Hände vor der Brust zusammenlegen. Einatmen, Arme heben, ausatmen, Oberkörper nach vorn beugen und die Hände neben den Füßen ablegen. Yoga führt Sie auf den Weg der Entspannung, der Energie und der Zügelung von Begierden. Also los.«

Niki versuchte es. Doch beim Versuch, die Hände neben die Füße zu legen, scheiterte sie kläglich. Sie wankte und kippte fast um. Nee, das war nichts für sie. Resigniert setzte sie sich auf den Boden.

»He, Sie da hinten im rotweiß gestreiften Kleid! Könnten Sie vielleicht mal Ihren Tiefschlaf beenden?«

Die Worte trafen Niki wie Peitschenhiebe. »Meinen Sie etwa mich?«

Dabei war sie die Einzige, die keinen Sportdress trug. Und die Einzige, die sich als Streifenhörnchen verkleidet hatte.

»Ja, Sie. Yoga bedeutet nicht, wie ein Trauerkloß herumzuhängen. Ein bisschen mehr Engagement bitte!«

Das war eine öffentliche Demütigung. Sofort fühlte sich Niki an das Spießrutenlaufen des Sportunterrichts erinnert, in dem sie als Schülerin kläglich versagt hatte. »Du hängst am Reck wie ein nasser Sack«, war noch einer der freundlicheren Kommentare gewesen, mit denen der Sportlehrer sie damals bedacht hatte. Und beim Völkerball war sie wegen ihrer Leibesfülle ein leichtes Ziel gewesen – selten war sie ohne blaue Flecke davongekommen.

Also hatte sie wieder mal die Rolle des Versagers. Die alte Niki wäre jetzt heulend auf ihr Zimmer gelaufen und hätte das Bett mit bitteren Tränen überschwemmt. Doch die neue Niki ließ sich nicht so leicht aus der Spur werfen.

»'tschuldigung! Bin Bewegungslegastheniker!«, rief sie fröhlich.

Walburga neben ihr hob feixend den Daumen. »Recht so, gib ihr die Kante!«

Aufmerksam beobachtete Niki die anderen Gäste, die sich fast vollzählig im Yogaraum versammelt hatten. Sie kamen aus aller Herren Länder. Neben ihr schwitzte ein dunkelhäutiges Ehepaar mit Rastazöpfchen, daneben eine durchscheinende britische Dame, die unablässig »Oh my God« vor sich hin flüsterte. Etwas weiter entfernt entdeckte Niki zwei indische Herren, die Turbane zu ihrem Gymnastikoutfit trugen. Sogar eine japanische Familie turnte herum, mit einem ballonartigen Kind von etwa zehn Jahren.

Auch Leo war da. Er hatte es geschafft, seinen Oberkörper in die Waagerechte zu bringen, ohne umzufallen, und schien sehr stolz darauf zu sein. Alexis dagegen machte ihre Sache sehr gut. Ihr akkurater blonder Pagenkopf wackelte nur ein ganz klein wenig, während sie schon bei der nächsten Position dieses komischen Sonnengrußes war, eine Position, die Niki an die gute alte Hündchenstellung erinnerte.

Das Seufzen und Stöhnen im Raum wurde lauter. Immer mehr Teilnehmer gaben auf, weil ihr Körpervolumen im umgekehrten Verhältnis zu ihrer Gelenkigkeit stand. Das fiel mittlerweile sogar der Yogalehrerin auf.

»Wir wechseln jetzt zum Krieger«, rief sie. »Er fördert Standfestigkeit, Balance und Bewegungsfähigkeit.« Sie stellte sich breitbeinig hin, legte einen Arm an ihren Oberschenkel und hielt den anderen gebeugt über dem Kopf.

Der Krieger kam wie gerufen. Du bist stark, hatte Mario gesagt, und, bei Gott, genau das wollte Niki künftig sein. Einigermaßen beschwerdefrei ahmte sie die Stellung nach. Auch Walburga, Alexis und Tamara gaben gute Krieger ab. Ich habe Freundinnen, frohlockte es in Niki. Wir gegen den Rest der Welt. Geht doch. Die schwerste Übung lag allerdings noch vor ihr: mit eisernem Willen abnehmen und Wolfgang zurückerobern.

Seine eiskalte Härte hatte sie im Innersten erschüttert. Noch nie hatte er so mit ihr gesprochen. Lag es wirklich nur am Geld? Vielleicht vermisste er sie ja, wollte es aber nicht zugeben. Diese Möglichkeit hatte Niki noch gar nicht in Betracht gezogen. Sie waren immer ein gutes Team gewesen. Hatten alles geteilt, Tisch, Bett und Fernsehen. Bis – gut, bis er sich nach etwas anderem umgesehen hatte. Doch solche Verfehlungen konnten auch klärend wirken, hatte sie irgendwo einmal gelesen. Jedenfalls würde sie weiterkämpfen.

»Spüren Sie Ihren Körper?«, fragte die Yogalehrerin und bekam ein vielstimmiges »Mmmmh« zur Antwort.

»Beim Yoga gibt es immer auch eine ethische Komponente«, erklärte sie weiter. »Sie alle können Ihr Karma positiv beeinflussen. Reinigen Sie Ihr Selbst. Bekämpfen Sie die feindlichen Arjuna! Atmen Sie!«

Niki atmete. Sie atmete sogar in ihre Mitte. Deutlich konnte sie noch Marios Hände spüren, die ihr den Weg dorthin gewiesen hatten. Und falls es irgendwelche feindlichen

Arjunas gab – auch wenn sie keine Ahnung hatte, was das sein sollte –, blieb denen keine Chance mehr. Mit jedem Atemzug vertrieb sie die bösen Energien, die sich in ihr Leben geschmuggelt hatten. Na ja, sie versuchte es wenigstens.

»Atmen Sie, sich lösend von der Außenwelt, auf die Nasenwurzel schauend!«, befahl die weißgekleidete Frau.

Die Nasenwurzel, lag die nicht zwischen den Augenbrauen? Wie sollte man denn dahin gucken? Niki fing an zu schielen.

»Und jetzt das Kapalabhati: stoßartig ausatmen, und dann laaangsam einatmen.«

Mannomann, war das kompliziert.

»Sehr schön«, lobte die Trainerin.

Niki konnte sie nicht gemeint haben, denn die war noch mit ihrer Nasenwurzel beschäftigt.

»Füllen Sie Ihre Lungen! Halten Sie die Luft dort! Nicht ausatmen! Konzentrieren Sie sich auf den Bauch, die Wirbelsäule und die Schädeldecke! Zwei Minuten halten!«

Niki versuchte es und fühlte sich aufgeblasen wie ein Kugelfisch. Die Augen traten ihr aus den Höhlen, ein Schweißgerinnsel sickerte ihre Schläfen herunter. Ob das alles wirklich gesund war?

»Jeeeetzt: ausatmen!«, rief die Trainerin. »Den Hauch und Aushauch regelnd, die durch der Nase Inneres gehen, ist die Atmung Quelle höherer Energien. Seien Sie bereit für die spirituelle Transformation! So wie es im Bhagavad-Gita heißt: Zügelnd die Sinne, Herz und Geist, ganz der Erlösung zugewandt – befreit von Wünschen, Furcht und Zorn!«

Äh, hallo? Mario wollte doch, dass sie endlich mal wütend war. Warum sollte sie also ihren Zorn loswerden? Nee, nee, so weit war sie noch nicht. Innerlich stieg Niki aus. Sie hatte noch nie an irgendwelchen Esoterikquatsch geglaubt, außerdem merkte sie, dass gerade ihr linker Fuß einschlief.

»Der Yogi soll beständig sich mühen in der Einsamkeit«, dozierte die Yogalehrerin. »Allein, bezähmend Sinn und Selbst, nichts hoffend, ohne Besitz.«

Einsam, allein, nichts hoffend? Und arm wie eine Kirchenmaus? So stellte sich diese komische Yogatante das ideale Leben vor? Nicht mit Niki. Sie ließ ihren Kriegerarm sinken und stellte den rechten Fuß auf den Boden zurück. Schluss mit lustig. Sie ließ sich doch nicht ihre letzte Hoffnung nehmen.

»He, Sie da im Gestreiften! Gerade stehen!«, wurde sie erneut zurechtgewiesen. »Wir gehen hier nicht Pilze sammeln!«

Walburga robbte dichter an Niki heran. »Yoga-Queen Beate Grossmann ist der Blockwart hier«, wisperte sie. »Die mobbt jeden, mach dir nichts draus.«

»Aber ich dachte, Yoga entspannt?«, flüsterte Niki.

»Die nicht«, raunte Walburga. »Stell dich auf gnadenloses Mitgefühl und konsequenten Vernichtungswillen ein. Ich glaube, sie war mal mit Doc Mannheimer in der Kiste. War wohl zum Abgewöhnen. Die zickt, weil sie erotisch total unterzuckert ist. Apropos: Hast du nächsten Montag schon was vor?«

»Klar, eine Runde McDonald's, ein All-you-can-eat-Buffet

und dann ein Date mit Mario. Wir sauen uns gegenseitig mit Sprühsahne ein.«

Walburga kicherte leise. »Also nichts. Magst du Pornos?«

»Wie bitte?«

»Jetzt guck nicht so verkramt. Alexis und Tamara sind auch dabei. Pornos sind überhaupt nicht unanständig. Sonst würden nicht so viele Nonnen mitspielen. Wie auch immer: Wir veranstalten einen richtigen Mädelsabend. Du bist eingeladen.«

Irgendwie hatte sich Niki diese Fastenkur anders vorgestellt. Doch zum ersten Mal in ihrem Leben hatte sie Freundinnen. Echte Freundinnen. Ein ungekanntes Glücksgefühl durchlief ihren Körper. Was auch immer passieren würde, sie war nicht allein.

Tag drei

»Sieben-und-neunzig, sieben-und-neunzig«, trällerte Niki vor sich hin, als sie am nächsten Morgen dem Sprechzimmer von Doktor Mannheimer entgegenstrebte. Es war sieben Uhr. Abgesehen vom Spaghettirückfall des ersten Abends war sie übermenschlich brav gewesen. Hatte ihren knurrenden Magen ignoriert, auf dem Laufband geschwitzt und gehorsam ihren Darm entleert. Eine Tortur, auf die sie unendlich stolz war.

Die Waage hatte sie nach dem Aufstehen mit einer glatten Sieben hinter der Neun belohnt. Ein Kilo weniger als vor ihrer Abreise! Ein kleiner Schritt für die Menschheit, aber ein Riesenschritt für Niki. Aufgeregt klopfte sie an die Tür des Behandlungszimmers und stürmte hinein.

»Nehmen Sie Platz.«

Der zu Recht unbeliebte Doktor Mannheimer sah nicht mal auf, so vertieft war er in einen Stoß Akten. Er trug wieder seinen blütenweißen Arztkittel und eine gestrenge Miene zur Schau. Keine Frage, hier war spaßfreie Zone.

»Wir haben ein Date, oder?«, fragte Niki kokett.

Sie konnte es kaum erwarten, ihren kleinen Triumph auszukosten. Von wegen Hoheit über den Körper zurückgewinnen. Aber der verkniffene Medizinmann ließ sich Zeit.

Wenigstens hatte sie ihm seinen besten Rotwein weggesüffelt. Recht so. Das hatte er verdient.

Doktor Mannheimer sah auf. »Stimmt, wir haben einen Termin. Aber der wird in einer Minute vorbei sein.« Er fixierte Niki mit seinem stählernen Blick. »Sie haben mir nämlich etwas Entscheidendes verschwiegen!«

Oha. War in der Küche etwa eine Überwachungskamera installiert? Dann hatte Doktor Mannheimer mittlerweile entdeckt, dass Niki Spaghetti mit den Fingern aß und seinen heiligen Château Garage geköpft hatte. Unwillkürlich zog sie den Kopf ein. Was kam jetzt? Fünfzig Kniebeugen und hundert Liegestütze? Öffentliches Auspeitschen? Oder der Rauswurf? Sie schickte ein Stoßgebet gen Himmel. Bitte nicht. Ich will hierbleiben.

Doktor Mannheimer klappte seine Akte zu. »Die Hoteldirektion hat mich soeben angewiesen, Ihren Aufenthalt zu beenden.«

Nikis Hände wurden eiskalt. »Das muss ein Missverständnis sein. Ich fühle mich sehr wohl, und die dumme Sache mit der Küche neulich …«

»Ihr Mann hat uns darüber informiert, dass Sie psychisch labil sind«, schnitt Doktor Mannheimer ihr das Wort ab. »Ein schwerwiegender Verstoß gegen unsere Statuten!«

Wolfgang steckte also dahinter? Niki glaubte nicht recht zu hören.

Während Doktor Mannheimer aufstand, stach er mit seinem ausgestreckten Zeigefinger in die Luft. »Sie haben mir verschwiegen, dass Sie Wahnvorstellungen haben! Dass Sie unter schweren Psychopharmaka stehen und eine Gefahr für sich selbst und unsere Gäste sind!«

Wahnvorstellungen. Psychopharmaka. Gefahr. Die Worte wirbelten in Nikis Hirn herum wie ein angriffslustiger Wespenschwarm. Es dauerte einen Moment, bis sie begriff, was los war. Wolfgang schreckte wirklich vor nichts zurück. Und Doc Mannheimer glaubte die Geschichte auch noch. Er sah so wütend aus, als ob er sie auf der Stelle in eine Zwangsjacke stecken wollte.

»A-aber, a-aber«, stammelte Niki, »ich bin putzmunter und kerngesund!«

Doktor Mannheimer umrundete seinen Schreibtisch und baute sich drohend vor ihr auf. »Wir sind hier sehr sensibel für das Thema. Ein Suizid oder ein tätlicher Angriff auf die Gäste, und unser Ruf ist ruiniert. Am besten packen Sie sofort Ihre Sachen!«

Wie war das noch mit der Wut? Lass sie raus? Nicht nötig, Niki platzte fast vor Wut.

»Sie sind Arzt, richtig?«, schrie sie. »Liegen Ihnen etwa Atteste vor? Haben Sie mein Zimmer durchsucht und irgendwelche Psychopillen gefunden?«

Mit so viel Gegenwehr hatte Doktor Mannheimer nicht gerechnet. Beschwichtigend hob er die Hände. »Nun beruhigen Sie sich doch, Frau Michels. Wir sind eine seriöse Klinik.«

»Seriös ist was anderes«, schnaubte Niki. »Da kann also einfach irgendein Depp anrufen und mich beschuldigen, und schon knicken Sie ein? Sie haben nicht die geringsten Fakten, um diese Ungeheuerlichkeit zu belegen!«

Eilig kehrte Doktor Mannheimer an seinen Schreibtisch zurück und blätterte in der Akte. »Wir müssen jedes Risiko ausschließen«, murmelte er.

»*Sie* sind hier das Risiko!«, tobte Niki. »Solange Sie mir nichts weiter bieten als Verleumdungen, bleibe ich.«

Um ihre Entschlossenheit zu unterstreichen, verschränkte sie die Arme und lehnte sich auf dem Stuhl zurück. Dann wartete sie.

Sie wartete ziemlich lange, denn Doktor Mannheimer setzte eine randlose Brille auf und klickte auf der Tastatur seines Laptops herum.

»Sie können im Internet surfen, bis Sie schwarz werden«, zischte Niki. »Ich bin so normal wie Sie.«

Nee, viel normaler, dachte sie.

Endlich gab Doktor Mannheimer auf. »Also gut. Aber ich werde mich eingehend erkundigen. Und wenn nur der geringste Zweifel an Ihrer psychischen Gesundheit auftauchen sollte, reisen Sie ab.«

Niki wischte sich den Schweiß von der Stirn und eine Träne von der Wange. Wie hatte Wolfgang ihr das nur antun können!

Sie zeigte auf die Waage. »Und jetzt zur Gewichtskontrolle! Ich habe nämlich ab-ge-nom-men!«

Ohne weitere Aufforderung stapfte sie zur Waage und schleuderte den Bademantel von sich. Sie schämte sich nicht einmal ihrer Nacktheit. Wut tat gut!

Doktor Mannheimer folgte ihr und las die Zahl ab. »Siebenundneunzig Kilo. Das bedeutet noch gar nichts. In den ersten Tagen verlieren Sie vor allem Flüssigkeit. Dann erst beginnt Ihr Körper, die Fettdepots abzubauen.«

Natürlich gab es kein Lob. Nicht bei Doc Mannheimer, dem Scheusal. Niki bückte sich nach ihrem Bademantel und zog ihn wieder an.

»Ciao, Herr Doktor«, sagte sie dumpf. »Ich werde Sie im Auge behalten. Wer sagt mir denn, dass mit *Ihrer* seelischen Gesundheit alles zum Besten steht?«

Damit ließ sie ihn stehen und verließ hocherhobenen Hauptes das Sprechzimmer. Wer bloße Vermutungen für eine Diagnose hielt, hatte ja wohl seinen Doktortitel auf der Kirmes gewonnen. Trotzdem: Sie musste auf der Hut sein. Schnurstracks steuerte sie das Büro der Klinikleitung an.

Der Speiseesaal war schon gefüllt, schließlich wollte keiner das spärliche Essen verpassen. Es war halb zwölf, eine Tageszeit, zu der Niki daheim das zweite Frühstück einnahm, meist ein Leberwurstbrot mit Essiggürkchen, um sich gleich darauf der Vorbereitung des Mittagessens zu widmen. Die Vision eines schönen fetten Eisbeins tauchte vor ihr auf. Mit Sauerkraut und Knödeln. Sie meinte fast, die Sauce riechen zu können, und das Wasser lief ihr im Mund zusammen.

Hinter ihr lagen nicht nur jede Menge Sport und Sprudelbäder, sondern eine filmreife Darbietung, die selbst Walburga beeindruckt hätte. Leicht war es nicht gewesen, die Klinikleitung davon zu überzeugen, dass ihr Gatte paranoide Züge aufwies und seit Jahren unter ärztlicher Aufsicht lebte. Eine Notlüge. Sie hatte einfach den Spieß umgedreht. Immerhin hatte Niki es geschafft, dass sie bleiben durfte.

Erschöpft ließ sie sich auf ihren Stuhl fallen. »Hallo, Herr Holst.«

»Hallo, Frau Michels.«

Leo schenkte ihr einen kurzen Blick über den Rand seiner Zeitung hinweg. Das war alles.

Umso besser, dachte Niki. Sie hatte nämlich überhaupt keine Lust zu reden und wollte auch nicht weichgequatscht werden. Was das betraf, war Leo durchaus dezent. Als könnte er ihre Stimmungen erahnen. Manchmal hatte sie den Eindruck, dass ihr Tischgenosse ziemlich tiefstapelte. Während die meisten Männer auftrumpften, hielt er sich zurück. Sagte wenig, aber das Richtige. Horchte sie nicht aus, sondern teilte gleichmütig ihr gemeinsames Schicksal. Doch, sie fing an, ihn irgendwie zu mögen.

Fräulein Rottenmeier rauschte heran. Sie servierte eine halbe Zucchini an dreieinhalb Möhrchenscheiben, als sei es ein Festtagsbraten.

»Bitte sehr«, zirpte sie. »Lassen Sie es sich schmecken. Und vergessen Sie nicht den korrekten Kauvorgang.«

Widerwillig mampfte Niki den zerkochten Krempel in sich hinein. Was blieb ihr auch anderes übrig? Die Hungerattacken waren arg. Sie hatte neuerdings Kopfschmerzen und Schwindelanfälle, die üblichen Nebenwirkungen der Kur, wie man ihr versicherte. Aber um nichts in der Welt wäre sie abgereist. Die Anzeige der Waage in ihrem Badezimmer hatte sie heute Morgen mit einer spontanen Tanzeinlage unter der Dusche gefeiert.

Außerdem stellte sie allmählich fest, dass dieser ganze Wahnsinn ihr gefiel. Die Massagen, die Sprudelbäder – na ja, das Laufband nicht so. Aber dafür Walburga, Tamara und Alexis. Mario sowieso. Irgendwie auch Leo. Was für eine schräge Truppe. Und sie mittendrin.

»Darf man die beiden Turteltäubchen stören?«, röhrte Walburga, die an den Tisch getreten war.

Niki kaute gerade zum zwanzigsten Mal ihre Möhrchen. Leo vergrub sich etwas tiefer hinter seiner Zeitung.

»Du störst nicht«, antwortete Niki. »Wir waren zwar gerade in ein angeregtes Gespräch vertieft, aber zu dritt plaudert es sich doch gleich viel netter.«

Sie stand auf und rückte für Walburga einen Stuhl vom Nebentisch heran. »Der Typ ist zum Glück so gut wie scheintot«, raunte sie. »Vielleicht hat er ein Schweigegelübde abgelegt.«

»Oder hat sich heimlich den Mund mit Marshmellows vollgestopft«, witzelte Walburga.

Leo ließ die Zeitung sinken. »Gibt es noch eine dritte Option?«

»Na, sicher.« Walburga öffnete den Reißverschluss ihres giftgrünen Jogginganzugs, so dass man ihren gewaltigen Busen mehr als ahnte. »Du bereitest dich mental auf deinen nächsten Marathonlauf vor.«

Niki versuchte, nicht zu lachen. Armer Leo. Auch unter dicken Menschen existierte eine Hackordnung. Und es gab eben immer einen, der noch dicker war als die anderen. Leo und Sport, das passte so gut zusammen wie Forelle und Schokoladensauce, das war jedem klar.

Doch Leo war nicht beleidigt. Er lächelte verschmitzt. »Wer zweiundvierzig Kilometer rennt, ohne dass er verfolgt wird, hat ein Problem.«

»Oder ein Ziel vor Augen«, erwiderte Walburga. »Einen Kasten Bier zum Beispiel.«

»Tagliatelle an Trüffelsahne«, ergänzte Niki. »Und ein ganzes Spanferkel mit Kartoffelgratin.«

»Oder zwanzig Doppelhamburger mit einem Eimer Pommes!«, fügte Walburga hinzu.

»Eine große Badewanne, voller heißer Schokolade und schöner Frauen«, sagte Leo genießerisch.

Holla, der Mann hatte ja Fantasie! Und zwar eine ziemlich erotische Fantasie! Hatte Niki sich in Leo getäuscht? Auf jeden Fall war er nicht die depressive Dumpfbacke, für den sie ihn anfangs gehalten hatte.

»Apropos: Du denkst ja hoffentlich an unsere Verabredung morgen Abend«, mahnte Walburga.

Niki lächelte schief. »Ach ja, der Mädelsabend.«

»Was verpasse ich da?«, fragte Leo.

»Weißbier on the rocks und unzüchtige Filme«, gluckste Walburga.

»Ach.« Interessiert sah Leo Niki an. »Sie scheinen ausgefallene Hobbys zu haben, Frau Michels.«

Musste Walburga denn jeden Unsinn rausposaunen? Niki wusste nicht ein noch aus vor Peinlichkeit.

»Sie ist auf die dunkle Seite gewechselt«, verkündete Walburga. »Aber wie ich unsere Niki kenne, muss sie vorher zehn Schnäpse trinken und drei Zäpfchen einführen, damit sie's überlebt. Schreckhaft, wie sie nun mal ist.«

Niki trat Walburga unter dem Tisch vors Schienbein. Übertreib's nicht!

Leos Blick wurde intensiver. »Verzeihung, da bin ich aber ganz anderer Meinung. Frau Michels strahlt ein ganz besonderes Selbstbewusstsein aus. Eine, eine …« Er suchte nach Worten. »… sinnliche Präsenz. Ich schätze mich glücklich, dass man sie an diesem Tisch platziert hat.«

Walburgas Augen wurden groß und rund wie Untertassen. Niki schluckte. Selbstbewusst und äh – wie war das? Sinnlich? Hallo?

»Dürfte ich die Damen nach dem Essen zu einem Spaziergang entführen?«, fragte Leo.

Allmählich fing sich Walburga wieder. »Nee, ohne meinen Mittagsschlaf schleiche ich wie ein Zombie durch die Pampa.«

Sie stand auf und stieß fast mit Doktor Mannheimer zusammen, der im Laufschritt durch den Speisesaal eilte.

»Hallo Doc, heute schon jemanden umgenietet?«, fragte sie herausfordernd.

Doktor Mannheimer blieb stehen. Seine Augen funkelten, sein magerer Körper bebte vor Wut, während Walburga ihn zufrieden angrinste. Offensichtlich genoss sie es, den gefürchteten Medizinmann zu provozieren.

»Frau Maletzke, ich verbitte mir diesen Ton!«, blaffte er sie an.

»Och, war doch nur Spaß«, flötete Walburga. Sie bedachte ihn mit einem gekonnten Schlafzimmerblick. »Sind Sie etwa eifersüchtig, weil ich lieber zu Frau Doktor König gehe?«

Niki sah erstaunt zwischen den beiden hin und her. Da lief was. Sie wusste nur noch nicht genau, was eigentlich.

»Frau Doktor König ist eine hervorragende Ärztin«, erwiderte Doktor Mannheimer, aber man sah ihm an, dass ihm diese Äußerung eine gewisse Selbstkontrolle abverlangte. »Relevant ist nur, dass Sie die Regeln der Kur respektieren!«

Walburga warf aufreizend ihren Kopf in den Nacken. »Was sonst? Ich drücke hier ziemlich viel ab, wäre doch schade um die schweißtreibend verdienten Mäuse.«

Knisterte die Luft, oder brannte sie schon? Niki war fasziniert. Walburga und der Doc, das war reines Dynamit. Fehlte nur noch das Streichholz an der Zündschnur.

»Ich hoffe, Sie haben mein Vertrauen verdient«, grummelte Doktor Mannheimer, dann drehte er sich um und trat den Rückzug an.

»Hat was, der Typ«, sagte Walburga lächelnd. »Auch wenn er sich in einem ziemlich ungenießbaren Zustand befindet.«

Leo hatte die kleine Szene amüsiert beobachtet. »Ich glaube, unsere gute Walburga ist die Einzige, die Doktor Mannheimer Paroli bietet.« Er beugte sich zu Niki vor. »Also, wie ist es nun mit einem kleinen Spaziergang?«

Sie überlegte kurz. Eigentlich wollte sie aufs Zimmer

gehen und ihre Lieblingssoap anschauen. Aber ein bisschen Bewegung, warum nicht?

»Um eins an der Rezeption«, schlug sie vor.

Leo lächelte. »Ich werde da sein. Sie erkennen mich an der roten Rose im Knopfloch. Und an den hautengen Radlerhosen. Schließlich möchte ich Ihnen einen ansprechenden Anblick bieten.«

Baggerte da jemand? Niki staunte. Wie ereignislos ihr Leben bisher gewesen war. Männerlos, um genau zu sein. Und jetzt hatte sie schon im Handumdrehen einen zärtlichen Guru und einen Galan, der sie zum Spaziergang einlud. Allerhand.

Als Niki um eins die Lobby betrat, wartete Leo bereits auf sie. Er hatte sich auffallend elegant gekleidet. Über einer vanillegelben Baumwollhose trug er ein karamellfarbenes Jackett. Das himmelblaue Hemd zierte eine weißblau gepunktete Fliege, seine Füße steckten in braunen Lederslippern.

Niki fühlte sich neben ihm wie ein Mauerblümchen in ihrer schwarzen Umstandshose und der kittelartigen roten Bluse. Ihre grauen Gesundheitsschuhe waren sowieso ein modischer Super-Gau. Sie brauchte dringend was Anständiges anzuziehen. Gleich heute Nachmittag würde sie Tamara und Alexis fragen. Die wussten bestimmt, wo XXL-Brummer in Zürich shoppen gingen. Nur dass Niki leider das nötige Kleingeld fehlte.

Leo führte sie in den Park der Klinik. Geharkte Kieswege

führten durch blühende Rosenbeete, weißgestrichene Bänke unter uralten Bäumen luden zum Ausruhen ein. Hell schien die Sonne durch das Laub und malte zitternde Lichtkringel auf die Spazierwege. Die Vögel zwitscherten so laut, als würden sie dafür bezahlt.

Niki holte tief Luft. Wie gut das tat. Sie ging nie spazieren, nur einkaufen. Morgens zum Bäcker, nachmittags in den Supermarkt. Das war's. Aber meistens nahm sie das Auto. Warum war sie nie auf die Idee gekommen, einfach mal Mutter Natur aufzusuchen?

»Danke, dass Sie mich entführt haben«, sagte sie.

Leo blieb stehen. Schon nach den wenigen Metern war er außer Atem. Er zog ein blauweiß kariertes Stofftaschentuch hervor und betupfte sich damit die feuchte Stirn.

»Ist mir eine Ehre«, erwiderte er.

Schweigend gingen sie weiter. Niki verlangsamte ihr Tempo, denn Leo hatte zu keuchen begonnen. Vier Zentner Körpermasse leisteten Schwerstarbeit.

»Wie halten Sie das eigentlich aus, Herr Holst?«, platzte Niki heraus. »Ich meine, es ist schön hier, aber gleich mehrere Monate?«

Wieder blieb Leo stehen. »Ach, sagen Sie doch Leo. Angesichts unserer kleinen Solidargemeinschaft sollten wir uns nicht mit Förmlichkeiten aufhalten.«

»Okay – Leo. Also, wie können Sie – äh, kannst du nur wochenlang hier abhängen, weit weg von der Familie?«

Er hob die Hände. »Tja, wie? Ich komme jedes Jahr hierher. Es ist fast so etwas wie ein zweites Zuhause. Ich mag die Leute. Und ich freue mich, dass ich dich getroffen habe.«

Niki starrte auf ihre unterirdisch hässlichen Schuhe. »Wieso das denn?«

»Nun, wie ich bereits andeutete: Du bist eine bemerkenswerte Frau«, antwortete Leo und setzte sich wieder in Bewegung.

Falls das ein Kompliment gewesen war, hatte er es verdient. Nicht sie, er war bemerkenswert. Etwas ganz Besonderes. Charmant. Und dann wieder so verschlossen. Was steckte wirklich hinter dieser aufgeschwemmten Fassade? Mit wenigen Schritten hatte sie ihn eingeholt.

»Du warst schon als Kind dick, stimmt's?«, fragte sie leise.

Seine Miene umwölkte sich. »Dick ist untertrieben. Ich wuchs in einem Frauenhaushalt auf. Mit meiner Mutter, drei Schwestern und zwei Tanten. Sie kochten den ganzen Tag, backten fantastische Kuchen, fütterten mich mit Süßigkeiten. Als ich in die Schule kam, wurde ich sofort vom Sportunterricht befreit. Der Lehrer hatte Angst, dass ich ohnmächtig werden könnte.«

Genau, wie ich es mir gedacht hatte, durchfuhr es Niki.

Leo richtete einen forschenden Blick auf sie. »Und wie war es bei dir?«

»Ich war auch ein dickes Kind, aber ich wurde nicht so verwöhnt«, bekannte sie. »Ich habe heimlich gegessen. Habe mich in der Speisekammer versteckt und alles vernichtet, was essbar war. Man sagte, ich hätte Babyspeck, doch es war

Kummerspeck. Meine Eltern waren streng, viel zu streng. Und die Kinder in der Schule haben mich gehasst.«

Leo nickte mitfühlend. »Das kenne ich. Weil ich nie mit anderen Kindern spielte, habe ich angefangen zu lesen. Ganze Bibliotheken habe ich verschlungen.«

»Bei mir war es genauso!«, rief Niki aufgeregt. »Ich las alles, was mir in die Finger kam. Romane, Sachbücher, Lexika. Wurde Klassenbeste. Eine richtige Streberin. Zum ersten Mal fanden meine Eltern mich nicht mehr so daneben.«

»Und dann?«

»Mit siebzehn entdeckte ich, dass es Jungs gibt. Denen wollte ich gefallen. Ich fing an zu hungern, aß nur noch Äpfel. Allmählich war ich nicht mehr dick, nur noch moppelig. Aber mit dem Fleiß war's vorbei. Ich rutschte in der Schule ab und schaffte gerade so meinen Abschluss. Dann machte ich eine Lehre als Köchin, weil Essen das Einzige war, was mich begeisterte. Mit neunzehn hatte ich meinen ersten Freund. Und mit zwanzig habe ich geheiratet. Das war's.«

Noch nie hatte sie so offen über ihr Leben gesprochen. Aber es hatte sich auch noch nie jemand dafür interessiert.

»Und du?«, fragte Niki. »Hast du so was wie einen Beruf?«

»Ich bin Investor«, sagte Leo.

»Wie – Investor? In was investierst du denn?«

»Häuser, Hotels, Firmen. Im Grunde langweiliges Zeug. Die Finanzwelt ist nicht sexy.« Leo zeigte auf eine Bank. »Pause? Die haben wir uns verdient nach unserem ausgedehnten Ausflug.«

Sie waren gerade mal zehn Minuten unterwegs.

Nachdem sie sich gesetzt hatten, hing jeder seinen eigenen Gedanken nach. Investor, komischer Beruf, dachte Niki. Offenbar wollte er sich nicht weiter darüber auslassen, und Niki respektierte das. Sie genoss es ohnehin, dass man mit Leo auch schweigen konnte, ohne dass die Stille peinlich war. Irgendetwas in ihnen unterhielt sich einfach weiter miteinander. Stumm. Und sehr vertraut. Sie waren eben beide dicke Kinder gewesen. Da wusste man, wie es dem anderen ging.

Das Kreischen einer Vollbremsung holte sie in die Gegenwart zurück. Sie spähte zur Auffahrt. Ein silberfarbenes Coupé hielt vor dem Eingang des Hotels. Niki wurde schlecht. Ihr Herz raste. Sie kannte diesen Wagen. Und sie kannte auch den Mann, der ausstieg. Es war Wolfgang.

Noch nie war Niki so schnell gelaufen. Sie hatte Leo nur ein »SOS« zugerufen und war losgespurtet. Hechelnd rannte sie zur Sonnenterrasse an der Seeseite des Hotels. Von dort konnte man unbemerkt ins Haus gelangen. Unbemerkt von Wolfgang. Kalter Schweiß lief ihr den Rücken herunter. Ihre Stirn glühte, ihr Herz hämmerte gegen die Rippen.

Was würde er tun? Sie zwingen mitzukommen? Es war noch zu früh! Gerade hatte sie sich daran gewöhnt, Mahlzeiten einzunehmen, die allenfalls einen Kanarienvogel satt gemacht hätten. Gerade begann sie, sich hier wohlzufühlen. Jetzt wollte Wolfgang alles zerstören. Ihre Diät. Ihre Ehe. Einfach alles. Der Gedanke daran, dass sie vielleicht schon am nächsten Tag wieder daheim auf dem Sofa sitzen und Frustpralinen futtern würde, zerriss sie fast. Nein, das durfte nicht geschehen! Niemals!

Sie stolperte über einen Rosenbusch, fiel hin, taumelte weiter. Schon kamen die cremefarbenen Sonnenschirme der Terrasse in Sicht. Auf weich gepolsterten Liegen lagerten reglose Gestalten in Bademänteln. Auch Tamara und Alexis verbrachten hier ihre Mittagspause, maskiert mit großen, dunklen Sonnenbrillen. Alarmiert sprangen sie auf, als sie Niki sahen, völlig verschwitzt und außer Atem.

»Was ist passiert?«, rief Tamara. »Darmalarm?«

»Mitkommen!«, japste Niki im Laufen. »Es geht um Leben und Tod!«

Sie bekam kaum noch Luft. Ihre Lungen schmerzten, ihr Kreislauf näherte sich dem Zusammenbruch.

Zu dritt rannten sie weiter. Nahmen den Lift in den zweiten Stock. Standen wenig später vor Walburgas Tür, die sie fast einschlugen.

»Was 'n los?«, fragte Walburga gähnend, als sie öffnete. »Habt ihr Doc Mannheimer ermordet?«

»Schlimmer«, keuchte Niki. »Lass uns rein!«

Sie stürmten an Walburga vorbei ins Zimmer, das genauso klein war wie Nikis. Zu viert hatten sie kaum Platz auf dem Bett und dem einzigen Sessel. Mit wenigen Worten schilderte Niki die Katastrophe, die sich anbahnte. Sie hatte nichts mehr zu verlieren. Alles erzählte sie, die demütigende Szene vorm Kaufhaus, ihre überstürzte Abreise, Wolfgangs

Drohanruf, seine Verleumdungen. Dann brach sie in Tränen aus.

»Was soll ich bloß tun?«, schluchzte sie.

Walburga zog die Mundwinkel nach unten und reckte das Kinn vor. »Situationsanalyse. Dein Mann ist ein Scheißkerl. Aber du willst ihn zurück. Richtig?«

Niki wischte sich mit dem Handrücken über die nassen Augen. »Ich liebe ihn nun mal. Wir sind fünfundzwanzig Jahre verheiratet. Das wirft man doch nicht einfach weg.«

»Und du willst hierbleiben, weil sonst alles wieder von vorn losgeht und du deine Ehe an die Wand fährst«, stellte Tamara scharfsinnigerweise fest.

»Das war der Plan. Aber jetzt habe ich nur noch Angst!«

Walburga wuchtete ihren Körper in die Höhe. »Dann marschieren wir mal runter und lassen dem Typen die Luft raus.«

»Wie denn?«, jammerte Niki. »Der ist zu allem entschlossen!«

»Vorsicht scheint in der Tat geboten«, pflichtete Alexis ihr bei. »Scheint aggressiv zu sein, der Göttergatte!«

»Nicht so aggressiv wie ich«, konterte Walburga.

Sie pellte sich aus ihrem Jogginganzug. Fassungslos sahen die anderen drei Frauen ihr zu. Nicht nur, weil darunter Dinge ans Tageslicht kamen, die niemand wirklich sehen wollte. Sondern weil Walburga anschließend ein unfassbar riesiges Dirndl aus dem Kleiderschrank zerrte. Es war weißlila kariert, mit einer pinkfarbenen Schürze.

»Sonderanfertigung«, erklärte sie. »Das habe ich mir mal

für einen Kunden machen lassen, der auf Jodelsex steht. Ich dachte, ich könnte es noch gebrauchen.«

Walburga zog das Dirndl an und posierte vor ihren Zuschauerinnen. Sie sah, nun ja, imposant aus. Aus den kurzen Blusenärmeln ragten baumdicke Arme, als hätte sie ein Leben lang Maßkrüge auf dem Oktoberfest gestemmt. Ihre gigantischen Brüste sprengten fast das Mieder. Aus den goldfarbenen Turnschuhen ragten mehr als stramme Waden.

»Wenn ich ihn damit nicht aushebele, nehme ich Tränengas«, knurrte Walburga. »Ausrücken zum Sondereinsatz, die Damen.«

Eine Minute später standen alle vier im Lift. Vor Nikis Augen kreisten Sterne. Ihre Beine bestanden nur noch aus Wattebällchen. Ob das gutgehen würde? Was hatte Walburga überhaupt vor? Sie kannte Wolfgang nicht. Der ließ sich nicht so leicht einschüchtern.

»Ich übernehme die Rezeption, Tamara und Alexis, ihr bleibt in der Nähe«, ordnete Walburga an. »Und Nikischatz, komm bloß nicht auf die Idee, es mit einem Showdown zu versemmeln! Überlass ihn mir.«

Niki wollte widersprechen, doch schon öffnete sich die Lifttür. Ängstlich drückte sie sich an die Rückwand des Aufzugs. Schon allein der Gedanke, dass Wolfgang vor ihr stehen könnte, fegte sie fast von den Füßen.

Walburga checkte rasch den Empfangsbereich. »Alles clean. Niki, du versteckst dich auf dem Sofa hinter der Säule da. Wenn du Theater machst, bist du tot.«

Das war eine klare Ansage. Während Niki ihren Beobachterposten bezog, sah sie, wie Walburga zur Rezeption ging. Jetzt, in der Mittagszeit, war nicht viel los. Der Pianist klimperte einsam vor sich hin, und nur ein einziges Dirndlmädchen mit blonden Zöpfen stand hinter dem Tresen. Walburga stützte ihre Ellenbogen darauf und lehnte sich vor.

»Na, Blondie, hat sich mein alter Freund Wolfgang Michels schon gemeldet?«

»Das kann man wohl sagen«, erwiderte die Hotelangestellte. »Er sucht seine Frau. Ich habe ihn gerade zu ihrem Zimmer geschickt. Er war ziemlich außer sich.«

»Soso.« Walburga griff sich zwischen die Brüste und holte einen grünen Schein heraus. Sie fächelte sich damit Luft zu. »Weißt du, was das ist?«

Die Angestellte starrte wie hypnotisiert auf den flatternden Geldschein. »Äh – ein Hunderter?«

»Nee, deine Mittagspause. Ich übernehme die nächste halbe Stunde.«

»D-das g-geht nicht«, stammelte die junge Frau, ohne den Geldschein aus den Augen zu lassen.

»Und wie das geht, Süße.« Walburga umrundete den Tresen und steckte ihr den Schein ins Dekolleté. »Viel Spaß. Ich hätte jedenfalls eine Menge Spaß mit einem Hunni.«

Unsicher sah die Angestellte sich um. »Aber nur eine halbe Stunde. Und gehen Sie bitte nicht an den Computer. Das Programm ist ziemlich kompliziert.«

»Pass mal auf, Zuckerhase«, dröhnte Walburga, während sie das Namensschild vom Dirndl der jungen Frau ablöste und es sich selbst anheftete. »Ich habe meine eigene Hardware. Und jetzt mach die Biege, bevor ich es mir anders überlege.«

Erschrocken huschte die Rezeptionistin davon. In diesem Augenblick ging eine der Lifttüren auf, und Wolfgang kam heraus. Er trug eine Jeans und ein enges weißes T-Shirt, das seinen muskelbepackten Oberkörper betonte. Suchend schaute er sich um.

Nikis Herzschlag setzte aus. Tief duckte sie sich in die Couch. Wolfgang sah müde aus. Und sehr, sehr böse. Er musste die ganze Nacht durchgefahren sein. Sein Gesicht war vor Ärger gerötet, seine Augen waren zu Schlitzen verengt. Mit schnellen Schritten näherte er sich der Rezeption.

»Wo ist meine Frau?«, rief er. »Auf ihrem Zimmer war sie nicht. Ich will sie auf der Stelle mitnehmen.«

Walburga fixierte ihn mit einem Blick, mit dem man Besteck hätte verbiegen können. »Jetzt mal langsam und von vorn. Alter? Gewicht? Vorerkrankungen? Name?«

Ihre Parodie auf den Sound von Doktor Mannheimer war perfekt. Irritiert betrachtete Wolfgang das weißlila verpackte Fleischpaket hinter dem Tresen.

»Michels, Annika Michels«, schnaubte er.

Walburga lächelte honigsüß. »Glückwunsch zur erfolgreichen Geschlechtsumwandlung. Kann ich sonst noch was für Sie tun?«

Wolfgang explodierte fast. »Jetzt hören Sie mir mal gut zu! Meine geistig umnachtete Frau ist hier abgestiegen! Sie muss dringend nach Hause. Und Sie werden mir sofort sagen, wo ich sie finde. Sonst …«

Das letzte Wort blieb in der Luft hängen wie ein geöffnetes Klappmesser.

Niki spürte eine kalte Hand an ihrem Herzen. Würde er Walburga etwas antun? Wolfgang war noch nie handgreiflich geworden. Doch sie sah sogar von weitem, wie sich die Muskeln unter seinem T-Shirt anspannten.

»Haben wir's jetzt hinter uns, Sie verbizepster Primat?«, fragte Walburga gefährlich leise. »Sie reißen sich jetzt besser zusammen. Sonst färbe ich den Fußboden mit dem Grau Ihrer Gehirnmasse.«

Eine Sekunde lang verschlug es Wolfgang die Sprache. Dann ließ er seine Faust auf den Tresen sausen. »Unverschämtheit! So was wie Sie müsste man rausschmeißen! Ist ja sowieso ein Witz, dass eine fette Person wie Sie in einer Diätklinik arbeitet!«

Walburga tippte betont gelangweilt auf der Tastatur des Computers herum. »Jede Dummheit braucht einen Deppen, der sie ausspricht. Übrigens, ich sehe gerade: Ihre Frau ist heute Morgen abgereist.«

Wolfgang trat einen Schritt zurück. »Abgereist? Das kann nicht sein!«

Jetzt mischte sich Tamara ein, die etwas abseits auf ihren Auftritt gewartet hatte. »Verzeihung, sprechen Sie von Frau Michels? Ich habe gesehen, wie sie heute morgen in ein Taxi gestiegen ist. Schade. Es hat ihr wohl nicht gefallen bei uns.«

Auch Alexis schlenderte wie zufällig heran. »Frau Michels, natürlich! Beim Frühstück hat sie sich noch von mir verabschiedet. Sie war sehr in Eile. Ich glaube, sie wollte den

Zug um elf erwischen. So eine nette Frau. Ich werde sie vermissen.«

Das war gut. Das war fantastisch! Niki wollte gerade aufatmen, als Leo die Lobby betrat. Er sah etwas durcheinander aus. Dann entdeckte er Niki hinter der Säule.

»Da bist du ja!«, rief er erfreut.

Ach, du Elend. Wenn Wolfgang jetzt auf sie aufmerksam wurde, war die Vorstellung vorbei, und es würde eine fürchterliche Szene geben. Das musste sie verhindern! Aber wie? Mit schweißnassen Händen winkte sie Leo heran und legte einen Zeigefinger auf den Mund.

Er setzte sich ächzend zu ihr. »Was war denn los, Ni…«

Weiter kam er nicht. Niki griff zum äußersten Mittel, um ihn zum Schweigen zu bringen: Todesmutig zog sie seinen Kopf zu sich heran und versiegelte seine Lippen mit einem Kuss. Sie spürte, wie Leo erstarrte.

»Ich erklär's dir später«, murmelte Niki.

Der Kuss entwickelte sich etwas anders als vorgesehen. Für einen Moment vergaß sie, wo sie war, wer sie war und wen sie vor sich hatte. Himmel, küsste dieser Mann gut! Nicht zu feucht und nicht zu trocken, mit einer flinken Zungenspitze, die völlig selbstverständlich in Nikis Mund glitt.

Sie stöhnte leicht. Dann wurde ihr wieder bewusst, was zu diesem Kuss geführt hatte. Langsam löste sie sich von Leo und sah zum Tresen. Wolfgang stand immer noch mit dem Rücken zu ihr. Er hatte offenbar nichts bemerkt.

»Abgereist«, wiederholte er tonlos.

»Ausgecheckt um neun Uhr vierzig«, bestätigte Walburga.

»Oh, ich sehe gerade, sie hat vergessen, die Getränke aus der Minibar zu bezahlen. Sie können das gern in Euro erledigen. Champagner, Amaretto, Gin Tonic – macht einhundertvierundneunzig Mäuse. Bar bitte. Die Kreditkartenmaschine ist grade abgeschmiert.«

Wolfgangs Brustkorb hob und senkte sich erregt. Er schüttelte den Kopf und hob die Hände. »Sie träumen wohl!«

»Oder soll ich den Sicherheitsdienst holen?«, fragte Walburga eisig. »Es wäre nicht das erste Mal, dass wir aus Typen wie Ihnen die Kohle centweise rausprügeln.«

Sie nahm den Hörer des Telefons ab, das auf dem Tresen stand. »Security? Ja, es gibt ein Problem. Schickt mir zwei kräftige Jungs. Die mit den Schlagringen. Pfefferspray wäre auch nicht schlecht.«

Wolfgang sackte in sich zusammen, als hätte ihm jemand in den Magen geboxt. Er holte sein Portemonnaie aus der Hosentasche und warf zwei Hundert-Euro-Scheine auf den Tresen.

»So ein Mistladen hier! Sie hätten diese Wahnsinnige festhalten müssen! Sie ist ein Risiko! Das habe ich auch bereits der Geschäftsleitung mitgeteilt!«

Walburga rollte mit den Augen. »Wenn ich Lust auf Lügengeschichten habe, lese ich Rosamunde Pilcher. Schöne Grüße an Ihre Frau. Eine bezaubernde Person übrigens. Und jetzt sollten Sie wirklich abhauen, bevor die Jungs kommen und Ihren falsch geparkten Wagen crashen. Haben sich nicht immer im Griff, die beiden. Exknackis, aber sehr effektiv.«

Abrupt drehte Wolfgang sich um und rannte aus dem Hotel. Man hörte, wie ein Motor aufheulte und das Geräusch von umherfliegendem Kies. Dann war alles still.

»War eine gute Investition, der Hunni«, lachte Walburga, nachdem alle eine Weile geschwiegen hatten. »Hab ihn in fünf Minuten verdoppelt.«

»Puh. Von dir kann man echt was lernen«, sagte Tamara voller Ehrfurcht.

»Ihr wart aber auch nicht schlecht«, grinste Walburga. »Und ich dachte, ihr könnt nur Orgasmen vorspielen.«

Auch Niki löste sich allmählich aus ihrer Erstarrung. Sie sah zu Leo, der immer noch vollkommen entgeistert dasaß.

»Was, äh, war das denn?«, fragte er.

»Ein Kuss. Und, tja, mein Mann«, erwiderte Niki schuldbewusst.

Sie hatte Leo benutzt. Ausgerechnet Leo, diesen liebenswerten Mann, der sich ihr so arglos anvertraut hatte. Alle Farbe war aus seinem Gesicht gewichen. Traurig sah er Niki an. So traurig, dass Niki rot wurde vor Scham.

Er räusperte sich. »Also war alles nur Theater?«

»Ja. Nein.«

Niki musste erst mal ihren Gefühlshaushalt ordnen. Natürlich war es Theater gewesen. Andererseits mochte sie Leo. Und der Kuss hatte sich gut angefühlt. Unverschämt gut. Auch wenn es außerhalb ihrer Vorstellungskraft lag, mit einem Mann wie Leo eine Affäre anzufangen.

Er stand auf. »Du musst dich nicht rechtfertigen. Ich hab

schon verstanden. Es war ein Ablenkungsmanöver, damit dein Mann dich nicht entdeckt. Aus welchen Gründen auch immer.«

Niki rang ihre Hände. »Nicht ganz. Bitte, Leo, bleib noch eine Sekunde!«

»Was ist hier denn los?«, fragte Walburga, die mit Tamara und Alexis im Schlepptau auf die Couch zusegelte.

»Ich wollte sowieso gerade gehen«, sagte Leo.

Er stand auf und schob sich an den Frauen vorbei. Dann drehte er sich noch einmal um, und ein ziemlich heldenhaftes Lächeln erschien auf seinem enttäuschten Gesicht.

»Auch wenn ich nicht gemeint war – du küsst grandios, Niki.«

In ihr Schuldbewusstsein mischte sich Respekt. So verhielt sich nur ein echter Gentleman. In nichts ließ er sich anmerken, dass er ihr böse war. So aufrecht, wie seine ausgefallene Figur es zuließ, steuerte er den Lift an.

»Na, das nenne ich einen stilvollen Abgang«, staunte Walburga.

Tamara fuhr sich aufgeregt durch ihre roten Locken. »Großer Gott, was hast du mit ihm angestellt? Hast du ihn wirklich geküsst?«

»Ja, und es war der größte Fehler meines Lebens«, flüsterte Niki kleinlaut.

»Bullshit. Der größte Fehler deines Lebens war das verspannte Alphatier, das du geheiratet hast«, grollte Walburga.

»Aber er sieht gut aus«, bemerkte Alexis kennerhaft. »Was für ein Body!«

»Wenn er nicht solche Stimmungsschwankungen hätte, könnte man sich glatt in ihn verlieben«, schwärmte Tamara.

Hab ich ja auch, dachte Niki. Eigentlich ist er ein toller Mann. Wolfgang konnte großzügig sein, charmant, liebenswert. Einen Hingucker mit Herz hatte sie ihn genannt, als sie sich Hals über Kopf in ihn verliebt hatte. Sie hatte sich wie ein Aschenputtel gefühlt, das vom Prinzen aufs Schloss geführt wird, als er ihr damals einen Heiratsantrag gemacht hatte. Doch, er hatte sie geliebt, daran bestand kein Zweifel. Hoffentlich gab es da noch einen Rest Gefühl in ihm. Nichts wünschte sich Niki inständiger als das.

Walburga zupfte ihre Dirndlbluse zurecht, die etwas verrutscht war. »Stimmt, er ist ganz knusprig. Nur als der liebe Gott den Grips verteilte, hat er vergessen, ›hier‹ zu schreien. Zum Sterben schön, wie ihm die Gesichtszüge entgleisten, als ich ihm die Zeche präsentiert habe.«

»Ihr wart großartig!«, sagte Niki, um das Thema zu wechseln. »Mensch, Walburga, du hast Wolfgang wirklich einen Einlauf verpasst, den er so schnell nicht vergessen wird.«

Walburga drückte ihren voluminösen Busen nach vorn. »War mir eine innere Party. Als Chefin eines Rotlicht-Etablissements lernt man so einiges. Hab schon ganz andere Komiker zusammengefaltet.«

Das glaubte Niki ihr gern. Walburga strahlte eine natürliche Autorität aus, die ihresgleichen suchte.

»Wir sollten unseren Sieg feiern!«, juchzte Tamara. »Ich habe eine Flasche Champagner in meinem Kühlschrank versteckt!«

Sie sah auf ihre etwas zu große goldene Armbanduhr, die mit Brillanten besetzt war. »Halb drei. Um halb vier beginnen die Anwendungen. Wir haben eine volle Stunde. Time to tango!«

Obwohl Niki nicht gerade zum Feiern zumute war, folgte sie ihren Freundinnen. Sie hatten alles gegeben. Und das mit einer großen Selbstverständlichkeit. Was diese drei Frauen betraf, hatte sie wirklich das große Los gezogen.

Als sie an der Rezeption vorbeikamen, legte Walburga das Namensschild auf den Tresen, hinter dem wieder die junge Frau mit den Zöpfen stand.

»Besten Dank. Ich würde übrigens mal die Festplatte checken. Ist ein Virus drauf.«

Mit offenem Mund sah das Mädchen ihr hinterher.

Wenig später standen sie in Tamaras Zimmer. In ihrer Suite, besser gesagt. Hier sah es nun wirklich aus wie auf den Fotos der Website: Zwei großzügig geschnittene Räume gingen ineinander über, ein Wohnzimmer und ein Schlafzimmer. Sie waren zartgelb gestrichen und mit feinsten Antiquitäten möbliert. Auf dem Couchtisch prangte ein aufwendiges Liliengesteck, durch die geöffnete Badezimmertür sah man den Whirlpool mit goldenen Armaturen. Das Beste aber war die Aussicht. Unwirklich blau strahlte der See hinter den transparenten Gardinen.

Walburga pfiff durch die Zähne. »Was für eine Wahnsinnshütte!«

»Ist ganz angenehm«, winkte Tamara ab. »Macht es euch bequem. Ich hole den Schampus.«

Sie nahmen in der weichen, pfirsichfarbenen Couchgarnitur Platz. Hingerissen betrachtete Niki die kostbaren Gemälde an den Wänden, die weichen, honigfarbenen Teppiche, den Balkon, hinter dem der See schimmerte. Hier auch nur eine Nacht zu verbringen, musste traumhaft sein. Für einen Moment schwelgte sie in der Vorstellung, wie sie inmitten dieses edlen Ambientes abends auf der Couch lag und dem Sonnenuntergang zusah.

»Hättest du auch haben können«, riss Walburga sie aus ihrem Tagtraum.

»Was denn?«

»Na, den Seeblick. Ich habe eben ganz nebenbei die Verfügbarkeit der Zimmer im System gecheckt. Das Doppelzimmer ist immer noch frei.«

Holla, Walburga war nicht zu unterschätzen. Hatte das blondbezupfte Mädel nicht gesagt, das Computerprogramm sei kompliziert?

Niki zögerte. »Ich denk noch mal drüber nach.«

»Aber mit den richtigen Forschungsergebnissen, Fräulein Möchtegern-Einstein«, stichelte Walburga. »Mit den Zimmern stimmt übrigens was nicht. Die haben uns doch erzählt, dass alles ausgebucht ist. Dabei stehen jede Menge Doppelzimmer leer. Und dies ist die einzige Suite, die belegt ist.«

»Mir ist auch schon aufgefallen, dass weniger Gäste als sonst da sind«, sagte Alexis. »Woran könnte das liegen?«

Walburga zuckte mit den Schultern. »Abnehmen ist kein Spaß. Ich würde auch lieber auf Malle feiern und mir eine

Sangria reinpfeifen, statt hier ein Horrorgeld fürs Hungern hinzulegen.«

Tamara erschien mit einer Flasche und vier Gläsern. Geschickt öffnete sie den Verschluss, und der Champagner perlte schäumend heraus. Er war so kalt, dass die Wände der Gläser leicht beschlugen.

»Auf unseren Sieg!«, brachte Alexis einen Toast aus.

»Auf die Dauer hilft nur Power«, erklärte Walburga. Sie legte ihre Füße in den goldenen Sneakers auf den Couchtisch. »Der Alphamann kommt so schnell nicht wieder.«

Sie prosteten einander zu. Langsam konnte Niki wieder lächeln. Wolfgang würde sich schon beruhigen. Er war ihr Mann, und sie hatten immer zusammengehalten. Aber Leo würde sie einiges erklären müssen. Beim nächsten Spaziergang. Oder am besten gleich heute Abend nach dem Essen. Das war sie ihm schuldig.

Wieder glitt ihr Blick durch die luxuriöse Suite. »Sag mal, Tamara, wird man nicht arm, wenn man in so was wohnt?«

Tamara strich sich durch die roten Locken. »Keine Sorge, arm bin ich schon. Das Geld ist weg. Mein Mann hat an der Börse gezockt, jetzt sind wir pleite. Doch meine Devise ist immer: Krachen lassen, solange noch was drin ist.«

Niki sah sie verständnislos an. »Aber wie machst du das mit der Bezahlung?«

Verschmitzt zog Tamara die Augenbrauen in die Höhe. »Ich verticke mein Geschmeide aus besseren Zeiten. Was denkst du denn, warum ich dekoriert wie ein Weihnachtsbaum durch die Gegend laufe? Einen Smaragdring bin ich schon losgeworden. Für dreitausend Euro.«

So lief das also? Niki hatte sich gründlich in Tamara getäuscht. Sie war gar nicht das übersättigte Luxusweib, sondern eine ausgebuffte Spielerin.

»Einmal die Woche veranstaltet sie eine ›Stilberatung‹ im Kaminzimmer«, erzählte Walburga. »Darauf sind sie alle scharf. Langweilen sich doch zu Tode, die Damen hier. Denen biegt Tamara dann was über die richtigen Farben bei, Sommertyp und Wintertyp und der ganze Bullshit.« Sie zeigte auf ihren giftgrünen Jogginganzug. »Wie du siehst, bin ich noch nicht drauf reingefallen.«

Jetzt mischte sich Alexis ein. »Also, mir hat sie das Leben gerettet. Ich trug immer braun und beige, obwohl das Gift für meinen Teint ist. Ich bin der Wintertyp. Seit ich kühle Farben wähle, kommt meine Aura viel besser zur Geltung.«

Die Aura. Aha. Allmählich wurde Niki neugierig. »Und ich? Was sollte ich so tragen?«

»Auf jeden Fall nicht dieses Feuermelderrot zu Beerdigungsschwarz«, antwortete Tamara. »Wenn du willst, kriegst du eine Gratisberatung.«

Niki überschlug im Kopf ihre Barschaft. Sie hatte noch hundert Euro, der Rest Haushaltsgeld für diesen Monat. Ihr letztes Geld.

Sie verknotete ihre Finger ineinander. »Äh, mein Mann hat die Kreditkarte gesperrt. Meinst du, ich könnte für hundert Euro irgendwas bekommen, was mich anziehender macht?«

»Zweihundert Euro«, verbesserte Walburga. »Schon vergessen? Bei der vorbildlichen Zahlungsmoral deines Gatten ist ein Hunni rausgefluppt. Der wird in deine textile Runderneuerung investiert!« Sie reichte Niki den Hunderter.

»Es gibt da einen tollen Secondhandshop hinter dem Bahnhof«, sagte Tamara. »Lust auf Power-Shopping? Wir könnten morgen Mittag einen Ausflug in die Spaßzone machen.«

»Aber dreh ihr bloß nicht den Reiche-Witwen-Look an«, warnte Walburga. »Sie braucht was Saufreches. Besser gesagt: eine Wagenladung Sex!«

Leo fehlte beim Abendessen. Niki blieb so lange am Tisch sitzen, bis sich der Speisesaal geleert hatte. Als Fräulein Rottenmeier schließlich demonstrativ die Lichter ausknipste, erhob sie sich. Hatte Leo auf seinem Zimmer gegessen? Mied er sie? Vielleicht hatte er den Vorfall im Foyer doch nicht so locker weggesteckt wie angenommen.

Unruhig wanderte Niki durchs Hotel. Im Vortragsraum lief ein Abschreckungsfilm über Junk Food, in der schummrigen Kellerbar hockten ein paar Gäste bei Kräutertee. Von Leo keine Spur. Und nun? Sie machte sich auf den Weg zur Bibliothek. Wenn Leo als klassischer Bücherwurm irgendwo Zuflucht gesucht hatte, dann dort.

Erwartungsvoll öffnete sie die Tür, doch die Bibliothek war leer. Tief atmete sie den herrlichen Geruch von Büchern ein. Es war der vertraute Duft ihrer Kindheit. Damals hatte sie sich in der öffentlichen Bibliothek regelmäßig mit Lektüre versorgt, um dann stundenlang zu schmökern.

Der Raum sah einladend aus. Auf dem weinroten Teppich standen weiche Sessel in Moosgrün, daneben jeweils eine Leselampe aus Messing. Im Kamin flackerte ein Feuer. Das Ganze wirkte wie ein englischer Club, nur ohne Zigarren und ohne Drinks.

Sie wollte gerade wieder gehen, als ihr Blick auf die bunten Buchrücken fiel, die ordentlich aufgereiht in deckenhohen Eichenregalen standen. Niki konnte nicht widerstehen. Mit schräggelegtem Kopf ging sie an den Regalen entlang und las die Titel. Es gab einfach alles: Unterhaltungsromane, Reisebeschreibungen, Biografien. Ein Band fiel ihr besonders ins Auge. Es war ein Buch über Madame de Pompadour, die Mätresse Ludwig des Fünfzehnten.

Fünf Minuten später war Niki in eine andere Welt versunken. Seite um Seite schlug sie um und las, wie die kluge Pompadour einen Mann nach dem anderen um den Finger gewickelt hatte. Unablässig hatte sie Briefe verfasst, galante Liebesbillets, diplomatische Depeschen, Klatschbreviers, mit denen sie ihre Getreuen unterhielt.

Doch bald schon schweiften Nikis Gedanken ab. Wie Flummis hüpften die Buchstaben vor ihren Augen herum. Die Ereignisse des Tages waren zu aufwühlend gewesen, und sie konnte sich nicht mehr konzentrieren. Wolfgang war hier gewesen! Und dann war da noch Leo, dem sie ziemlich übel mitgespielt hatte. Sie klappte das Buch zu. Schluss mit den Spielchen, dachte sie. Jetzt muss Klartext her.

Auf einem antiken Schreibtisch neben dem Kamin lag Briefpapier mit dem Vitaliswappen. Was die Pompadour so meisterlich beherrschte, konnte Niki wenigstens versuchen.

Sie rückte einen Bogen Papier zurecht und griff zu dem dunkelblauen Kugelschreiber, auf den in goldenen Lettern der Schriftzug des Hotels geprägt war. Dann begann sie zu schreiben.

Lieber Wolfgang,
nein, ich bin nicht abgereist. Ich bleibe hier, um endlich loszuwerden, was uns trennt: mein Übergewicht. Lass es mich bitte versuchen! Ich habe mich gehen lassen. Aber wir haben noch eine Chance, das weiß ich. Fünfundzwanzig Jahre Ehe und eine wundervolle Tochter sind Grund genug. Ich liebe Dich von ganzem Herzen und werde alles dafür tun, dass es mit uns wieder so wird wie früher. Gib mir diese vier Wochen. Danach reden wir, okay? Egal, was passiert ist – ich liebe Dich noch immer.
Deine Niki

Uff, geschafft. Sie las den Brief zweimal durch, bevor sie ihn in ein Kuvert steckte und die Adresse daraufschrieb. Nelkenweg 8. Wie weit weg war das! Und doch würde sie dorthin zurückkehren, runderneuert und mit den besten Vorsätzen.

Seufzend stand sie auf, dann setzte sie sich wieder. Es war noch ein zweiter Brief fällig. Sie nahm einen neuen Bogen und schrieb:

Lieber Leo,
was heute vorgefallen ist, tut mir sehr, sehr leid. Ich wollte Dich nicht verletzen, denn Du bist ein wunderbarer Mann. Ich mag Dich sehr. Bitte verzeih mir. Ich werde es wiedergutmachen.
Deine Niki
PS Du küsst auch grandios.

Ob das reichte? Unschlüssig drehte sie den Briefbogen in den Händen hin und her. Es gab so viel mehr zu sagen. Zum Beispiel, dass sie sich in seiner Nähe wohlfühlte. Und dass sie den Spaziergang mit ihm genossen hatte. Das sie mit ihm so offen reden konnte wie mit niemand sonst – nicht mal mit Wolfgang. Das gab ihr einen kleinen Stich. Aber Wolfgang würde sich ändern, ganz bestimmt. Mit ihm wollte sie alt werden. Nur mit ihm.

Eine Vision stieg vor ihren Augen auf: Sie saß mit Wolfgang im Garten, beide waren sie ergraut, zu ihren Füßen spielten Enkelkinder. Ein Duft nach Grillwürstchen durchzog die Luft, und ihre Tochter Peggy kam mit einer Flasche Rotwein nach draußen. Das Leben war so, wie es sein sollte. Kein Streit mehr, keine Auseinandersetzungen. Sie lachten und redeten bis in die späte Nacht. Das war das Glück, die Familienidylle schlechthin. Niki sah alles so genau vor sich, dass es fast schmerzte. Nein, sie durfte nicht aufhören zu hoffen.

Tag vier

Als Niki aufwachte, schlug ihr jemand mit dem Vorschlaghammer vor die Stirn. Sie zuckte zusammen. Heiliges Glaubersalz, was war denn das? An die täglichen Kopfschmerzen hatte sie sich ja schon gewöhnt, aber heute Morgen hatte der Schmerz die Wucht einer Abrissbirne.

Stöhnend drehte sie den Kopf zur Seite, und wieder war es, als verpasste ihr jemand einen Hammerschlag. Ihr Magen schlingerte wie ein Schlauchboot auf hoher See. Sie spürte ihre Füße nicht mehr. Mit letzter Kraft griff sie zum Haustelefon und drückte die Taste, auf der »Rezeption« stand.

»Hier ist Annika Michels. Mir geht es furchtbar schlecht. Könnte vielleicht ein Arzt oder besser eine Ärztin vorbeischauen? Auf keinen Fall Doktor Mannheimer!«

Dem gönnte sie ihren jämmerlichen Anblick nämlich nicht. Vergeblich kramte sie in ihrem Resthirn nach dem Namen der netten Medizinerin, die Walburga erwähnt hatte.

»Sie haben Glück – Frau Doktor Königs Termine beginnen erst in dreißig Minuten«, erwiderte das Mädchen vom Empfang. »Soll ich sie gleich zu Ihnen raufschicken?«

»Ja, bitte«, ächzte Niki.

Sie ließ sich zurück ins Kissen fallen. Was war nur los mit ihr? Lag es an den emotionalen Achterbahnfahrten des vergangenen Tages? Oder rebellierte ihr Körper jetzt komplett? All die Jahre hatte sie ihn mit bestem Essen versorgt und vor jedem Sport beschützt. War die Kur zu viel für sie? Ja, so musste es sein. Ein Nilpferd blieb eben ein Nilpferd. Man konnte keine Gazelle daraus machen. Schluss mit der ganzen Folter! Niki wollte jetzt nur noch einen starken Kaffee und drei Croissants mit einem Riesentopf Erdbeermarmelade.

Walburga war eindeutig schlauer als sie. Die hatte einen schönen Vorrat mit Schokolade und konnte sich aus ihrer Notfallration bedienen, wann immer sie wollte. Überhaupt – Walburga. Was für ein Naturereignis. Sie hatte Wolfgangs Code geknackt. Ohne ihn zu kennen, hatte sie es geschafft, ihn in seine Schranken zu weisen. Die ließ sich nicht so leicht unterkriegen. Von Walburga konnte man tatsächlich einiges lernen.

Es klopfte, und eine schlanke, dunkelhaarige Frau steckte den Kopf zur Tür herein. »Frau Michels? Ich bin Angela König. Was ist mit Ihnen?«

»Kommen Sie schnell«, flehte Niki, »ich kann nicht mehr.«

Schnell ging die Ärztin zum Bett und stellte ihren Arztkoffer auf den Nachttisch. Sie fühlte Nikis Puls, leuchtete mit einer kleinen Taschenlampe in ihre Augen und zog ein Stethoskop aus dem Koffer, mit dem sie die Herztöne abhorchte.

»Ich habe rasende Kopfschmerzen«, schluchzte Niki. »Ich halte das alles nicht mehr aus!«

Beruhigend tätschelte Frau Doktor König ihr die Stirn.

»Sie haben niedrigen Blutdruck, und Ihr Zuckerspiegel ist im Keller. Als Erstes essen Sie mal was.« Sie holte eine knisternde Zellophantüte aus ihrem Koffer und hielt sie Niki hin. »Das sind Buchweizenkekse mit Honig. Ich spritze Ihnen jetzt ein Kreislaufmittel und Vitamin B. Das wird Sie rasch wieder aufrichten.«

»O nein«, protestierte Niki. »Ich habe Angst vor Spritzen!«

Frau Doktor König lächelte verständnisvoll. »Das kommt öfter vor. Schließen Sie einfach die Augen. Es ist schneller vorbei, als Sie denken.«

Niki angelte sich einen Keks und schob ihn zwischen ihre ausgetrockneten Lippen. »Ich brauche kein Doping, ich muss dringend was essen! Was Richtiges! Bitte, könnte ich nicht vielleicht ein Croissant haben? Und einen doppelten Espresso?«

Doktor König schüttelte energisch den Kopf, während sie eine Spritze aufzog. »Der vierte Tag ist immer der schlimmste. Wir nennen es die Kurkrise. Ist ganz normal. Am besten, ich sage Ihre Anwendungen heute Vormittag ab. Ruhen Sie sich aus und gehen Sie vor dem Mittagessen ein bisschen spazieren. Die frische Luft wird Ihnen guttun.«

Niki wollte keine frische Luft. Sie wollte essen bis zum Darmverschluss! Vor ihrem geistigen Auge baute sich ein Frühstücksbuffet auf. Mit Rührei, gebratenem Speck und Rostbratwürstchen, mit frischen Muffins und einer wagenradgroßen Schwarzwälderkirschtorte. Dazu Trüffelleberpastete. Auf ihrer pelzigen Zunge bildete sich ein Pfützchen. Lecker. Das war das wahre Leben.

Bittend sah sie die Ärztin an. »Hunger!«

»Ich lasse Ihnen gleich eine warme Brühe aufs Zimmer bringen.«

Warme Brühe. Schon der bloße Gedanke daran erzeugte Brechreiz.

»Nee, danke«, murmelte Niki. »Besser nicht. Ich weiß sowieso nicht, ob ich das alles durchstehe.«

In Windeseile schob Frau Doktor König Nikis Nachthemd hoch und piekste die Spritze in den Arm. Niki wurde schwarz vor Augen.

»Ab morgen wird es besser«, versprach die Ärztin. »Wir haben da unsere Erfahrungen. Kommen Sie morgen Vormittag in mein Behandlungszimmer, dort werde ich Ihnen eine Infusion geben.« Sie begutachtete Nikis Fingernägel und sah ihr prüfend ins blasse Gesicht. »Ihnen fehlen Vitamine und Kalzium. Zu viel Fett, zu viel Zucker, zu viele Kohlehydrate. Das Übliche. Sie haben munter drauflosgefuttert, trotzdem sind Sie mangelernährt. Ironie der Völlerei.«

Sie verstaute das Stethoskop in ihrem Arztkoffer, die Kekstüte ließ sie auf dem Nachttisch liegen. »Essen Sie ruhig noch ein paar davon. Das bleibt aber unser kleines Geheimnis, ja?«

»Sie sind ein Engel«, seufzte Niki.

Die Ärztin gab Niki einen kleinen Klaps auf den Bauch. »Wenn Sie sich davon befreit haben, werden Sie auch alle anderen Probleme los.«

Niki wurde hellhörig. »Äh – von welchen Problemen sprechen Sie?«

»Na, von Ihrem Mann. Er hat für ziemlich viel Aufruhr gesorgt. Wir haben Ihren Fall hier im Hause eingehend diskutiert.«

Schamesröte überzog Nikis Gesicht. Wolfgang hatte sie absolut unmöglich gemacht. Aber kam es jetzt noch darauf an?

»Es ist anders, als Sie denken«, sagte sie kleinlaut. »Mein Mann ist gegen diese Kur. Deshalb hat er dieses Trara gemacht. Mit meinem Kopf ist alles in Ordnung.«

»Übergewicht ist ein Problem, das vom Umfeld meist nicht wahrgenommen wird«, erklärte die Ärztin. »Viele Ehepartner halten diese Kur für überflüssig. Auch wenn nicht alle zu so drastischen Mitteln greifen wie Ihr Mann.«

»Er ist nun mal – eigenwillig«, sagte Niki lahm.

»Dominant wäre das bessere Wort, nicht wahr?« Die Ärztin lächelte Niki verschwörerisch zu. »Keine Sorge. Alles wird gut.«

»Wenn's mal nur so wäre«, stöhnte Niki.

Dann fiel sie in einen tiefen Schlaf.

»Hallo? Jemand zu Hause?«

Niki blinzelte. Wo war sie? Sie hatte eine Menge wirres Zeug geträumt. Von Wolfgang, der sie mitten in der Nacht entführt und nach Hause verfrachtet hatte, von Leo, der mit ihr auf einer Wolke schwebte, wo sie sich gegenseitig mit Nussschokolade fütterten. Tief in ihr war die Hölle los. Ein Bärenhunger zerfleischte ihren Magen.

»Aufwachen! Hey, Niki, was ist mit dir?«

Walburga stand an ihrem Bett, flankiert von Tamara und Alexis. Besorgt musterten die drei das bleiche Häuflein Elend.

»Kurkrise«, antwortete Niki matt.

»Gleich wird es dir besser gehen«, sagte Walburga. »Wir büxen jetzt nämlich aus in die große weite Welt. Schon vergessen? Heute ist Shoppen dran!«

Ja doch, Niki erinnerte sich schwach. Sie setzte sich auf und strich sich das verklebte Haar aus der Stirn.

Tamara drehte eine Locke um ihren Finger. »Du hast das Mittagessen verpennt. Es ist schon halb eins. Schaffst du es in einer Viertelstunde? Wir haben ein Taxi bestellt.« Sie kicherte. »Ein Großraumtaxi. Sonst droht Achsenbruch.«

»Bist du überhaupt transportfähig?« Walburga setzte sich zu Niki aufs Bett. »Oder sollen wir einen Krankenwagen ordern? Mit ein paar gut gebauten Sanitätern?«

»Stimmt, sie sieht ganz schön mitgenommen aus«, bestätigte Tamara. »Du stellst aber auch Sachen an, Niki. Wenn ich daran denke, dass du gestern Leo geküsst hast …«

»Also, den würde ich nicht mal küssen, wenn ich die Pest hätte und nur seine Lippen mich heilen könnten«, sagte Alexis schadenfroh.

»Nichts gegen Leo!«, fauchte Niki. »Er ist ein toller Mann!«

»Oho!« Walburga tauschte einen vielsagenden Blick mit Tamara und Alexis. »Den hast du jedenfalls lässig eingeparkt. Seit heute morgen fragt er dauernd nach dir. Ob wir wissen, wo du bist und so.«

Bestimmt hatte er schon den Brief bekommen. Niki räusperte sich unwillkürlich. Sie schuldete Leo immer noch eine Aussprache, Brief hin oder her.

»Los, komm mit«, rief Tamara, »das bringt dich auf andere Gedanken. Hier fällt dir doch der Putz auf den Kopf!«

»Okay«, sagte Niki. »Ich bin dabei.«

Zehn Minuten später betrat sie die Rezeption. Ihre Kopfschmerzen waren nur noch ein Gewitterdonnern am Horizont, und ihr Zuckerspiegel war dramatisch erhöht, denn sie hatte die Kekstüte bis auf den letzten Krümel geleert. Aber immer noch war ihr schlecht vor Hunger.

Ihre drei Freundinnen waren schon da. Tamara und Alexis trugen teure Kostüme mit bunten Seidentüchern, Walburga hatte eine mutige Kombination aus weißen Leggins und rosa Sweatshirt gewählt. In ihrem pechschwarzen Haar glitzerte eine Strassspange. Sie sah aus wie eine gealterte Discoqueen aus den Achtzigern. Niki dagegen trug ihr eintopfbraunes Mantelkleid, das sie mit einer falschen Perlenkette aufgepeppt hatte.

»Du siehst allerliebst aus«, ätzte Walburga. »Reif fürs Seniorenheim. Macht nichts. Das kriegen wir hin.«

Sie stiegen in das Taxi, das vor dem Eingang wartete. Niki war so aufgeregt, als würde sie aus dem Gefängnis ausbrechen. Der Reiz des Verbotenen winkte: Freiheit! Und Genüsse, die sie sich in den letzten drei Tagen heldenhaft versagt hatte. Ihr Magen knurrte angriffslustig, ihre guten Vorsätze waren dahin. Heute wollte sie sich endlich belohnen für die Pein! Wofür war eine Kurkrise denn sonst da!

»Sagt mal, meint ihr, ich könnte einen winzigen Kaffee haben?«, fragte sie in die Runde.

Walburga, die vorn neben dem Fahrer saß, drehte sich grinsend um. »Nee, einen X-Large. Den gibt es heute auf Rezept. Frau Doktor Maletzke kümmert sich darum!«

Kaum hatte der Wagen das Klinikgelände verlassen, als Walburga den Taxifahrer an einer Tankstelle halten ließ. Sie stieg aus und kam kurz darauf mit vier Pappbechern zurück.

»Vier Becher voller Sonnenschein!«, rief sie.

Alle rissen gleichzeitig die Deckel ab. Wie das duftete! Kaffee! Echter Kaffee! Und obendrauf Milchschaum! Niki zögerte. Das war so was von unvernünftig. Aber viel zu verführerisch, um zu widerstehen. Sie setzte den Becher an die Lippen, und sofort durchströmte sie ein überirdisches Glücksgefühl. Wie hatte sie ihren geliebten Kaffee vermisst! Jede Zelle ihres Körpers tanzte, während sie hingebungsvoll das bittersüße Getränk schlürfte.

Walburga stürzte ihren Kaffee in einem Zug runter und wischte sich mit dem Ärmel ihres Sweatshirts einen Rest Milchschaum von den violetten Lippen.

»Gärtnerstraße fünfzehn!«, wies sie den Taxifahrer an. »Aber ein bisschen pronto, wenn ich bitten darf.«

Sie fuhren die Uferstraße entlang, die in die Innenstadt führte. Neugierig sah Niki aus dem Fenster. Zürich war wunderschön. Auf dem See zogen kleine Boote und blendend weiße Ausflugsdampfer ihre Bahnen, dahinter schimmerten bläulich die Berge. Die blankgeschrubbten Häuser hatten üppige Stuckfassaden, und die Straßencafés waren voller eleganter Leute. Kaum zu glauben, wie viel Leben hier herrschte, im Unterschied zur gedämpften Stille des Vitalis.

»Stopp! Da vorn ist es!«, rief Tamara, als sie nach einer Weile in eine schmale Gasse einbogen.

Die Gegend war ziemlich düster. Sexshops und billige Elektronikläden lösten einander ab, auf dem Bürgersteig der sonst so sauberen Stadt lag Unrat herum. Ausgerechnet hier sollte sich ein guter Klamottenladen befinden?

Niki starrte freudlos vor sich hin. War es wirklich erst ein paar Tage her, dass sie zu Hause losgezogen war, um sich »was Schönes« zu kaufen? Die Szene mit Wolfgang und seiner Geliebten kam ihr wieder in den Sinn. Es tat zwar noch weh, doch nicht mehr ganz so sehr.

Sie folgte den dreien in einen eher unscheinbaren kleinen Laden. Die Boutique war vollgestopft bis obenhin. Kleider, Mäntel, Blusen und T-Shirts hingen dicht gedrängt an einfachen Kleiderstangen, auf mehreren Tischen waren Handtaschen und Modeschmuck ausgebreitet.

Unschlüssig stand Niki da. Ihr Herz klopfte, nicht nur wegen der ungewohnten Koffeinzufuhr. Die demütigende Szene in dem Designerladen war noch nicht vergessen. Es würde so enden wie immer: Für sie war nichts dabei. Abgesehen davon fehlte es ihr an Geld.

Walburga knuffte Niki in die Seite. »Worauf wartest du? Bedien dich!«

»Ich weiß nicht.« Ratlos hob Niki die Achseln.

Tamara und Alexis stöberten währenddessen schon in den Kleiderbergen und stießen spitze Schreie des Entzückens aus.

»Hier, das ist es!« Tamara hielt Niki einen Bügel hin. Darauf hing ein Wickelkleid aus Jersey. »Der zarte Fliederton ist genau deine Farbe. Du bist ein Frühlingstyp. Probier mal.«

Niki nahm das Kleid und verdrückte sich damit in die Umkleidekabine. Flieder? Bestimmt sah sie in dem Teil aus wie ein zu groß geratenes lila Osterei. Dennoch zog sie es an und trat etwas unsicher aus der Kabine.

»Wow!«, staunte Walburga. »Wo ist die mausgraue Niki geblieben?«

»Und jetzt weg mit den grässlichen Gesundheitsschuhen Marke Plump und Trampel«, befahl Tamara. Sie stellte ein Paar beigefarbene Pumps vor Niki hin. »Dazu eine hübsche Kette, und das Outfit ist vollendet.«

Sie wühlte in Haufen von Modeschmuck und fingerte eine goldfarbene Kordel heraus, die sie Niki umlegte. Dann schob sie Niki zu einem altmodischen Schneiderspiegel, der sie von Kopf bis Fuß zeigte.

Niki erkannte sich kaum wieder. War das wirklich sie? Weich umfloss der schmeichelnde Stoff ihre üppigen Formen. Die Farbe bildete einen aparten Kontrast zu ihrem dunklen Haar und dem hellen Teint, und durch die raffinierte Wickeltechnik engte nichts ein. Das Kleid saß perfekt. Wenn doch nur Wolfgang sie so sehen könnte.

»Aber das ist bestimmt viel zu teuer«, flüsterte sie.

»Verhandlungssache«, befand Walburga knapp. Sie zeigte auf eine ältere Dame, die in der hinteren Ecke des Ladens saß und einen Pudel auf ihrem Schoß streichelte. »Das ist die Besitzerin. Schräg, aber daneben.« Laut rief sie: »Kundschaft!«

»Grüezi! Wie schön, dass Sie wieder einmal hergefunden haben«, sagte die Besitzerin und kam auf die vier Frauen zu, gefolgt von ihrem Pudel.

Trotz der frühen Stunde trug die ältere Dame ein bunt gemustertes Abendkleid und eine Nerzstola. Um den Hals hatte sie einige Glasperlenketten geschlungen, das Haar war bläulich gefärbt. Aber der seltsame Aufzug wirkte vollkommen natürlich an ihr, selbst am helllichten Tag.

Walburga stemmte die Hände in die Hüften. »Ist doch unsere Lieblingsshoppingfalle. Tamara und Alexis kennen Sie ja schon. Das hier ist Niki. Ein schwerer Fall.«

»Und womit kann ich Ihnen dienen?«, fragte die alte Dame freundlich.

Walburga deutete auf Nikis Kleid. »Der Lappen ist total unmodern. Die Schuhe haben schiefgelaufene Absätze, die Kette ist billiger Schund. Aber wir befreien Sie davon, wenn Sie uns einen guten Preis machen.«

Niki hielt den Atem an. Nichts davon stimmte. Das Kleid war ein Traum, die Schuhe waren wie neu, und die Kette wirkte unendlich edel. Wie konnte Walburga nur so frech mit dieser alten Dame reden?

»Nun, ich denke, wir werden ins Geschäft kommen«, erwiderte die Besitzerin.

Aufmerksam musterte sie Niki. So aufmerksam, dass sich Niki plötzlich nackt fühlte. Als könnte diese Frau direkt in ihre Seele schauen. Dann ging die alte Dame nach hinten und kehrte mit einem Arm voller Kleider zurück. Eins nach dem anderen drapierte sie über ein paar altersschwachen Stühlen, deren Sitzflächen mit abgewetztem Brokat gepolstert waren.

Auf Alexis Wangen erschienen rote Flecken vor Aufregung. »Was sind denn das für Schätze?«

»Und alle in den richtigen Farben«, staunte Tamara. »Pastelltöne, wie für Niki gemacht!«

»Die sind für besondere Kunden«, schmunzelte die alte Dame.

Wieder streifte sie Niki mit ihrem wissenden Blick. So, als hätte sie verstanden, wie aufgelöst diese Kundin war, wie verzweifelt und unsicher.

Die nächste halbe Stunde verging mit unablässigem An- und Ausziehen. Unter dem Applaus ihrer Gefährtinnen präsentierte Niki alles, was die Besitzerin ausgesucht hatte. Am Ende raffte Tamara drei Kleider zusammen und hielt sie hoch: das fliederfarbene, eines in lachsrosa und eins in zartgrün.

Walburga zeigte auf die Ausbeute. »Kassensturz. Niki hat schlappe zweihundert Euro. Fünfzig braucht sie für Notfälle. Das heißt, für hundertfünfzig nimmt sie die drei Teile plus Schuhe und Kette. Deal or no deal?«

Der Pudel kläffte, sonst war alles still. Die Besitzerin strich nervös über ihre Nerzstola. »Das ist beste Qualität, es sind alles Designerstücke.«

»Wissen wir doch«, erwiderte Alexis. »Aber vergessen Sie nicht: Wir kommen wieder. Und bis jetzt haben wir noch in jeder Saison Ihren Laden leergeräumt.«

»Also gut.« Die alte Dame schenkte Niki ein gütiges Lächeln. »Betrachten wir es als eine Investition in die Zukunft.«

Das konnte man so und so verstehen, dachte Niki. Wessen Zukunft meinte diese merkwürdige Frau? Ihre eigene oder Nikis?

Tatsache war: Vor wenigen Stunden hatte Niki noch wie ein Schluck Wasser in der Kurve gehangen, jetzt wendete sich das Schicksal. Sie konnte nicht anders, sie machte einen Schritt auf die Besitzerin zu und hauchte ihr einen Kuss auf die Wange. Was für ein Glückstag!

Walburga gab der alten Dame einen kräftigen Hieb auf die Schulter, so dass diese fast umkippte. »Sie sind ein Kracher! Und Niki, du lässt das lila Kleid gleich an. Wir haben noch was vor!«

Als Niki bezahlte, fühlte sie sich wie ein neuer Mensch. Verstohlen musterte sie sich im Spiegel. Noch konnte sie nicht ganz glauben, wie ihr geschah.

»Jetzt schreiten wir zum Höhepunkt des Tages«, verkündete Walburga, als sie wieder draußen auf der Straße waren.

Niki befand sich schon auf dem Höhepunkt. Selig schwenkte sie ihre prall gefüllte Tüte. Die neuen Pumps drückten überhaupt nicht. Es machte sogar Spaß, darin zu laufen. Bei jedem Schritt spürte sie ihren Körper, der endlich mal so gut verpackt war, dass sie sich nicht schämte. So wohl hatte sie sich lange nicht gefühlt.

»Was werfen wir als Erstes ein?«, fragte Tamara. »Eis, Kuchen oder Sekt?«

»Alles auf einmal«, antwortete Alexis.

»Zur Not auch intravenös!«, rief Walburga.

O-oh, das hörte sich nun wirklich verboten an. Nikis gepeinigter Magen hob sich erwartungsvoll. »Ihr wollt doch nicht etwa …«

»Aber klar doch«, sagte Alexis. »Jetzt schlagen wir zu, dass es scheppert!«

An der nächsten Straßenecke fanden sie ein kleines Café. Es war im Stil einer Skihütte der fünfziger Jahre dekoriert, mit dunkelbraunen Wänden und verstaubten Hirschgeweihen. Schwere, geschnitzte Stühle und rotkarierte Tischdecken rundeten die Geschmacksverwirrung ab. Aber darauf kam es gar nicht an. Es gab nur einen einzigen Grund, warum sie hier waren: die Karte rauf und runter zu schlemmen.

Sie bestellten großzügig, so dass sich bald schon Kuchen und Torten vor ihnen auf dem Tisch türmten, dazu vier Eisbecher und eine Flasche Sekt. Doc Mannheimer hätte sie unangeschnallt in die Hölle gebeamt, wenn er zufällig vorbeigekommen wäre.

Niki begann mit einem Stück Käsekuchen. Voller Wonne genoss sie das leicht säuerliche Aroma und den angenehm bröckeligen Mürbeteig. Allmählich fand sie Gefallen an ihrer Kurkrise. Danach verschlang sie den Eisbecher Milano, fünf Kugeln Schokoladeneis mit Sahne und Himbeersauce, garniert mit Mandelsplittern. Sie kollabierte fast vor Lust. Morgen würde sie wieder brav an Reiswaffeln knabbern, doch heute war eben ein besonderer Tag. Das bisschen Kuchen.

Tamara goss die Gläser voll. »Auf Nikis Wiedergeburt als Frau!«

»Moment, wieso das denn?«, fragte Niki kauend. »Ich war immer schon eine Frau, was sonst?«

»Nee, du warst ein Neutrum«, sagte Walburga. Sie nahm einen Schluck Sekt, um sich gleich darauf über ein riesiges Stück Linzer Torte herzumachen. »No Sex, no Fun.«

Tamara lächelte wissend. »Ich nenne es das Unsichtbarkeitssyndrom.«

Niki begriff nicht ganz. »Was soll das denn sein?«

»Die Tarnkappe der verlorenen Seelen.« Tamara betrachtete die Bläschen, die in ihrem Sektglas aufstiegen. »So ab vierzig geben die meisten Frauen auf. Verstecken sich in Grau und Beige. Hüllen sich in Säcke. Bloß nicht auffallen, ist die Devise. Sie verabschieden sich von der Männerfront, und die Party geht woanders ab. Die kleinen Flirts, die Blicke, alles vorbei. Und das ist falsch, grundfalsch.«

In Niki regte sich Widerspruch. »Aber wozu sollte ich flirten? Ich habe schließlich einen Mann und …«

»Hast du nicht«, fiel Walburga ihr ins Wort. »Der zieht den Außerhausservice vor, wenn ich dich daran erinnern darf.«

»Das alles ist doch nur zum Üben«, erklärte Tamara ruhig. »Flirten hält die erotischen Reflexe wach. Man fühlt sich sexy, und das fällt dann sogar dem eigenen Gatten auf. Weißt du eigentlich, wie toll du aussiehst, Niki? Und dass dich der Kellner mit den Augen auszieht, seitdem wir hier reingeschneit sind?«

Nein, das hatte Niki nicht bemerkt. Sie sah zum Tresen, und wirklich: Dort stand ein leicht untersetzter, dunkelhaariger Typ und warf ihr glutvolle Blicke zu. Ihr stockte der Atem.

Alexis hatte schweigend zugehört, nun legte sie ihre Kuchengabel beiseite und ordnete ihr akkurat frisiertes Blondhaar. »Tamara hat vollkommen recht. Wir dürfen nicht aufgeben. Liebe ist ein Spiel, das man täglich trainieren muss. Du solltest dir mal zusehen, Niki, wie du in diesen Pumps gehst. Viel gerader, und deine Hüften haben richtig Schwung. Genau das hat dein Wolfgang vermisst – eine Frau, die weiblich ist.«

Niki suchte nach Gegenargumenten, doch ihr fiel nichts Schlaues ein. Aber war das nicht zu simpel? Konnte sie nicht auch einfach so weiblich sein? Na ja, ihre Flanellnachthemden weckten ganz bestimmt keine erotischen Fantasien, genauso wenig wie ihre Hauskleider und ihre Umstandshängerchen.

Doch, es stimmte, was Tamara gesagt hatte. Auch wenn es nur ein Kleid und ein Paar Schuhe waren, irgendwie hatte sie sich dadurch verwandelt. Sie mochte sich auf einmal, und offensichtlich sah man das. Hatte sie sich nicht selbst gewünscht, dass Wolfgang sie in dem neuen Outfit sehen könnte?

»Vergiss mal die Abnehmerei«, sagte Walburga. »Viel wichtiger ist, dass du dich wieder als echte Frau fühlst. Glaub mir, das ist der Kick. Sieh mich an: Zur Miss Universum reicht's nun wirklich nicht. Trotzdem hängen mir die

Kerle am Hacken wie Hundescheiße. Das heißt ja nicht, dass ich mit jedem in die Kiste springe. Es fühlt sich nur verdammt gut an!«

Niki spähte noch einmal zum Kellner hinüber, der sie immer noch anstarrte. Sie wollte nichts von ihm, und doch gefiel ihr, dass er die Frau in ihr sah. So was war ihr seit Jahren nicht passiert.

»Ich weiß eure Anteilnahme jedenfalls zu schätzen«, sagte sie steif.

»Gern geschehen, Prinzessin«, schmatzte Walburga. Ein Klecks Eis zierte ihr Kinn. Mit beiden Händen schob sie sich ein Schokoladen-Eclair in den Mund.

Tamara sah auf die Uhr. »Viertel vor drei! Wir müssen uns beeilen! Um halb vier beginnt meine Massage!«

Sie holte ihr Handy heraus und bestellte ein Taxi.

»Aber vorher schlagen wir noch im Sexshop nebenan auf«, sagte Walburga so cool, als hätte sie von einer Bäckerei gesprochen.

Was zu viel war, war zu viel. Niki streikte. »Ohne mich!«

Walburga sah sie belustigt an. »Hand aufs Herz – hast du einen Vibrator?«

»Einen – was?«

»Na, einen batteriebetriebenen Johnny Depp. Jetzt guck nicht so verplant. Jede Frau sollte einen haben. Stahlhart und immer gut drauf.«

Niki verschluckte sich fast an den Mandelsplittern ihres Eisbechers. »Du bist unmöglich.«

»Nee, ein Profi«, sagte Walburga vergnügt. »Und ich fahre

nicht eher ins Vitalis zurück, bevor ich dir einen Gefährten für gewisse Stunden geschenkt habe!«

Als sie wenig später im Taxi saßen, lag in Nikis Kleidertüte eine längliche Schachtel, die ihr so peinlich war wie nichts zuvor in ihrem Leben.

Sie schafften es gerade so rechtzeitig in die Klink. Übermütig stoben die vier Freundinnen auseinander. Was für ein Abenteuer! Es würde nicht das letzte gewesen sein, da war Niki ganz sicher. Sie hastete in ihr Zimmer, zog das neue Kleid aus und legte es aufs Bett. Dabei ertappte sie sich bei dem Gedanken, wie Leo wohl auf ihre Verwandlung reagieren würde. Ob er es überhaupt bemerkte?

Die hochnotpeinliche Schachtel versteckte Niki im Kleiderschrank hinter der Wäsche. Dann überlegte sie es sich anders und kickte sie unters Bett. Falls Doc Mannheimer tatsächlich ihr Zimmer durchsuchen ließ, wirkte ein Vibrator schließlich alles andere als vertrauenerweckend. Wieso hatte sie das Ding nicht sofort im nächstbesten Papierkorb entsorgt?

Niki zog eine ihrer Umstandshosen sowie ein weiträumiges T-Shirt an und rannte los. Eigentlich hätte sie einen anständigen Sportdress kaufen müssen, doch dafür war es jetzt zu spät. Also musste sie mal wieder in ihrer Notklamotte den Deppen vom Dienst geben.

In der Abteilung für manuelle Therapie wartete Annegret auf sie. Niki kannte sie schon und fürchtete sich vor ihr, seit sie zum ersten Mal Bekanntschaft mit der Gnadenlosigkeit ihres Naturells gemacht hatte. Die Masseurin war eine resolute Norddeutsche, die knackende Gelenke und Schmerzensschreie für Beweise ihrer Tüchtigkeit hielt. Sie hatte Muskeln wie ein Preisboxer und Hände wie Klodeckel. Wellness schien ein Fremdwort für sie zu sein, Schmerz war ihr zweiter Vorname.

Annegret führte Niki in eine mit Kiefernholz getäfelte Kabine, deren Boden weiß gekachelt war. Die Holzpritsche bestand ebenfalls aus Kiefernholz, vor dem Fenster hingen blauweiß karierte Mullgardinen. Das Ganze wirkte wie eine Folterkammer aus dem Katalog eines skandinavischen Möbelhauses. Es roch nach Apotheke, denn die Masseurin bevorzugte medizinische Öle mit Kampfer und Menthol.

Bevor Niki sich auszog, murmelte sie zwar vorsichtshalber etwas von Kurkrise, doch Annegret beeindruckte das überhaupt nicht.

»Ich muss Sie hart rannehmen, das ist mein Job als Physiotherapeutin«, erklärte sie. »Für Streicheleinheiten ist Mario zuständig. Der tüdelt ja nur an der Oberfläche rum.«

Das war gemein. Ach, Mario. Leider war der nächste Termin mit ihm erst am kommenden Tag fällig. Sehnsüchtig dachte Niki an seine sanften Hände.

»Hopp, hopp, auf den Bauch, wir haben nur eine Stunde«, mahnte Annegret.

Genau sechzig Minuten zu viel, fand Niki. Sie hätte diese Massage nur zu gern geschwänzt. Doch das wäre ziemlich auffällig gewesen nach dem Ausflug in die Freiheit. Also ließ sie sich ergeben auf die Liege fallen. Ihr Magen rumorte vernehmlich, und ein kleiner Rülpser suchte sich seinen Weg ins Freie. Schönen Gruß auch vom Schampus. Dann legte Annegret los.

Schon nach wenigen Sekunden wimmerte Niki nur noch. Was die hier als Massage verkauften, war in Wahrheit die High-end-Variante brutalster Misshandlung. Annegrets tellergroße Hände bohrten sich in Körperstellen, die Niki lieber nicht kennengelernt hätte. Doch Widerstand war zwecklos. Sobald sie protestierte, redete die Masseurin hochzufrieden von »Schmerzzentren« und wütete nur umso heftiger.

»Komplett verspannt«, schnaufte sie vorwurfsvoll. »Hart wie ein Brett. Ihre Muskulatur ist total verschlackt.«

Der nächste Rülpser ließ Niki erbeben, diesmal meldete sich der Käsekuchen. Hatte sie es vielleicht ein klein wenig übertrieben? Ihr Magen war eben nichts Gutes mehr gewöhnt. Auch die tieferen Zonen ihrer Eingeweide beschäftigten sich nun eingehend mit der ungewohnten Nahrungszufuhr. In ihrem Bauch kündigte sich hörbar ein Inferno an.

Annegret hielt inne. »Aha, Verdauungsschwäche. Legen Sie sich auf den Rücken.«

Jeder Schmerz ist steigerbar, diese Erkenntnis traf Niki wie ein Faustschlag. Unbarmherzig drückte und presste die Masseurin ihre aufgewühlten Eingeweide. Niki hatte alle Mühe, die Gasentwicklung ihres Verdauungstraktes unter Kontrolle zu halten. Ihre kulinarischen Sünden strebten unüberhörbar dem Ausgang zu, konnten sich aber nicht recht entscheiden, welchem. Also suchten sie sich beide Öffnungen, oben und unten.

»Haben wir ein Abgasproblem?«, fragte Annegret süffisant. »Pupsen Sie ruhig. Das kommt hier öfter vor. Was raus will, muss raus.«

Auch das noch. Niki verging vor Scham. Blieb ihr denn gar nichts erspart?

Als sie eine Stunde später mehr tot als lebendig zum Fitnessraum wankte, begegnete sie Doktor Mannheimer. Sie konnte kaum noch gerade gehen, nahm aber sofort Haltung an, wie ein kleiner Soldat. Tapfer hielt sie seinem fragenden Blick stand.

»Alles bestens«, flötete sie. »Danke der Nachfrage.«

Der Arzt hob nur eine Augenbraue und ging schweigend an ihr vorbei. Für den stand sie auf der Abschussliste, so viel war klar. Aber Niki würde ihn eines Besseren belehren. Von wegen psychisch labil. Obwohl ihr Magen inzwischen Cha-Cha-Cha tanzte, ging sie so leichtfüßig, wie es ihr Gewicht zuließ, in die nächste Folterkammer.

Der Fitnessraum war eine niedrige Halle, angefüllt mit furchterregenden Maschinen und voll verspiegelt. Daher musste man davon ausgehen, dass die Klinikleitung es darauf abgesehen hatte, ihre übergewichtigen Gäste systematisch zu demütigen. Gab es etwas Schlimmeres als den Anblick menschlicher Fettansammlungen, die schlotternd an irgendwelchen Edelstahlteilen hingen?

Der Personal Trainer begrüßte Niki mit einem abfälligen Kopfnicken. Vermutlich träumte er von biegsamen Surferinnen, musste aber mit verschlackten Körperclowns wie Niki vorliebnehmen. Der reine Frustjob. Er führte sie zum

Laufband, einem Gerät, das sie bereits kannte und von Herzen hasste. Wer um alles in der Welt war nur auf die Idee gekommen, die Krone der Schöpfung gegen eine Maschine antreten zu lassen? So was war vielleicht eine nette Abwechslung für degenerierte Goldhamster, aber doch nicht für denkende Wesen.

Während Niki auf das Laufband stieg, vollführte ihr Magen einen doppelten Salto. Nur die Ruhe, sagte sie sich. Vor dem Abendessen legst du dich noch mal hin, und alles ist wieder paletti.

Der Personal Trainer stellte das Band an. »Drei Minuten. Etwas Tempo bitte, Frau Michels!«

Er war jung und grausam. Das gebräunte Gesicht unter dem blond gesträhnten Haar ließ nicht den kleinsten Anflug von Mitleid ahnen. Dabei war Niki ein einziger keuchender Schweißfleck. Ihre Umstandshose und ihr T-Shirt waren schon nach wenigen Schritten durchgeschwitzt. Ihre hochroten Wangen pulsierten, ihre Knie schmerzten, und in ihrem Magen schwappten Kaffee, Käsekuchen, Eis und Sekt unheilvoll durcheinander. Dennoch nahm sie entschlossen den Zweikampf mit der Maschine auf sich.

»Noch zwei Minuten.«

Die Sekunden dehnten sich zu Ewigkeiten. Niki sah nur noch Sterne. Fest klammerte sie ihre feuchten Hände an die Griffe des Laufgeräts, während sie mit schleppenden Schritten ihre Füße voreinander setzte. Sie war nicht die Einzige, die litt. Der Raum war erfüllt mit dem Gestöhn von Menschen, die Sport nur aus dem Fernsehen kannten. Ein Geruch von Schweiß und Panik lag in der Luft. Die hohen Fenster zum See waren fest geschlossen, offenbar, um Zugluft zu vermeiden. Um der Wahrheit die Ehre zu geben: Es stank wie im Raubtierhaus.

»Noch eine Minu… – Frau Michels?«

Der junge Trainer stellte hektisch das Laufband ab, doch zu spät. Niki war schon hingeschlagen und zappelte hilflos auf dem Marterinstrument. Ihr war grottenschlecht. Alles drehte sich um sie.

Mit einem Ruck zog der Trainer sie hoch. Niki schwankte, Niki würgte. Der Trainer umfasste sie fester. Ihr Magen drehte eine Pirouette, und dann passierte es: Ein Schwall übelriechender Flüssigkeit ergoss sich über das weiße T-Shirt des Trainers.

»Shit, shit, shit!«, schrie er wütend.

Als Letztes sah Niki ein paar unzerkaute Mandelsplitter auf dem zartgrünen Vitalis-Schriftzug seines Shirts, dann riss der Film, und es wurde dunkel. Was folgte, war tiefschwarze Nacht.

Als Niki die Augen aufschlug, war sie umringt von Menschen, die sich über sie beugten. Man hatte sie auf eine Gymnastikmatte gelegt. Alle redeten erregt durcheinander.

»Kreislaufzusammenbruch!« – »Sehen Sie doch, sie sieht ganz grün aus!« – »Was hat sie denn bloß gegessen?« – »Man muss Doktor Mannheimer holen!«

Niki wedelte panisch mit den Händen. »Bloß nicht! Ich will auf mein Zimmer!«

Jetzt kam auch Walburga angelaufen, die ihren massigen

Körper auf der Rudermaschine gequält hatte. »Ich übernehme das! Und kein Wort zu den Ärzten! Wer quatscht, liegt morgen auf dem Grund des Zürichsees. Mit einbetonierten Füßen.«

Respektvoll wichen die Umstehenden zurück, während Walburga ihre wuchtigen Arme unter Nikis Schultern schob und sie mit schier unglaublicher Kraft auf die Füße stellte.

»Hak dich ein, Hase«, raunte sie. »Ich bring dich von hier weg.«

Mehr taumelnd als gehend setzten sie sich in Bewegung. Auf dem Flur vor dem Fitnessraum zog Walburga ihre zitronengelbe Joggingjacke aus. Darunter trug sie ein ziemlich freizügiges Spitzentop, das mehr zeigte als verbarg. Doch das schien ihr egal zu sein. Sie stülpte Niki das befleckte T-Shirt über den Kopf und hängte ihr die gelbe Joggingjacke um.

»Ich kümmere mich um den Rest«, sagte sie verschwörerisch. »Wenn die sehen, was du ausgespuckt hast, gibt es nämlich tierischen Ärger!«

Niki lehnte sich an die Wand. So was Blödes aber auch, sich das süße Zeug direkt vor dem Training reinzustopfen und auch noch mit Sekt nachzuspülen. Kein Wunder, dass ihr Magen sich von der Zumutung befreien wollte. Wenigstens habe ich auf diese Weise keine Kalorien zu mir genommen, dachte sie mit einem letzten Rest Galgenhumor.

Schon kam Walburga zurück. »Ich hab die Bescherung mit deinem T-Shirt vom Boden aufgewischt. Jetzt los, bevor sie uns schnappen!«

In Nikis Zimmer angekommen, ließ Walburga ihre schwere Last aufs Bett fallen. Dann holte sie ein Handtuch aus dem Badezimmer und rieb Nikis schweißnasses Gesicht ab.

»Tut mir leid«, stöhnte Niki. »Und – danke. Ohne dich wäre das ziemlich in die Hose gegangen.«

»In die Hose? Sei froh, dass es oben rausgekommen ist«, schimpfte Walburga. »Hauptsache, die Ärzte merken nichts. Auf die Doc-Mannheimer-Show kann ich gern verzichten.«

Doch ihre Hoffnung erfüllte sich nicht. Ohne anzuklopfen, stürmte Doktor Mannheimer herein. Sein Gesicht war finster wie eine Gewitterwolke. Er warf einen vernichtenden Blick auf Walburga, dann fixierte er Niki.

»Was ist hier los?«, schnarrte er.

»Mir ist übel geworden«, antwortete Niki mit schwacher Stimme.

»Aha. Und warum?«

Walburga stand vom Bett auf, wo sie neben Niki gesessen hatte. Sie verschränkte die Arme vor ihrem Busen, über dessen Form und Größe das Spitzentop bereitwillig Auskunft gab.

»Schon mal was von Kurkrise gehört, Onkel Doc?«

Doktor Mannheimers Augen traten fast aus den Höhlen, während sich sein Blick an Walburgas weiblicher Pracht festsaugte.

»Ich rede mit Frau Michels«, sagte er, als er sich von dem Anblick erholt hatte. »Sie haben sich übergeben. Wie ich hörte, waren Sie heute außer Haus, mit Frau Maletzke.« Wieder streifte sein Blick Walburgas Busen, bevor er zu Niki zurückkehrte. »Haben Sie etwas gegessen, was nicht Ihrem Ernährungsplan entspricht?«

Jetzt war er da, der Super-Gau. Niki hätte sich am liebsten gleich noch mal übergeben.

»Frau Michels?« Doktor Mannheimer kniff die Augen zusammen. »Sie wissen, Sie stehen unter besonderer Beobachtung. Falls Ihre psychische Labilität einen schlechten Einfluss auf unsere Gäste hat, muss ich Sie bitten, die Klinik zu verlassen!«

Niki erinnerte sich zum Glück an die leere Kekstüte, die immer noch auf dem Nachttisch lag. Aber durfte sie die nette Frau Doktor König verraten? Niemals!

»Ich, ich, es waren n-nur ein paar K-Kekse«, stotterte sie. »D-die habe ich selber gekauft. Buchweizenkekse mit Honig sind erlaubt, so weit ich weiß. Aber ich habe sie ganz allein gegessen. Hier, sehen Sie selbst.«

Sie hielt Doktor Mannheimer die Tüte hin.

Mit spitzen Fingern griff er danach und entzifferte das Etikett. »Buchweizenkekse, tatsächlich. Erlaubt sind die aber nur auf ärztliche Anweisung. Gibt es noch mehr, was Sie mir sagen wollen?«

»Huhuuu, Schockmomente und Gruselspaß mit Doc Mannheimer«, platzte Walburga heraus. »Was soll das Verhör? Wir haben nur zusammen eine Stadtrundfahrt gemacht. Frau Michels ist eine verdammte Musterschülerin, was die Kur betrifft. Wenn Sie Ihre dunklen Fantasien ausleben wollen, gehen Sie doch ins SM-Studio!«

Für einen Moment sah es so aus, als würde Doktor Mannheimer seine Fassung verlieren. Er bedachte Walburga mit einem sehr merkwürdigen Augenaufschlag. Nicht nur böse, auch interessiert. Doch er hatte sich schnell wieder im Griff.

»Das habe ich überhört. Ich werde etwas zur Beruhigung des Magens vorbeibringen lassen, Frau Michels. Morgen sehen wir uns nach meiner Sprechstunde. Um zwölf. Das ist alles.«

Mit zackigen Bewegungen ging er aus dem Zimmer und schlug die Tür knallend hinter sich zu.

»So ein Ekelpaket«, schimpfte Walburga. »Der ist doch selbst reif für die Klapsmühle. Solche Typen kenne ich. Ich schwöre dir, wenn der in meinen Puff käme, würde er die Mädels am Hundehalsband spazieren führen.«

Niki wollte sich das lieber nicht vorstellen. »Und wie geht es jetzt weiter?«

»Du bleibst im Bett, beim Abendessen sehen wir uns wieder. Und vergiss nicht, das lila Teil anzuziehen. Danach zeige ich dir, wie man den elektrischen Hausfreund aktiviert. Du brauchst mal Abwechslung.«

Das fand Niki zwar überhaupt nicht, aber Walburga meinte es zweifellos gut. Sie war einfach umwerfend. Eine echte Freundin, die mit ihr durch dick und dünn ging. Vor allem durch dick.

Niki musste unwillkürlich lächeln. »Walburga?«

»Ja?«

»Ich hätte da einen Vorschlag.« Sie nahm ihren ganzen Mut zusammen. »Was hältst du davon, wenn wir doch in das Doppelzimmer ziehen? Das mit dem Seeblick?«

Seit geraumer Zeit stand Niki nun schon vor dem Badezimmerspiegel und bürstete ihr Haar. Sie trug das lila Kleid, die Kette und die Pumps. Ganz sicher war sie allerdings nicht mehr, ob sie in diesem Aufzug nun Top oder Flop war. Sie würde alle Blicke auf sich ziehen, und das machte ihr ein bisschen Angst. Verstecken war einfacher.

»Kann ich wirklich so zum Abendessen gehen?«, fragte sie.

Walburga lehnte an der Badezimmertür. Ihr Outfit war noch exotischer als sonst. Eine unförmige schwarze Lederhose und ein weit ausgeschnittenes Netz-Shirt in Kobaltblau gaben ihr das Flair einer furchteinflößenden Domina. Wohlgefällig betrachtete sie Niki.

»Hast du noch alle Latten am Zaun? Du siehst Bombe aus.«

»Wenn du meinst …«

Niki ging an ihr vorbei auf den Balkon. Sie war heilfroh, dass sie jetzt mit Walburga ein Zimmer teilte. Der Umzug war eine Kleinigkeit gewesen. Tamara und Alexis hatten mitgeholfen, Nikis Sachen einzupacken und am neuen Ort zu verstauen. Das öde Zimmer zum Hof war Vergangenheit. Jetzt wohnte sie mit dem abgefahrensten Gast der Klinik in einem großzügigen Doppelzimmer mit Seeblick, wo man nur das Gezwitscher der Vögel hörte und von Zeit zu Zeit das Tuten der Ausflugsdampfer.

Sie lehnte sich an die Balkonbrüstung und atmete tief. Die Sonne verschwand gerade hinter den Bergen, der See färbte sich rötlich. So, genau so, hatte sich Niki alles vorgestellt. Aus ihrem Tagtraum war Realität geworden, vielleicht ein gutes Omen.

Ob sich auch ihre anderen Träume erfüllen würden? Was Wolfgang wohl in diesem Moment tat? Ob er auch genug aß? Wie hatte er ihre Steaks geliebt, ihre selbstgemachte Mousse au Chocolat. Wenigstens im Hinblick auf das Essen war Niki nicht zu schlagen. So wie das Mädel in seinem Arm ausgesehen hatte, konnte die nicht mal Butterbrote schmieren.

»Verdammt schön hier, was?«, riss Walburga sie aus ihren Gedanken. Mit großer Geste zeigte sie auf den See und die Berge. »Geile Location. Man sollte sich irgendwann hier zur Ruhe setzen.«

»Du denkst doch nicht im Ernst schon über deine Rente nach?«, fragte Niki.

»Wer redet denn von Rente? Eine nette, kleine Pension mit zehn Zimmern, das wär's. Ein paar wenige Gäste, kein Ärger mehr. Manchmal denke ich nämlich daran, aufzuhören. Die Kunden gehen mir umso mehr auf den Zeiger, je älter ich werde. Männer sind wie Kinder. Als Puffmutter erträgt man das ja noch. Aber ich will nicht als Puffoma enden, mit einem Kindergarten auf Testosteron.«

Solche nachdenklichen Töne von Walburga waren neu.

Niki sah auf das Wasser, das sich hinter einem Ausflugsdampfer kräuselte. »Wenn du es wirklich willst, schaffst du das sicher. Du schaffst sowieso alles.«

»Soso. Na ja …« Walburga ging zurück ins Zimmer. »Auf zum Festmahl!«, rief sie Niki zu. »Aber nicht spucken, nur schlucken. Das sage ich immer meinen Mädels, wenn die Kunden es mit dem Mund …«

Niki hatte noch ihre Haarbürste in der Hand und warf sie Walburga hinterher. »Keine Details, bitte!«

»Wie Prinzessin befehlen«, grinste Walburga.

Offensichtlich machte es ihr diebischen Spaß, Niki aus der Reserve zu locken. Langweilig wurde es jedenfalls nicht mit dieser Zimmergefährtin.

Leo saß bereits am Tisch, als sie kurz darauf den Speisesaal betraten. Nikis Herz machte einen Ausfallschritt. Ob er ihr vergeben würde? Ihr lag so viel daran. Bestimmt hatte es ihn einige Überwindung gekostet, sich zu offenbaren. Und sie? Hatte ihn zum Statisten einer elenden Schmierenkomödie herabgewürdigt.

Seine Augenbrauen schnellten in die Höhe, als er sie erblickte. »Du siehst – fantastisch aus! Himmel, was für ein Auftritt! Dieses Kleid! Bist du einer guten Fee begegnet, die das Aschenputtel erlöst hat?«

Rasch glitt Niki auf ihren Stuhl. Große Auftritte waren nicht ihre Sache, und sie fühlte sich immer noch ganz schön wacklig.

»Danke für das Kompliment. Du siehst auch gut aus.«

Er hatte sich extra fein gemacht, das sah man sofort. In seinem zeltweiten dunkelblauen Blazer, dem rotweiß gestreiften Hemd und der blauweiß gepunkteten Krawatte wirkte er wie die Comedy-Version eines Bankdirektors. Mit abgezirkelten Bewegungen goss er stilles Wasser in die Gläser, die auf dem Tisch standen, und trank einen Schluck.

»Ich habe einen Brief bekommen«, sagte er schlicht.

Niki starrte aufs Tischtuch. »Ah, ja. Und?«

»Es ist sehr ungewöhnlich, dass heutzutage noch jemand Briefe schreibt. Du hast eine hübsche Handschrift.«

Über den Inhalt verlor er kein Wort. Er wich ihr also aus, und sie wusste nicht, was sie sagen sollte. Wie ein verdruckster Teenager saß sie da. Schließlich wagte sie einen Blick in Leos Gesicht. Es verriet nichts darüber, was er dachte. Unverwandt sah er Niki an, während ein kleines Lächeln seinen Mund umspielte.

»Dein Leben scheint kompliziert zu sein, liebe Niki. Außerdem hörte ich, dass du heute unpässlich warst.«

Niki rollte mit den Augen. »Unpässlich? Ich habe den Personal Trainer mit meinem Mageninhalt beglückt! Es war furchtbar!«

Wie aufs Stichwort erschien Fräulein Rottenmeier und servierte Leo ein pochiertes Fischfilet mit gedünstetem Gemüse. Ein wunderbarer Duft ging von dem Teller aus. Endlich mal was anderes als zerkochter Brei. Doch Nikis Vorfreude war umsonst, denn sie bekam nichts, wie die Chefkellnerin erklärte. Gar nichts!

»Was soll das denn heißen?«, fragte sie entrüstet. »Wollen Sie mich umbringen?«

»Anweisung von Doktor Mannheimer«, erwiderte Fräulein Rottenmeier mit eisiger Miene. »Wegen Ihres empfindlichen Magens. Sie sind fürs Erste auf null gesetzt. Wie man hört, haben Sie die Regeln der Kur gebrochen. Wir sind hier verantwortlich für das Wohl unserer Gäste. Sehen Sie mich an: Seit ich die Regeln befolge, erfreue ich mich bester Gesundheit. Also, bis auf weiteres Nulldiät. Kein Risiko. Der Herr Doktor weiß, was er tut.«

Und du genießt es auch noch, du missgelaunter Drachen, dachte Niki erbittert. Aber sie hatte noch einen Trumpf im Ärmel.

»Wie gut, dass Ihr Magen weniger empfindlich ist«, säuselte sie. »*Wie man hört*, haben Sie eine Schwäche für Erdbeereis mit Käsekuchenstückchen.«

Im selben Moment wusste sie, dass sie einen schweren Fehler gemacht hatte. Fräulein Rottenmeiers Gesicht färbte sich aschgrau, ihr Blick wurde steinhart. Dann wandte sie sich um und ging. Wie dumm von Niki! Jetzt würde alles rauskommen über die Spaghettiorgie! Ciao, Vitalis, hallo Depri.

»Ich bin so was von dämlich«, jammerte sie.

Leo betrachtete sie erstaunt. »Ach, darf man wissen, warum?«

In kurzen Zügen schilderte Niki die Verfehlungen der ersten Nacht. Und Leo? Fing an zu lachen. Er konnte gar nicht wieder aufhören. Tränen liefen ihm die Wangen herunter, die er mit seiner Serviette abtupfte.

»Mit bloßen Händen hast du Nudeln gegessen?« Wieder erschütterte eine Lachsalve seinen ballonartigen Körper. Es sah aus, als ob ein dicker Pinguin eine Treppe hinunterhüpfte. »Und ihr habt wirklich Doktor Mannheimers Wein …?«

»Schsch, nicht so laut!«, wisperte Niki.

Es dauerte eine Weile, bis Leo wieder ernst wurde. »Annika Michels, du bist bei weitem die unterhaltsamste Person, die ich kenne.«

»Äh, heißt das auch, dass du mir die Sache von gestern verzeihst?«, fragte Niki. Sie legte ihre Hände auf den Tisch und begann, mit dem Besteck herumzuspielen.

Leo schaute aus dem Fenster, als ob es da draußen etwas Neues zu sehen gäbe. »Es war eine interessante Erfahrung. In jeder Hinsicht.«

Na, toll. Jetzt war sie so schlau wie vorher.

So vorsichtig, als ob er zwei Tassen aus hauchdünnem Meißner Porzellan vor sich hätte, griff Leo nach Nikis Händen. Ein Schauer überlief sie. Dort, wo seine Finger ihre Haut berührten, schienen kleine Funken zu sprühen.

»Niki, zwei Dinge.« Sanft drückte er ihre Hände. »Erstens darfst du jederzeit behaupten, du hättest die Geschichte mit dem Eis von mir. Als Stammgast kann ich mir so einiges leisten, sogar heimliche Spaghetti. Zweitens: Ich mag dich auch. Was hältst du davon, wenn wir nach dem Essen noch ein wenig plaudern?«

»Nix und niente hält sie davon!«, raunzte Walburga, die sich mal wieder unbemerkt angeschlichen hatte. »Heute ist Mädelsabend. Sorry, Leo, aber das geht vor.«

»Habe ich vielleicht auch noch ein Wörtchen mitzureden?«, begehrte Niki auf.

Walburga kratzte sich am Kopf. »Nö. Männer kommen und gehen. Freundinnen sind für immer, merk dir das.«

Plötzlich hatte Niki eine Erscheinung. Halluzinierte sie,

weil ihr Magen so leer war wie ihr Hirn? Sie zwinkerte, doch die Erscheinung blieb. Sie kam sogar direkt auf Niki zu.

»Ich glaube, wir müssen unsere Pläne ändern«, flüsterte sie.

Schnell befreite sie ihre Hände aus Leos zärtlicher Umklammerung. Dann stand sie auf und ging der jungen Frau entgegen, die sich einen Weg durch die Tische bahnte. »Was machst du denn hier?«

Die junge Frau musterte Niki von oben bis unten. »Das wollte ich dich gerade fragen, Mutter.«

»Mutter?«, echote Walburga. »Hat sie Mutter gesagt?«

Eine Pause trat ein. Eine sehr lange Pause.

Mit allem hatte Niki gerechnet: dass Wolfgang sie per Telefon terrorisierte, bei Nacht und Nebel entführte oder gleich die ganze Klinik abfackelte. Doch dass Peggy anreiste, haute sie um. Seit ihre Tochter ausgezogen war, hatten sie sich nur noch selten gesehen. Niki hatte sich damals mit Händen und Füßen gewehrt, ihre Tochter gehen zu lassen, ihren Sonnenschein, ihr Ein und Alles. Doch Wolfgang und Peggy hatten sich durchgesetzt, und Niki hatte ihre Tochter schließlich im Streit ziehen lassen. Seither war das Verhältnis merklich abgekühlt.

Nun stand sie vor ihr wie ein Geist. Peggy hatte sich verändert. Aus dem pummeligen kleinen Mädchen von einst war eine selbstbewusste junge Frau geworden. Sie war jetzt vierundzwanzig und machte gerade ihr Referendariat als angehende Juristin. Von Wolfgang hatte sie die schlanke Figur und das blonde Haar geerbt, von Niki die grünen Augen und den sinnlichen Mund. Peggy war rasend hübsch. Alle Köpfe drehten sich nach ihr um, als sie jetzt vor Niki stand, in einem hochgeschlossenen Trenchcoat, das helle Haar zu einem Zopf geflochten.

»Gehe ich richtig in der Annahme, dass du gerade mit dem depressiven Walfisch da drüben rummachst?«, fragte sie feindselig. »Und dass du ganz nebenbei Papas Ersparnisse durchbringst?«

»Kind, nicht so laut«, raunte Niki. »Lass uns irgendwo reden, wo wir ungestört sind.«

»Nicht nötig!« Mit der ganzen Autorität ihres massigen Körpers, samt Lederhose und Netz-Shirt, drängte Walburga sich zwischen die beiden Frauen. »Wir können die Sache abkürzen. Wer sind Sie, und was wollen Sie von meiner Freundin?«

In Peggys Zügen malte sich pures Entsetzen. »Die da«, sie deutete mit dem Kinn auf Walburga, »ist nicht wirklich deine – Freundin?«

»Sogar die beste, Süße«, antwortete Walburga. »Heute ist Mädelsabend. Ohne dich. Und wenn du Ärger machst, lass ich dich am ausgestreckten Arm aus dem Fenster hängen, bis du um Gnade winselst.«

Peggy wich zurück. »Was ist das hier? Ein Irrenhaus?«

»Natürlich nicht«, sagte Niki. »Ist schon in Ordnung, Walburga. Darf ich vorstellen: Meine Tochter Peggy, und das ist Walburga Maletzke.«

Die beiden Frauen maßen sich mit Blicken wie zwei Schlammcatcher vor dem Entscheidungskampf.

»Deine Tochter, soso«, grunzte Walburga. »Da hätte ich aber was anderes erwartet.«

Nun erschienen auch noch Tamara und Alexis. Sie trugen mondäne Cocktailkleider, waren frisch gefönt und über und über mit Schmuck behängt.

»Können wir helfen?«, erkundigte sich Tamara.

»Wir sind nämlich Nikis Freundinnen«, ergänzte Alexis. »Und wir sind immer für sie da.«

Das war zu viel auf einmal für Nikis Tochter. Irritiert betrachtete sie die beiden aufgebrezelten Damen, die herausfordernd ihre strassverzierten Handtaschen schwenkten.

»O Gott, eine Bad-Taste-Party«, stöhnte sie.

Die Situation drohte zu entgleisen. Niki versuchte sich in Schadensbegrenzung. »Komm, Peggy, wir reden in der Bibliothek, da ist es ruhiger.«

Sie ging voraus, und Peggy folgte ihr durch den Speisesaal. Für die Gäste war es eine willkommene Abwechslung. Hinter ihrem Rücken hörte Niki Getuschel und Gekicher. Egal. Ihr Ruf war sowieso ruiniert. Erst die Gerüchte über ihren angeblichen Psychokasper, dann Wolfgangs Rambonummer, heute die spektakuläre Magenentleerung im Fitnessraum. Und nun ein attraktiver Racheengel. Die Klinikleitung sollte mir einen Rabatt geben, dachte sie, mein Unterhaltungswert ist wirklich enorm.

Stumm durchwanderten sie die Flure. In der leeren Bibliothek angekommen, zog Peggy ihren Trenchcoat aus und warf ihn über einen der moosgrünen Sessel. Sie trug ein dunkelgraues Etuikleid und graue Pumps. Sehr elegant, sehr unpersönlich, fand Niki. Wo war das niedliche kleine Wesen geblieben, das sie so geliebt hatte?

Peggy sah sich um. Wie Niki mochte sie Bücher, und der gemütliche Raum schien ihr zu gefallen. Dennoch sagte sie keinen Ton. Sie presste nur die Lippen aufeinander und schüttelte ungehalten den Kopf.

Niki fühlte sich grässlich. Sie setzte sich in einen Sessel am Kamin, Peggy nahm gegenüber Platz. Eine Weile hörte man nur das Knacken des Feuers. Hatte Wolfgang ihre Tochter geschickt? Als Geheimwaffe? Das sähe ihm ähnlich. Selbstverständlich kannte er Nikis verwundbarste Stelle und bohrte mitten hinein.

»Wie konntest du nur!«, eröffnete Peggy das Gespräch.

»Was denn?«

»Na, einfach verschwinden«, erwiderte Peggy vorwurfsvoll. »Weißt du eigentlich, dass du dreißig Gäste versetzt hast?«

Niki schluckte. »Was für Gäste?«

»Es war euer fünfundzwanzigster Hochzeitstag«, stieß Peggy hervor. »Ich habe eine Surprise Party vorbereitet. Nur dass die Silberbraut leider fehlte, als es losgehen sollte.«

»Eine – Surprise Party?«, wiederholte Niki ungläubig.

»Vier Wochen lang war ich damit beschäftigt, Einladungen zu verschicken, das Buffet zu bestellen und eine Harfenspielerin zu engagieren«, schnaubte Peggy. »Doch meine Frau Mutter hat es ja vorgezogen, die Kurve zu kratzen. Es war ein Desaster. Papa war am Boden zerstört.«

Niki schlang ihre Finger ineinander. »Was? Aber, aber …«

»Du bist so was von egoistisch«, wurde Peggy laut. »Hängst hier mit irgendwelchen Freaks ab, verbrennst das ganze Geld und verschwendest keinen einzigen Gedanken daran, was zu Hause los ist!«

In Nikis gequälter Seele tobte ein Widerstreit. Sollte sie Peggy von Wolfgangs Affäre erzählen? Das hätte alles aufgeklärt – ihre überstürzte Abreise, ihre Flucht in diese Diätklinik. Aber durfte sie ihrer Tochter den Vater entfremden? Nein, sie hatte kein Recht dazu. Die Affäre ging nur sie und Wolfgang etwas an. Außerdem schämte sie sich für seine Untreue, obwohl er es war, der sie betrog. So weit war es schon mit ihr gekommen.

»Es lief in letzter Zeit nicht alles rund«, sagte Niki leise. »Ich war so unglücklich. Diese Kur bedeutet mir viel. Sehr viel.«

»Unglücklich sieht anders aus«, befand Peggy kalt. »Wenn ich nicht gekommen wäre, hätte der Walfisch dich abgeschleppt. Und diese Walburga ist ja wohl das Allerletzte. Was für eine ordinäre Person. Hast du deinen Verstand an der Garderobe abgegeben? Warum bist hier gelandet?«

Niki seufzte tief. »Kind, es gibt Dinge, über die ich lieber nicht sprechen möchte.«

»Kann ich mir vorstellen«, ätzte Peggy.

Das Misstrauen ließ die Kluft zwischen ihnen immer tiefer werden. Niki meinte, in einen gähnenden Abgrund zu schauen.

»Du willst die Wahrheit? Die kannst du doch gar nicht ertragen«, sagte sie. »Seitdem du aus dem Haus bist, ist Papa kaum noch daheim. Ich war schrecklich einsam. Depressiv. Vollgestopft mit Essen, doch vollkommen leer.«

Peggy verdrehte die Augen. Hatte sie überhaupt verstanden, was ihre Mutter sagte? Vermutlich nicht.

Niki versuchte, sich zu sammeln. Wie hatte es Mario noch formuliert? »Ich habe gegessen, um zu vergessen«, fuhr sie fort. »Ich habe mir einen Schutzpanzer zugelegt, damit ich nicht wahrnehme, was rings um mich passiert. Essen betäubte mich. Essen war meine Droge. Und am Ende konnte ich mich selbst nicht mehr spüren. Keine Freude. Keinen Schmerz. Ich habe mir einen Frustpanzer angefuttert, das ist die traurige Wahrheit.«

Mit verschlossenem Gesicht hatte Peggy zugehört. »Bist du jetzt fertig? Meine Güte, so viel Betroffenheitskitsch auf einmal ist nicht auszuhalten! Wach auf, Mutter. Sieh dich an. Dieses lila Kleid sagt ja wohl alles. Lila, der letzte Versuch. Du hast dich gepimpt wie für den Ball der einsamen Herzen! Und gräbst schamlos alles an, was in Reichweite ist.«

Wie grausam ihre Tochter war. Niki musste daran denken, wie sie früher stundenlang mit Peggy Barbiepuppen gekämmt hatte. Wie sie gemeinsam Plätzchen gebacken und auf dem Rasen hinter dem Haus Picknicks veranstaltet hatten. Abends hatte Niki ihrer Tochter stundenlang vorgelesen, eingekuschelt im Bett. Es war eine wunderbare Zeit gewesen, wunderbar und leider unwiederbringlich.

»Dies hier ist meine letzte Chance«, sagte sie. »Ich will nicht nur abnehmen, ich will mein Leben ändern.«

»Na, super.« Peggy verzog höhnisch den Mund. »Dann

komm nach Hause, entschuldige dich bei Papa und such dir einen Job. Ist mir völlig klar, dass du dich zu Tode langweilst, während Papa schuftet und ich meine Ausbildung durchziehe. Tu was. Geh arbeiten. Mach was aus deinem Leben. Aber rede dir bitte nicht ein, das ginge nur, wenn du hier deinen Wechseljahrsblues vergoldest.«

Es hatte keinen Sinn. Weder Wolfgang noch Peggy wollten verstehen, was mit ihr los war. Das war herzlos, doch es war auch die Quittung für ihr jahrelanges Schweigen, wie Niki sich eingestehen musste. Nie hatte sie sich anmerken lassen, wie allein sie sich fühlte. Hatte gelächelt und gekocht und gefuttert und sich auf ihrem Sofa verbarrikadiert. Doch sie war zu erschöpft, um weiter zu diskutieren. Der Tag war anstrengend gewesen. Eine tiefe Müdigkeit erfasste Niki.

Sie unterdrückte ein Gähnen. »Ich glaube, ich muss jetzt ins Bett. Wir reden morgen früh weiter, ja?«

»Wie du willst.« Peggy erhob sich und schnappte sich ihren Trenchcoat. »Und zieh bitte den Fummel aus. Du machst dich lächerlich.«

Niki duckte sich, als hätte sie jemand geschlagen. Lächerlich? So wirkte sie auf Peggy? Doch sie zeigte nicht, wie verletzt sie war.

»Wo schläfst du eigentlich?«

»In einem Zimmer zum Hof mit Blick auf Autos und Mülltonnen«, grollte Peggy. »Unter dem Bett lag ein Dildo. Was für ein verlotterter Drecksladen!«

Ach du grüne Neune. Niki hatte die unselige Schachtel beim Umzug in das Doppelzimmer völlig vergessen. Kurz spürte sie eine anarchische Lust: Was, wenn sie Peggy damit schockte, dass der Dildo ihr gehörte? Doch das hätte ihre Tochter nur noch wütender gemacht.

»Schlaf gut«, sagte sie leise.

Aber Peggy war schon gegangen.

Niki blieb ermattet sitzen. Abwesend starrte sie auf den leeren Sessel gegenüber. Ihre Familie war ein Trümmerhaufen, und auch sie trug Schuld daran. Wenn das mit der Surprise Party stimmte, hatte sie einen Fehler gemacht. Andererseits war die Party bestimmt nicht Wolfgangs Idee gewesen, der hatte anderes im Kopf. Und im Bett. Eines Tages würde sie Peggy die wahre Geschichte erzählen. Noch hatte sie nicht die Kraft dazu.

»Störe ich?«

Sie sah auf. Es war Leo. Er stand in der Tür und sah sie fragend an. Seine Krawatte hing etwas schief, und sein großer Bauch wölbte sich wie von einem unbarmherzigen Spaßvogel aufgeblasen über dem Hosenbund. Doch das machte nichts. Bei Leo spielten solche Äußerlichkeiten merkwürdigerweise keine Rolle. Niki war sogar froh, sein rundes, gutmütiges Gesicht zu sehen.

»Komm, setz dich doch«, forderte sie ihn auf. »Sehr gesprächig bin ich allerdings nicht mehr.«

»Kann ich mir denken.«

Er ließ sich in einen Sessel neben Niki fallen und rückte seine Krawatte gerade. Wortlos starrten sie ins Kaminfeuer. Komisch, dachte Niki, es ist schön, wenn Leo da ist. Gemeinsam schweigen. Den Gedanken nachhängen, einfach so. Zum ersten Mal an diesem Tag entspannte sie sich ein wenig, auch wenn die Zukunft ein einziges Fragezeichen war.

Leo hüstelte. »Ich habe einen Sohn, ungefähr in Peggys Alter. Er heißt Alexander. Tüchtiges Kerlchen. Mit seinen dreißig Jahren hat er schon eine eigene Anwaltskanzlei in London.«

»Und, mögt ihr euch?«, erkundigte sich Niki.

»Mögen? Weiß nicht. Manchmal ist er mir fremd. Ich glaube, er findet seinen Daddy peinlich.«

»Meine Tochter findet mich auch peinlich«, sagte Niki kaum hörbar. »Mein Mann sowieso. Peggy hat übrigens gesagt, dass ich mich lächerlich mache in diesem Kleid. Stimmt das? Aber sag bitte die Wahrheit.«

Leo schüttelte energisch den Kopf. »Reiner Unsinn, du bist die Schönste im ganzen Land! Peggy ist einfach im Moment etwas voreingenommen.«

»Aber es lohnt sich doch, um seine Familie zu kämpfen, oder?«, fragte Niki. Sag ja, bat sie innerlich.

»Man sollte für das kämpfen, was man liebt«, erwiderte Leo. »Aber man kann nicht darum kämpfen, geliebt zu werden.«

Schlagartig war Niki hellwach. In Gedanken wiederholte sie den Satz, und jedes Wort flammte auf, wie mit Feuer in den Nachthimmel geschrieben: *Man sollte für das kämpfen, was man liebt. Aber man kann nicht darum kämpfen, geliebt zu werden.* Das war ziemlich philosophisch. Vor allem aber enthielt es eine ernüchternde Wahrheit – Liebe konnte man nicht erzwingen. Ihr wurde abwechselnd heiß und kalt. Was bedeutete das für sie? War ihr toller Plan am Ende auf einer Illusion erbaut?

»Mach dir keine Sorgen«, sagte Leo sanft. »Du bist ein liebenswerter Mensch. Früher oder später wird dir die Liebe wie ein Geschenk in den Schoß fallen. Nur vielleicht anders, als du jetzt denkst.«

In dieser Nacht schlief Niki unruhig, nicht nur, weil Walburga schnarchte wie ein Walross. Die Unterhaltung mit Leo ließ ihr keine Ruhe. Irgendwann gab sie es auf, zog ihren Bademantel an und trat auf den Balkon. Der Himmel wurde langsam hell, die ersten Vögel begannen zu zwitschern. Alles sah so rein aus, so unschuldig. Warum machten die Menschen einander das Leben schwer? Sie hatte keine Antwort darauf.

Tag fünf

Das Frühstück war eine klemmige Angelegenheit. Zu dritt hockten sie am Tisch und bemühten sich eisern, aneinander vorbeizuschauen. Niki nippte an ihrer heißen Brühe, das einzige Nahrungsmittel, das man ihr seit der Nulldiät zugestand. Leo verschanzte sich hinter seiner Zeitung und warf ab und zu besorgte Blicke auf Niki. Peggy rührte weder ihr Dinkelbrötchen noch den Schafmilchjoghurt an, den Fräulein Rottenmeier ihr hingestellt hatte. Das Schweigen dröhnte in ihren Ohren wie ein Presslufthammer.

»Ich hoffe, du hast gut geschlafen, Kind«, sagte Niki schließlich, bemüht, die Spannung aus der Situation zu nehmen.

»Dafür bin ich nicht hergekommen«, erwiderte Peggy spitz. »Ich kapier sowieso nicht, wie du es hier aushalten kannst. Wieso rennen die Leute alle wie angestochen rum?«

Sie zeigte zur Schwingtür am anderen Ende des Speisesaals, wo bleiche Gestalten zu ihrer morgendlichen Eruption eilten. Am Nebentisch fiel gerade ein Löffel klirrend zu Boden, als die englische Dame mit einem »Oh my God!« loshechtete, den rettenden Sanitäranlagen entgegen. Niki dagegen war wie immer um fünf Uhr aufgestanden und hatte das Teufelszeug schon geschluckt, deshalb lagen die heimtückischen Kapriolen des Verdauungstraktes bereits hinter ihr.

»Das hängt mit dem Glaubersalz zusammen«, antwortete sie. »Wir reinigen hier alle morgens den Darm. Rückstandsfrei.«

Peggy verzog das Gesicht. »Ekelhaft. Übrigens werde ich gleich nach dem Frühstück fahren. Ich gehe davon aus, dass du mitkommst.«

Leo ließ die Zeitung sinken.

»Und worauf stützt du deine Annahme?«, fragte Niki.

»Auf die Tatsache, dass du hier nichts verloren hast.« Peggy schob sichtlich angewidert ihren Getreidekaffee von sich. »Wenn du abnehmen willst – schön, das ist überfällig. Aber kein Grund, hier im Luxus zu baden und deine Zeit mit irgendwelchen Massagen zu verplempern. Ich spendiere dir sogar einen Kurs bei den Weight Watchers, wenn du nach Hause kommst.«

Wie sollte Niki ihrer Tochter erklären, dass das nichts helfen würde? Wie sollte sie den Zauber dieser Kur schildern? Inzwischen hatte sie begriffen, dass sich nur hier etwas in ihrem Leben ändern würde, in der Schutzzone des Vitalis, wo sich endlich einmal alles um sie drehte. Daheim war sie nur eine Randerscheinung, die überflüssigste Nebensache der Welt. Welche Diät auch immer sie dort ausprobierte, schon bald würden ihre besten Freunde wieder die Pralinen sein.

Mit einer verächtlichen Geste warf Peggy ihre Serviette auf den Tisch und stand auf. »Also?«

»In gut drei Wochen habt ihr mich wieder«, erklärte Niki, während sie in ihrer Brühe rührte, obwohl es da nichts zu rühren gab. »Solange müsst ihr Geduld haben.«

»Du verwechselst die Lampen des entgegenkommenden Zuges mit dem Licht am Ende des Tunnels!«, rief Peggy erregt. »Das war's dann. Rechne nicht damit, dass ich dir jemals wieder eine helfende Hand reiche!«

Sie ergriff ihre Reisetasche, die neben dem Tisch stand, schüttelte noch einmal den Kopf und ging.

»Das ist nicht fair«, sagte Niki leise.

Leo faltete seine Zeitung zusammen. »Schönen Gruß vom Universum: Das Leben ist nicht fair.«

Nikis Augen füllten sich mit Tränen. Wie war das noch? Man kann nicht darum kämpfen, geliebt zu werden? Falls sie es bei Peggy überhaupt versucht hatte, war der Kampf jedenfalls gescheitert. Und es stand in den Sternen, ob sich das jemals ändern würde. Traurig sah sie Leo zu, der Peggys Schafmilchjoghurt löffelte.

»Man ist nie zu alt, um sich abzunabeln«, sagte er nach einer Weile. Er reichte Niki ein Stofftaschentuch, um ihre Tränen zu trocknen. »Man sagt ja immer, die Kinder müssten sich freischwimmen, um ihr eigenes Leben zu leben. Aber auch Eltern müssen das tun, so schwer ihnen das fallen mag.«

»Wie meinst du das?«, schniefte Niki.

»Nun, ich vermute, dass deine Tochter dich noch nie als eigenständigen Menschen gesehen hat. Du warst immer da, immer verfügbar. Jetzt machst du dein eigenes Ding. Und prompt setzt es Liebesentzug.«

Gar nicht so unschlau, was Leo da sagte. Ein Trost war es allerdings nicht. Die Menschen, die Niki am nächsten standen, zeigten ihr die kalte Schulter. Wie nahe waren sie ihr wirklich?

»Das Wichtigste ist, dass du jetzt nicht aufgibst«, beschwor Leo sie. »Mach weiter, lass alles andere los. Was steht denn heute Morgen auf deinem Programm?«

Niki zog den zusammengefalteten Zettel mit ihrem Anwendungsplan aus der Bademanteltasche und strich ihn glatt. Ihr Gesicht wurde noch eine Spur blasser, als sie las, was sie erwartete.

»Shiatsu«, murmelte sie. »Bei Mario.«

Dann hatte sie eine Eingebung. Ohne ein weiteres Wort lief sie aus dem Speisesaal. Mario hatte ihr eine lebenswichtige Lektion erteilt, aber sie Dämlack war mal wieder in ihr altes Muster zurückgefallen. Hatte sich Peggy als leidendes Opfer präsentiert, statt Klartext zu reden. Lass die Wut raus, Niki!, hämmerte es in ihrem Kopf, als sie zur Rezeption rannte. Schleuder deiner arroganten Tochter die Wut mitten ins Gesicht!

Peggy bezahlte gerade, als Niki die Rezeption erreichte. Sie sah genervt auf, als ihre Mutter neben ihr auftauchte.

»Ich muss dir noch was Wichtiges sagen«, rief Niki atemlos.

»Zu spät, es ist alles gesagt.«

»Nein, du hörst mir jetzt mal zu!«, widersprach Niki. Sie zerrte die verdutzte Peggy zu einer der Couchen in der Lobby. »Setzen!«

»Total ausgetickt«, zischte Peggy, aber sie nahm tatsächlich Platz.

Niki war außer sich. »Ja, ich bin ausgetickt, und weißt du auch, warum?«

Peggy betrachtete gelangweilt ihre Fingernägel. »Ich glaube, das interessiert mich nicht.«

Das eigene Kind interessierte sich nicht für die Nöte der Mutter? O ja, da war sie, die Wut. Niki spürte sie bis in den kleinen Zeh. Sie straffte die Schultern und zog ihren Bademantel zu. Dies war die Stunde der Wahrheit. Einer höchst unangenehmen Wahrheit. Aber Peggy war erwachsen, verdammt. Wie lange wollte sie ihre Tochter denn noch schonen? Und dafür mit Zurückweisung belohnt werden? Schluss mit Welpenschutz!

»Dein Vater, der mich angeblich so sehr vermisst, hat eine Geliebte«, brach es aus ihr hervor.

Mit einem unfrohen kleinen Auflachen tippte sich Peggy an die Stirn. »Das ist die saublödeste Ausrede, die ich seit langem gehört habe.«

»Ich habe ihn auf frischer Tat ertappt«, rief Niki. Sie bebte jetzt vor Zorn. »Er hat auf offener Straße eine junge Frau geküsst. Mit allem Drum und Dran. Eine Engtanzfete ist nichts dagegen – und das genau an dem Tag, als du diese verlogene Silberparty veranstalten wolltest. Es gibt keinen Zweifel: Er betrügt mich. Wer weiß, wie lange schon. So, jetzt kennst du die ganze Wahrheit.«

Es dauerte eine Weile, bis Peggy die Info verdaut hatte. Nervös knabberte sie an ihrer Unterlippe. »Aber …«

»Nichts aber. Du hast ja gar nicht hingehört, als ich gestern Abend ein paar Andeutungen machte. Ich wollte dir diese unappetitliche Geschichte ersparen, doch du lässt mir keine Wahl. Dein Vater betrügt mich! Seit Monaten kommt er erst spätnachts nach Hause. Wir reden kaum noch. Wer weiß, vielleicht denkt er schon an Scheidung.«

»Scheidung?« Peggy richtete sich alarmiert auf. »Das ist nicht dein Ernst!«

»Warum nicht? Deshalb bin ich hier. Ich muss mein Leben umkrempeln, verstehst du? Und dafür brauche ich Unterstützung, körperlich und seelisch. Ich bin ein Wrack, Peggy. Leider hast du das genauso wenig bemerkt wie dein Vater. Für dich war ich doch immer nur die liebe, blöde Mama, dick und doof, eine antriebsschwache Couch-Potato, die man nicht für voll nehmen kann!«

»Nein, nein …«, wehrte Peggy ab, doch überzeugt klang es nicht.

»Hilf mir«, flehte Niki. »Ich muss mehr wissen über diese Frau. Ich brauche Gewissheit, wie es um Wolfgang und sie steht.«

Man sah Peggy an, dass sie sich zunehmend unwohl in ihrer Haut fühlte. Sie war immer Papas Liebling gewesen und hatte ihn restlos bewundert. Er war ihr Held gewesen, ihr großes Vorbild. Das hatte Niki nun innerhalb von Sekunden zerstört. Nein, genau genommen hatte Wolfgang es selbst zerstört.

Peggy biss sich wieder auf die Unterlippe. »Mutter, ich finde es nicht richtig, wenn ich Papa hinterherspioniere.«

Niki beugte sich vor. »Ach, das findest du nicht richtig? Aber du findest es in Ordnung, dass dein Vater mit einem blutjungen Mädel ins Bett steigt? Und dass du hierherkommst und mir eine Standpauke nach der anderen hältst? Du hast mich doch abgehakt, seit du zu Hause ausgezogen bist. Mein Gott, Peggy, auf wessen Seite stehst du eigentlich?«

Unbehaglich betrachtete Peggy ihre Schuhspitzen. »Ich war nie gegen dich.«

»Aber auch nie für mich«, konterte Niki. »Ich akzeptiere, dass du dein eigenes Leben willst, aber akzeptiere bitte, dass ich ebenfalls ein Recht darauf habe. Sieh mich an: Ich dreh doch am Rad. Wenn du mir nicht hilfst, fahre ich meine Ehe vollends an die Wand. Du musst herausfinden, was los ist!«

»Also gut«, lenkte Peggy ein. »Ich werde mich erkundigen. Aber ich kann dir nichts versprechen.«

»Das reicht mir schon«, flüsterte Niki. »Danke.«

Sie erhoben sich gleichzeitig. Einen kurzen Moment blieben sie zaudernd voreinander stehen. Dann breitete Niki die Arme aus, und Peggy stürzte hinein. Stumm umarmten sie sich, während Niki zu schluchzen begann. So nah waren sie sich seit Jahren nicht mehr gewesen.

»Entschuldige«, flüsterte Peggy dicht an Nikis Ohr. »Ich wollte dich nicht verletzen.«

»Ich liebe dich«, flüsterte Niki. »Leider hatte ich viel zu lange keine Gelegenheit mehr, es dir zu zeigen.«

Völlig durcheinander machte sich Niki auf den Weg zur Massageabteilung. Es war etwas geschehen, was sie sich noch nicht ganz erklären konnte. Das Gefühl unverhoffter Nähe war berauschend gewesen. Sie hatte wieder eine Tochter, sogar eine Verbündete. Ob Peggy tatsächlich etwas herausfinden würde?

Langsam wanderte Niki durch die langen Gänge. Wenigstens musste sie jetzt nicht zu Annegret, dieser gnadenlosen Knochenbrecherin, sondern durfte sich ganz Marios sanften Händen überlassen. Wenigstens das.

Mario empfing sie mit seinem huldvollen Lächeln. Er trug wieder seine weiße Schlabberhose und ein weites weißes T-Shirt. Die schulterlangen Haare hatte er heute zu einem Pferdeschwanz gebunden. Überrascht verlor sich Niki im Anblick seines Mundes. Beim ersten Mal war ihr gar nicht aufgefallen, wie sinnlich sich seine Lippen in dem eher mageren Gesicht wölbten.

»Und, machst du Fortschritte?«, fragte er.

Dankbar sah Niki ihn an. »Das mit der Wut klappt schon ganz gut. Du hast mir sehr geholfen.«

Ohne die Wut wäre Peggy einfach abgereist, ahnungslos und voller Groll. Ohne die Wut hätten sie sich nicht umarmt. Wieder stiegen Tränen in Niki auf. Ihre kleine Peggy. Schon jetzt hatte sie Sehnsucht nach ihrer Tochter.

»Nicht der Rede wert.« Mario machte eine wegwerfende Handbewegung, dann zeigte er auf die Matratze. »Lass uns beginnen.«

Sogleich zog Niki den Bademantel aus und legte sich auf

den Bauch. Sie trug eines ihrer Flanellnachthemden. Es war hellgrau, mit kleinen rosa Schleifchen am Kragen, und wäre die Zierde jeder Großmutter im Weihnachtsmärchen gewesen. Erwartungsvoll legte sie ihre Arme an den Körper. Doch es passierte nichts. Sie verdrehte den Kopf, um zu sehen, was Mario eigentlich trieb. Er kniete neben ihr und strich mit den Händen durch die Luft. Was sollte das sein? Eine Luftmassage?

»Ich ertaste deine Aura«, erläuterte er. »Feinfühlige Menschen, die eine entsprechende Ausbildung haben, können sie spüren.«

Aha. Auf diesen Oberguru traf natürlich beides zu, was sonst? Sie drehte den Kopf wieder nach vorn. Etwas in ihr begann zu kribbeln. Obwohl Mario sie nicht berührte, fühlte sie seine Bewegungen. Verrückt, aber wahr.

»Deine Aura ist an einigen Stellen verletzt«, stellte er fest. »Vor allem im Schulterbereich und an den Beinen.«

Wenn Peggy das gehört hätte, wäre sie vermutlich in schallendes Gelächter ausgebrochen. Ihr würde Mario auch ganz gut tun, überlegte Niki. Die Arme wirkt arg verspannt. Letztlich wusste Niki nichts über ihre Tochter. War sie glücklich? Hatte sie überhaupt einen Freund?

»Meine Aura ist also verletzt«, wiederholte sie. »Und das heißt was?«

»Du hast dir zu viel auf die Schultern geladen. Sie tragen die Last nicht mehr. Etwas bedrückt dich so sehr, dass du fast daran zerbrichst.«

Das spürte er an der Aura? Niki zweifelte. Ihr Gatte war

mittlerweile Klinikgespräch. Jeder schien zu denken, dass sie einen gestörten Vollzeitmacho daheim hatte. Andererseits vertraute sie Mario. Ein Scharlatan war er nicht, so wie sie ihn bisher erlebt hatte.

»Was ist mit den Beinen?«, fragte sie.

Mario streichelte die Luft darüber, das spürte sie genau. »Auf der körperlichen Ebene sind sie nicht stark genug, deinen schweren Körper zu tragen. Vor allem an den Knien ist die Aura kaum noch zu ertasten. Auf der seelischen Ebene sehe ich Anzeichen dafür, dass du einen neuen Weg beschreiten wirst.«

Einen neuen Weg? Dabei wollte sie doch auf den alten Weg zurückfinden und dann die Reset-Taste drücken. Das hier war nur ein Boxenstopp. Leider war sie nicht mehr so sicher, dass alles wieder in Ordnung kommen würde. Angenommen, Wolfgang wollte wirklich die Scheidung, was wurde dann aus ihr? Sie hatte nie allein gelebt. Und sie fürchtete sich davor, eine dieser vereinsamten Frauen zu werden, die morgens durch die Fußgängerzone schnürten, mit verschattetem Blick und ohne Ziel.

»Mario, darf ich dir eine, nun ja, heikle Frage stellen?«

»Nur zu.«

»Falls – ich sage nur falls – ich wirklich einen neuen Weg einschlage, muss ich das ohne die Menschen tun, die auf dem alten Weg bei mir waren?«

»Falsche Frage«, erwiderte Mario. Er legte sich neben Niki, so dass sein Gesicht dem ihren ganz nahe war. »*Du* bist jetzt das Zentrum des Kosmos. Die Sonne, um die alle anderen Gestirne kreisen. Mit der Zeit wird das Gesetz von Anziehung und Abstoßung erweisen, wer mit dir in Resonanz geht.«

»Da komme ich nicht ganz mit.«

Mario begann, ihren Nacken zu kraulen, als sei sie ein angefahrenes Rehkitz, das er am Wegesrand aufgelesen hatte.

»Der Kosmos besteht aus Energien«, erklärte er. »Alles schwingt. Auch du bist letztlich nicht Materie, sondern Schwingung. Und wenn zwei Seelen gleich schwingen, dann ziehen sie sich gegenseitig an.«

Kannste vergessen, dachte Niki enttäuscht. Wolfgangs Schwingungen richten sich gerade auf den Hüftschwung seiner mickrigen Geliebten.

»Wir beide zum Beispiel ...«

Wir? Beide? Was kam jetzt?

»... haben einen gewissen Einschwingungsvorgang hinter uns«, sagte Mario. Er kraulte ihren Nacken intensiver und arbeitete sich zu ihrem Haaransatz vor. »Ich spüre dich. Ich spüre deine Wunden und deine Energie. Wir schwingen gemeinsam!«

Eingehend bearbeiteten seine Finger ihre Kopfhaut. Niki wand sich unter seinen Berührungen. Mit dieser Kopfmassage könnte er ein Vermögen machen, fand sie. Ein Friseursalon, der so was anbot, würde von kreischenden Frauen überrannt werden. Ob Schwingung oder nicht, Mario hatte es drauf.

»Und jetzt dreh dich bitte um.«

Schade, dachte Niki, die Kopfmassage hätte ruhig noch

etwas länger dauern können. Sobald sie auf dem Rücken lag, schob Mario ihr Nachthemd hoch und widmete sich ihren Knien. Er presste und knetete sie behutsam, lockerte die Gelenke und tat so, als ob es in diesem Moment nichts Wichtigeres auf der Welt gäbe als Nikis runde, geschwollene Knie, die sie schon als Kind nicht ausstehen konnte. Kälbchenknie hatte ihre Mutter die Dinger genannt. Seither hatte Niki sie unter wadenlangen Kleidern und Röcken versteckt. Doch bei Mario war es okay. Vor ihm konnte sie sowieso nichts verbergen, nicht mal ihre fröstelnde Seele.

Seine Hände fühlten sich angenehm warm an. Zielstrebig schoben sie das Nachthemd weiter hoch und tasteten sich zu den Innenseiten ihrer Schenkel vor. Niki wurde steif wie ein Brett. Hey! Das ist Sperrgebiet!

»Äh, Mario?«

»Nicht denken, nur fühlen«, murmelte er. Unendlich langsam strich er über ihre Schenkel.

Niki stöhnte auf. Sanfte Schauer durchliefen ihren Körper. Alle Härchen richteten sich auf, jede einzelne Hautzelle füllte sich mit Leben. Durfte sie das zulassen? Immerhin kaperte er soeben ihre intimsten Zonen. Doch Niki unternahm nichts dagegen. Sie hatte einfach keine Lust dazu. Nicht mehr denken, nur fühlen. Wie wunderbar war das denn?

»Mmmh«, brummte Mario. »Mmmh.«

Sie begann, sacht zu schweben, als er ihren Venushügel erreichte. Ein Wunder, dass er ihn überhaupt gefunden hatte in dem ganzen Durcheinander aus Speckwülsten. In ihren

Ohren ertönte ein Brausen. Nicht aufhören, war alles, was sie denken konnte. Nie wieder aufhören! Eine ungekannte Willenlosigkeit erfasste sie, während sie sich leicht im Rhythmus seiner Hände bewegte.

Marios Brummen wurde lauter. »Mmmmmmh …«

Niki schrie leise auf, als er mit der Konzentration eines begnadeten Chirurgen ihre Schamlippen spreizte. Fest schloss sie die Augen. Wozu noch die Kontrolle behalten? Das hier war der sinnlichste Kontrollverlust, dem sie sich jemals hingegeben hatte. Seine Finger erkundeten in Zeitlupe jeden Millimeter der zarten Häutchen. Sein heißer Atem streifte das verwaiste Zentrum ihrer Lust. Alles war nur wie ein Hauch, aber vor ihren Augen drehten sich rote Kreise. Die Welt hielt den Atem an, und Niki versank in einem Meer der Ekstase.

Eine Viertelstunde mochte vergangen sein, als sie in die Wirklichkeit zurückkehrte. Vorsichtig öffnete sie die Augen. Mario saß im Lotussitz neben ihr auf der Matratze und meditierte. Seine Handflächen zeigten nach oben, und er raunte unverständliche Laute vor sich hin. Vermutlich ein Mantra, so viel wusste Niki mittlerweile über das spirituelle Gedöns.

War es überhaupt Gedöns? Immerhin hatte Mario sie in kosmische Sphären gestreichelt, weit weg von allem, was sich Niki bisher unter Sex hatte vorstellen können. Und Lichtjahre von dem entfernt, was sie von Wolfgang gewohnt war.

Etwas benommen setzte sie sich auf. »Wahnsinn. Absoluter Wahnsinn.«

Das war natürlich eine schamlose Untertreibung. Dieser Mann war es wert, mit Diamanten aufgewogen zu werden.

Wie durch einen Schleier hindurch sah Mario sie an. »Ich bedanke mich gerade beim Universum, dass die Übung gelungen ist. Nimm sie mit, wenn du gehst. Bewahre sie in dir auf. Halte das Gefühl.«

»Okay. Versprochen.«

Als sie wenig später den Shiatsuraum verließ, wurde ihr klar, was passiert war. Sie hatte den ersten Orgasmus seit geschätzten zehn Jahren hinter sich, den sie nicht ihren eigenen Bemühungen verdankte.

Zu ihrer großen Verwunderung hatte sie überhaupt kein schlechtes Gewissen. Erstens war sie jetzt mit Wolfgang quitt, zweitens hatte sie sich streng genommen nur einer Therapie unterworfen. Einer ziemlich extravaganten Therapie, zugegeben. Aber so wie Niki sich fühlte, war sie sogar besser als Trüffelpasta und Schokoladeneis. Fasten ist der neue Sex, dachte sie. Mehr davon!

Frau Doktor König rollte ein Gestell heran, an dem ein Beutel mit einer gelblichen Flüssigkeit hing. »Nicht hinsehen. Denken Sie an etwas Schönes.«

An was Schönes denken? Kleinigkeit. Niki befand sich immer noch im Zustand sahnigster Seligkeit. Deshalb ließ sie es geschehen, dass die Ärztin geschickt eine Kanüle in ihren Arm schob. Es tat nicht einmal besonders weh. Dann entfernte Doktor König einen Clip am Infusionsschlauch, und schon tröpfelte das gelbliche Zeug los, direkt in Nikis Arm.

»Sehen Sie? Ist doch kein Weltuntergang«, sagte die Ärztin beruhigend. »Ich habe für Sie einen speziellen Mix aus Vitamin B, Kalzium und weiteren Mineralien zusammengestellt, das bringt Sie wieder auf die Beine.«

Niki lag in einem der schweren braunen Ledersessel, die im quietschrosa gestrichenen Behandlungszimmer der Ärztin aufgereiht waren. Auf der Fensterbank stand eine Vase mit Sonnenblumen. Typisch Frau, dachte Niki. Doc Mannheimer würde niemals Blumen in seinem Sprechzimmer zulassen.

Neben ihr hatten es sich ein paar andere Gäste bequem gemacht, die ebenfalls Infusionen bekamen. Es wurde nicht gesprochen, nur die unvermeidliche Wellnessmusik erklang. Alle waren auf sich selbst konzentriert, während geheimnisvolle Präparate in sie hineinsickerten.

»Warum ist eigentlich Ihr Kollege Mannheimer so garstig?«, fragte Niki im Flüsterton. »Ich meine, er ist ganz anders als Sie.«

»Hm.« Die Ärztin zögerte. Dann senkte auch sie ihre Stimme. »Na ja, er hatte eine Frau, die er über alles liebte. Sie war sehr korpulent. Aber er war immer nachsichtig mit ihr. Zu nachsichtig. Vor zwei Jahren starb sie an einem Herzinfarkt, mit gerade mal fünfundvierzig. Eine Katastrophe. Verstehen Sie es jetzt?«

Niki begriff auf der Stelle. Fast empfand sie Mitgefühl für den verbitterten Mann. Was für ein Schicksalsschlag. Erst fünfundvierzig war die Frau gewesen. So alt wie Niki.

»Und ich? Könnte ich auch …«, fragte sie angstvoll.

»Nein, nein«, wehrte Frau Doktor König ab. »Bei Ihrem niedrigen Blutdruck ist das Infarktrisiko eher gering. Aber Sie sollten aufpassen. Vor allem wegen des Altersdiabetes. Das ist kein Spaß, glauben Sie mir.«

Sie tätschelte Nikis Arm, dann verschwand sie in einen Nebenraum. Niki ließ ihren Kopf in das Lederpolster fallen. An den Wänden hingen Landschaftsaquarelle mit zart ineinanderfließenden Farben, zart wie Marios empfindsame Hände. Doch in diese himmelhochjauchzende Erinnerung mischten sich die Neuigkeiten, die sie gerade erfahren hatte. Nichts ist so, wie es scheint, dachte sie. Ausgerechnet der gestrenge Doc Mannheimer ist schwach geworden. Aus Liebe! Das rührte Niki.

Gedankenverloren sah sie aus dem Fenster in den unwirklich blauen Himmel, an dem nur ein paar niedliche Schäfchenwolken vorüberzogen. Crazy world. Alles lag so nah beieinander: tiefstes Unglück und himmlische Gefühle. Nichts passte zueinander. Ob das so bleiben würde? Ihr Leben, ein Tausend-Teile-Puzzle, in dem sich nichts ineinanderfügte?

Zwanzig Minuten später entfernte Frau Doktor König die Kanüle. »Das bleibt aber unter uns, ja?«, raunte sie. »Was ich Ihnen eben über Doktor Mannheimer erzählt habe.«

Niki nickte, und die Ärztin klebte ein Pflaster auf die Einstichstelle. »Kommen Sie jederzeit wieder, wenn Sie sich schlecht fühlen. Kopf hoch, Sie sehen schon viel besser aus!«

Wenig verwunderlich, dass Niki besser aussah. Einmal Kosmos und zurück, das ging ja wohl nicht spurlos an einem vorbei. Wer auf so einem Hormonhoch surfte, musste ja wie das blühende Leben aussehen.

Leider war es jetzt Zeit für Doc Mannheimer, den Schrecklichen. Mit weichen Knien machte sich Niki auf den Weg zu seinem Sprechzimmer. Wieder musste sie an seine Tragödie denken. Wie hart war er für seine Nachsicht bestraft worden. Vielleicht hatte ja auch Peggys Kälte einen Grund, vielleicht hatte sie schlechte Erfahrungen hinter sich. Es gab genug Männer, die mit Frauen den Boden aufwischten. Niki nahm sich vor, ihre Tochter danach zu fragen, bald schon. Es gab viel nachzuholen.

Vor der Tür zu Doktor Mannheimers Sprechzimmer saß Walburga, hingegossen in einen Korbsessel, der unter ihrem Gewicht fast zu zerbrechen schien. Sie trug einen weinroten Jogginganzug und blätterte in einer Modezeitschrift. Als sie Niki sah, warf sie die Zeitschrift beiseite und stand auf.

»Da bist du ja«, lachte sie. »Mario hat dich in den Kosmos katapultiert, richtig? Das sieht man dir an, Süße. Bist ja voll auf Nachbrenner.«

»Nee, ich bin mal wieder eingeschlafen«, schwindelte Niki. »Bin total übernächtigt, weil du so laut schnarchst.«

»Ich schnarche nicht«, widersprach Walburga entrüstet. »*Du* schnarchst!«

»Fehlanzeige, ich habe noch nie geschnarcht. Aber abgesehen davon – was machst du eigentlich hier?«

Walburga hob süffisant eine Augenbraue. »Ich dachte mir, bei Doc Mannheimer kannst du Verstärkung gebrauchen, so wie der gestern getobt hat.«

Gemeinsam betraten sie das Sprechzimmer. Doktor Mannheimer telefonierte. Missbilligend schaute er Walburga an, die sich neben Niki auf einen Stuhl setzte und lässig die Arme hinter dem Kopf verschränkte.

»Ja, ich reise am neunzehnten an und bleibe zwei Tage«, sagte er gerade. »Alles weitere besprechen wir, wenn ich da bin.«

Er legte sein Handy auf den Schreibtisch und faltete die Hände. »Ich habe einen Termin mit Frau Michels. Von Ihnen war nicht die Rede, Frau Maletzke.«

»Ich freue mich auch, Sie zu sehen«, erwiderte Walburga. »Bin heute als Schutzengel dabei. Damit Sie nicht zu tief in die Psychokiste greifen.«

Wieder lag etwas in der Luft, was Niki nicht recht deuten konnte. Doktor Mannheimer zerschredderte Walburga mit den Augen, doch man spürte eine Aggression, die eher sportlich war. Oder sogar – flirtig? Alpha Male trifft Powerfrau, dachte Niki. Heiße Kombination.

»Sie nehmen Ihre Schweigepflicht aber sehr genau«, setzte Walburga nach, als er nicht reagierte. »Von mir aus können Sie ruhig anfangen.«

»Sie gehen!«, bellte Doktor Mannheimer. »Sofort!«

»Weil …?«

»Weil ich es sage!«

»Das nenne ich filigranes Denken«, kicherte Walburga. »Bei einem Mann Ihres Intellekts wäre ein bisschen mehr fällig.«

Doktor Mannheimer nahm seinen Kugelschreiber und

stach damit in Walburgas Richtung. »Für Sie gilt dasselbe wie für Frau Michels: Wenn Sie sich nicht an die Regeln halten, muss ich Sie aus der Klinik entfernen.«

»Oh, Sie drohen mir? Geiles Gefühl. Mehr davon!«

Niki zerlegte es fast auf ihrem Stuhl. Walburga hatte wirklich vor gar nichts Angst.

»Sie sind das Allerletzte«, knurrte Doktor Mannheimer.

»Bitte jetzt kein Niveauabsturz.« Walburga schien dieser Schlagabtausch immer besser zu gefallen. »Ein bisschen Respekt habe ich schon verdient. Hier rutschen doch alle auf den Knien rum, in den schwefligen Brutstätten des Fürsten der Finsternis. Aber ich nicht!«

Doktor Mannheimer schürzte die Lippen, als ob er einen wilden Fluch ausstoßen wollte. Dann besann er sich eines Besseren und wandte sich an Niki. Offenbar gab er es auf, weiter mit Walburga zu streiten.

»Haben Sie sich erholt, Frau Michels?«

»Doch, ja«, antwortete Niki.

»Keine Ausfallerscheinungen?«

»Nein, nein, alles bestens.«

Bis auf die Tatsache, dass ich eben in die Bewusstlosigkeit gestreichelt wurde, fügte sie unhörbar hinzu.

»Auf die Behandlungsliege bitte. Allein!«

Zu zweit hätten sie ja wohl kaum draufgepasst. Niki zog ihren Bademantel aus und hängte ihn über die Stuhllehne.

Walburga kicherte, als sie Nikis Nachthemd sah. »Scharfes Teil, Schatz! Das kenne ich ja noch gar nicht. Leihst du es mir heute Nacht aus, wenn wir ins Bett gehen?«

»Wir bewohnen jetzt ein Doppelzimmer«, versuchte Niki zu erklären, weil Doktor Mannheimer irritiert zwischen ihnen beiden hin und her schaute.

Walburga schnippte vergnügt ein Stäubchen von ihrer Joggingjacke. »Ich steh auf Männer, will sie damit sagen.«

»Das ist mir vollkommen gleichgültig«, erwiderte Doktor Mannheimer.

Walburga strich sich mit einem Finger über die Lippen. »Glaube ich nicht.«

»Raus jetzt!«, schrie der Arzt. »Sonst lasse ich Sie holen!«

»Schade, gerade fing es an, Spaß zu machen«, sagte Walburga. »Aber wenn ich nur die geringsten Klagen von Frau Michels höre, komme ich mit Peitsche und Handschellen wieder!«

Betont langsam stand sie auf. »Tja, Doc, wie es aussieht, laufen Ihnen die Gäste davon. War schon mal voller hier im Vitalis. Und wenn Sie so weitermachen, vertreiben Sie auch noch den Rest, Sie süßer, kleiner Teufel.«

»Raus mit Ihnen!«

Wütend starrte Doktor Mannheimer ihr hinterher. Die Sache wurde immer interessanter. Niki setzte sich auf die Liege, während sie über Walburga und Doktor Mannheimer nachdachte. Die beiden waren wie Hund und Katze. Aber hielt die Welt der Tiere nicht immer wieder Überraschungen bereit?

Der Arzt leuchtete mit einer kleinen Lampe in ihre Augen, fühlte den Puls und wies sie an, sich hinzulegen. Mit einem Ruck riss er ihr Nachthemd hoch und begann, ihren

Bauch zu massieren. Doch er war nicht ganz bei der Sache. Jedenfalls tat es längst nicht so weh wie beim ersten Mal.

Hoffentlich sieht er nicht, dass mein Slip total nass ist, durchzuckte es Niki. Marios Künste hatten Spuren hinterlassen, ein Festival der Körpersäfte.

»Der Rippenbogen hat sich um ein paar Grad geschlossen«, stellte Doktor Mannheimer fest. »Ich bin recht zufrieden. Und ich hoffe, dass sich Ihre Disziplinlosigkeit nicht wiederholt.«

»Ganz bestimmt nicht«, versprach Niki.

Er drückte noch eine Weile auf ihrem Gedärm herum, dann betastete er ihren Hals. »Lymphknoten sind normal. Die waren vergrößert bei der Erstuntersuchung. Jetzt bitte auf die Waage.«

Niki zog ihr Nachthemd über den Kopf und warf es auf die Liege. Jedes Gramm zählte. Sie hatte sich wegen der Turbulenzen der vergangenen Tage nicht mehr gewogen und war gespannt auf das Ergebnis. War das wirklich eine Sechs? Sie sah genauer hin.

»Sechsundneunzig!«, rief sie aus.

»Sechsundneunzig Komma zwei«, verbesserte der Arzt. »So weit, so gut. Wir sehen uns morgen. Ohne Frau Maletzke.«

»Selbstverständlich«, versicherte Niki.

Zwei Kilo weniger, was für ein Triumph! Dabei hatte sie Angst gehabt, dass doch etwas von dem Kuchen und dem Eis ihren Verdauungstrakt erreicht hatte. Beschwingt zog sie ihr Nachthemd und ihren Bademantel an. Sie war leicht wie eine Feder! Na ja, wie ein Sack Federn.

Niki war schon an der Tür, als Doktor Mannheimer noch einmal das Wort an sie richtete.

»Sagen Sie mal, Sie scheinen Frau Maletzke ja etwas näher zu kennen. Was macht sie eigentlich beruflich? Falls sie berufstätig ist, meine ich.«

Niki setzte ihr reizendstes Lächeln auf. »So weit ich weiß, betätigt sie sich in einem Gewerbe, das man das älteste der Welt nennt.«

Doktor Mannheimer riss die Augen auf. »Was?«

»Am besten, Sie fragen sie selber«, flötete Niki. »Ich glaube, Sie hätten sich viel zu erzählen.«

Dann nahm sie Reißaus.

Walburga hatte auf dem Flur gewartet. »So ein Faustgesicht! Was für ein elender Kerl.«

»Aber du liebst es, ihn zu provozieren.« Niki musste lächeln. »Wieso habe ich bloß das Gefühl, dass du ihn magst?«

»Blödsinn, ein Ekel ist er. Und weißt du was? Am neunzehnten steigen wir bei ihm ein.«

Niki meinte, nicht richtig gehört zu haben. »Wie jetzt?«

»Na, er hat doch gerade gesagt, dass er am neunzehnten verreist. Zu dumm – ich weiß nämlich, wo er wohnt. Inge-Gundula hat es mir verraten. Zeit für einen kleinen Homecheck. Ich will rausfinden, wie der drauf ist.«

»Wir werden ins Gefängnis kommen, wenn wir da einbrechen!«, protestierte Niki. »Weißt du, was das bedeutet?«

»Knapp bemessene Mahlzeiten«, antwortete Walburga. »Die haben wir sowieso schon. Apropos: Leo hat mir erzählt, dass du Köchin bist. Was hältst du davon: Wir räumen einen Delikatessenladen aus, und dann kochst du uns was Schönes, ja? In Doc Mannheimers Küche!«

»Bist du wahnsinnig? Auf gar keinen Fall!«

»Abwarten«, sagte Walburga.

Tag vierzehn

Versonnen machte sich Niki auf den Weg zum Yogaraum. Zwei Wochen war sie nun schon im Beauty Resort Vitalis. Zwei Wochen heldenhafter Selbstkasteiung, aber auch zwei Wochen, in denen sie sich an den eigenartigen Rhythmus des Kliniklebens gewöhnt hatte. Sie konnte sich gar nichts anderes mehr vorstellen, als um fünf Uhr morgens schlaftrunken ihr Glaubersalz einzunehmen und den Tag mit Kneippanwendungen, Heuwickeln, Sprudelbädern sowie mehr oder weniger sportlichen Aktivitäten zu verbringen – erotische Offenbarungen à la Mario inbegriffen.

Fünf Kilo hatte sie bereits abgenommen, und es fühlte sich fantastisch an. Ihre Augen glänzten, ihre Haut war glatter geworden, und auch ihr angeschlagenes Gemüt entknitterte sich zusehends. Langsam, ganz langsam, kam etwas in Bewegung.

Wenn nur die Sache mit Wolfgang nicht gewesen wäre. Seit seiner grässlichen Performance in der Lobby hatte er sich nicht mehr gerührt. Kein Anruf, kein Brief, einfach nichts. Peggy hatte ein bisschen Kommissar gespielt, doch da sich ihr Vater offenbar auf einer längeren Dienstreise befand, war noch nichts dabei herausgekommen. Immerhin telefonierten Niki und ihre Tochter jetzt öfter, seit Peggy das

Handy geschickt hatte. Nach all den Jahren kamen sie einander wieder näher, was Niki wie ein Geschenk des Himmels erschien.

Im Yogaraum traf sie auf Walburga. Sie waren früh dran, der Raum war noch fast leer. Nur das japanische Ehepaar nebst monströsem Nachwuchs turnte schon in flaschengrüner Fallschirmseide vor dem Podest herum.

»Ganz schön übereifrig«, sagte Niki leise. »Können's wohl nicht abwarten.«

»Japaner eben«, erwiderte Walburga. »Die warten nicht mal, bis der Fisch gar ist.«

Sofort bekam Niki Appetit auf Sushi. Auf schöne, fette Lachssushi mit viel Wasabi und Sojasauce auf herrlich klebrigem Reis. Dazu ein Pflaumenschnaps und zum Nachtisch Lycheesorbet. Wie lecker war das denn? Der Gedanke daran raubte ihr fast die Besinnung.

Sie konnte nur noch ans Essen denken, und es wurde von Tag zu Tag schlimmer. Aber sie blieb standhaft. Sogar Walburgas Nussschokolade verschmähte sie, obwohl sie mehr als einmal in Versuchung gekommen war, sich aus dem Vorrat zu bedienen, den Walburga bei Ausflügen zu einer nahegelegenen Tankstelle stetig auffüllte.

»Grüezi miteinand'«, ertönte die Stimme der Yogalehrerin, die mit einer zusammengerollten Matte unter dem Arm hereinschritt. Sie blieb neben Niki und Walburga stehen. »Meine Damen, Ihre Haltung lässt deutlich zu wünschen übrig. Ich sehe jedenfalls kaum Fortschritte, obwohl Sie nun seit vierzehn Tagen in meinem Kurs sind. Kommen Sie heute am besten ganz nach vorn, da habe ich Sie besser im Blick.«

»Och, nö, wir haben's nicht so mit Yoga«, nuschelte Niki. »Aber wir sehen gern von hinten aus zu«, versicherte Walburga. »Ist ganz unterhaltsam.«

Beleidigt sah die Frau ihre beiden aufsässigen Schülerinnen an. »Wie Sie wollen. Man kann Menschen eben nicht umprogrammieren.«

»Falsch. *Sie* können Menschen nicht umprogrammieren«, widersprach Walburga. »Und ganz nebenbei – Sie hassen jedes Gramm an uns, richtig? Gut so. Eine wie Sie muss ja auch mal eine kleine Freude haben.«

Wortlos wandte sich Frau Grossmann ab und erklomm das Podest, wo sie erstaunliche Dehnübungen vollführte. Sie war gelenkig wie ein Schlangenmensch, jedes Varieté hätte sich um sie gerissen. Niki und Walburga setzten sich auf den Boden und beobachteten sie.

»Jetzt mal ehrlich«, flüsterte Walburga, »willst du so enden wie die? Dünn wie eine Heuschrecke und in etwa so sympathisch?«

Niki musterte die erschreckend sehnigen Arme der Yogalehrerin, ihre eingefallenen Wangen und die mageren Insektenbeinchen.

»Nee, sooo dünn nun auch wieder nicht.«

»Also, ich habe mir zehn Kilo minus verordnet, dann ist Schicht«, sagte Walburga. Sie zeigte auf ihren fülligen Bauch. »Die Plätzchenplauze muss weg. Ich will wieder in das Kleid passen, für das ich mal eine Monatsmiete verschossen habe.

Designerteil, schwarz, mit Pailletten. Rattenscharfe Angelegenheit. Ich hab's dabei. Wenn alles gutgeht, trage ich es am letzten Abend. «

Niki konnte sich lebhaft vorstellen, wie sexy ein Kleid war, das selbst Walburga als scharf bezeichnete. Insgeheim bewunderte sie ihre Freundin dafür, wie hemmungslos sie ihre Pfunde zur Schau stellte.

»Wann ist denn dein letzter Abend?«, fragte Niki.

»Ich hab vier Wochen gebucht, Schätzchen. Und du?«

»Dito. Dann können wir ja zusammen feiern. Falls es etwas zu feiern gibt.«

»Davon gehe ich aus. Walburga reckte ihre Arme in die Höhe und gähnte. »Schimmlige Scholle! Hab ich einen Hammerhunger!«

»Frag mich mal«, schnaubte Niki. »Der ewige Gemüsemampf kommt mir schon zu den Ohren wieder raus!«

Während sich der Raum allmählich füllte, betrieb Niki ihre Studien. Es gab alle möglichen Sorten dicker Menschen. Für Dünne mochten sie alle gleich aussehen, doch es gab interessante Variationen. Manche trugen ihre Bäuche wie Kugeln vor sich her, andere schleppten übergroße Hinterteile mit sich, wieder andere stampften auf säulenartigen Beinen durch die Gegend. Für Niki traf im Grunde alles gleichzeitig zu. Aber sie war bei weitem nicht die Dickste in diesem übergewichtigen Ensemble, wie sie erleichtert feststellte.

»Was hast du eigentlich als Köchin so drauf?«, riss Walburga sie aus ihren Gedanken.

»Alles, was das Herz begehrt«, antwortete Niki. »Vom Eintopf bis zum Hühnchen in Rotwein, vom Kartoffelsalat bis zum Orangenparfait.«

Walburgas Lider senkten sich begehrlich. »Wow. Und was ist deiner Erfahrung nach das beste Bohrfutter?«

»Das – was?«

»Na, das Essen vorm Sex«, gluckste Walburga. »Wenn du einen Mann ins Bett kochen willst, was servierst du ihm dann?«

So hatte es Niki eigentlich noch nie gesehen. Sie versuchte, sich daran zu erinnern, was Wolfgang gefallen hatte. Damals, als sie noch aufwendige Candlelight-Dinners zelebriert hatte, um ihn für immer an sich zu binden. Nach dem ersten Käseabend hatte sie wahre kulinarische Feuerwerke abgebrannt.

»Nun ja, es sollte Fleisch dabei sein, viel Fleisch, das lieben Männer. Außerdem exotische Gewürze, die überraschen ihn. Dann denkt er, aha, die Frau hat Fantasie – in der Küche wie im Schlafzimmer. Das Ganze nicht zu schwer, aber handfest, apart, nicht zickig. Und einfach zu essen, ohne Hummerzange oder so was. Sonst denken die Männer, dass eine Frau kompliziert ist.«

Walburga lauschte gebannt. »Hey, da spricht ja eine Expertin. Hast du mal daran gedacht, professionell zu kochen?«

»Als ich noch meine Kochlehre machte, ja. Ich träumte damals von einem eigenen kleinen Restaurant. Nur sechs Tische und jeden Abend ein anderes Menu. Doch als ich dann geheiratet habe, kam das nicht mehr in Frage«, erzählte

Niki. »Wolfgang war der Meinung, dass seine Frau nicht arbeiten muss. Und als Peggy geboren wurde, hatte ich alle Hände voll mit ihr zu tun.«

»Wär jedenfalls ein Geschäftsmodell«, sagte Walburga nachdenklich. »Nach dem Motto: Wie koch ich einen Mann in die Kiste?«

»Darf ich um Ihre Aufmerksamkeit bitten?«, unterbrach Beate Grossmann die Unterhaltung. Sie klingelte mit einem kleinen Glöckchen wie der Nikolaus vor der Bescherung. »Gerade hinstellen. Wir beginnen mit dem Baum!« Den Baum bekam Niki mittlerweile einigermaßen hin. Folgsam legte sie ihre Handflächen voreinander und hob den rechten Fuß an. Sie kam bis zur Wade, immerhin.

»Nun folgt unser Sonnengruß! Ausatmen, Hände vor die Brust, einatmen, Arme hoch, ausatmen, nach vorn beugen, Handflächen neben den Füßen auf dem Boden ablegen, einatmen«, leierte die Yogalehrerin ihre Anweisungen herunter, als würde sie die Gebrauchsanleitung für einen Staubsauger vorlesen. Bestimmt hatte sie den Text schon millionenfach abgespult.

Niki kam ganz gut mit – bis zu der nach wie vor heiklen Stelle, an der sie ihre Handflächen neben den Füßen ablegen sollte. So weit sie sich auch vorbeugte, ihre Hände zappelten nur in Kniehöhe. Auch Walburga versuchte vergeblich, den Boden zu erreichen.

»Mist, verdammter«, fluchte sie leise. »Bin ich ein Akrobat oder was?«

»Ruhe dahinten!«, keifte es durch den Raum. Frau Grossmann schien wirklich böse zu sein. »Yoga lebt von der Kontemplation!«

»Wie – Kon…plem?« Walburga richtete sich auf.

Niki konnte ihren Lachanfall kaum unterdrücken. »Plemplem, hat sie gesagt, ich hab's genau gehört. O Mann, ich schmeiß mich weg!«

»Ich muss Sie leider bitten, den Raum zu verlassen!«, kam es erbost von vorn. »Wir brauchen hier Ruhe und Konzentration!«

»Schon klar!«, rief Walburga fröhlich. »Wir machen draußen weiter!«

Als sie die Tür zum Yogaraum hinter sich geschlossen hatten, setzten sie sich auf eine gepolsterte Bank, die von zwei Palmen eingerahmt wurde. Das Fenster gegenüber bot eine großartige Aussicht auf den See.

Niki wischte sich eine Lachträne von der Wange. »Doc Mannheimer kann einem echt leidtun, falls er wirklich was mit ihr hatte. Und dann noch die Geschichte mit seiner Frau …«

Sofort wurde Walburga hellhörig. »Er hat eine – eine Frau?«

»Hatte.« Niki wurde ernst. Dann erzählte sie, was sie von Frau Doktor König erfahren hatte.

Kopfschüttelnd hörte Walburga zu. »Ich hatte ja keine Ahnung …«, murmelte sie, als Niki fertig war.

»Jetzt sag mal ehrlich, du magst ihn, oder?«

»Quatsch.« Walburga schwitzte. Sie krempelte die Ärmel ihrer Joggingjacke hoch. »Der ist die Vorstufe zur Hölle.«

Niki musste lächeln. »Soll ich dir was prophezeien?«

»Pass auf, was du sagst«, knurrte Walburga.

Niki stand auf. »Du wirst den Typen so was von heiraten, dass es nicht mehr feierlich ist!«

Dann lief sie lachend davon.

Niki stand vor dem Badezimmerspiegel und schraubte ihren nagelneuen Lippenstift auf, ein Präsent von Alexis. Sie hatte schon vor Jahren aufgegeben, sich zu schminken. Nun betrachtete sie fasziniert, was ein korallenroter Lippenstift mit ihrem Gesicht anstellte.

»Bist du endlich fertig mit Malen nach Zahlen?«, tönte es von nebenan. »Wenn du noch länger vor dem Spiegel rumhängst, verpassen wir Tamaras Roadshow.«

»Komme schon«, trällerte Niki. Sie bürstete sich ihre braunen Locken aus dem Gesicht, dann war sie so weit.

»Wow, Prinzessin«, sagte Walburga anerkennend, als Niki ins Zimmer trat. »Aschenputtel war gestern. Los, wir gehen runter in die Bibliothek.«

Die Bibliothek war ungewöhnlich voll. Es war halb neun Uhr abends, alle Kerzenleuchter waren angezündet worden, und die Holzvertäfelung schimmerte golden im Kerzenschein. Ein Mix erlesener Parfums erfüllte die Luft. Auf den Sesseln verteilt saßen etwa dreißig Frauen, die sich für den Kaminabend hochgestylt hatten wie für einen Debütantinnenball. Seidenroben knisterten, funkelndes Geschmeide schmückte Armgelenke und Dekolletés.

Ein einziger Mann hatte sich unter die Damenschar gewagt: Leo. Er trug ein weißes Dinnerjackett, eine schwarze Hose und eine schwarze Fliege. Komischerweise verlieh ihm das eine gewisse Würde. Als sei es ein exotischer Cocktail, nippte er an einer Tasse Kräutertee.

»Ich liebe diesen Kaffeefahrten-Groove«, schwärmte Walburga, die sich neben Niki und Alexis setzte. »Tamara ist ein echtes Talent. Die könnte Eiswürfel am Nordpol verkaufen.«

Niki hatte ihre lachsrosa Errungenschaft angezogen und das erhebende Gefühl, nicht länger ein Zaungast zu sein. Die schlichte Eleganz und die dezente Farbe des Kleides harmonierten wirklich perfekt mit ihrem Teint.

Gespannt sah sie zu Tamara. Die war gerade damit beschäftigt, bunte Tücher zu ordnen. Sie hatte sich in ein bodenlanges kupferrotes Abendkleid gewandet, über dem sie eine Stola aus dem gleichen Stoff trug. Ihre Lippen leuchteten rubinrot, auf die Lider hatte sie kupferroten Lidschatten aufgetragen. Ihre Hände waren üppig beringt, und an ihrem Hals hingen geschätzte zwei Pfund Brillantschmuck.

»Ein wandelnder Secondhandshop«, grinste Walburga. »Mal sehen, was sie heute Abend loswird.«

»Meine Damen!« Tamara klatschte in die Hände. »Darf ich um Ihre Aufmerksamkeit bitten?«

Sofort erstarb das allgemeine Gemurmel. Tamara griff zu einem cremefarbenen Tuch und legte es sich über die Schulter. »Na, wie sehe ich jetzt aus?«

»Furchtbar!«, rief Alexis. »Müde und alt!«

Ein Raunen ging durch den Raum.

»Die sind ein eingespieltes Team«, flüsterte Walburga. »Tamara kickt die Pässe, und Alexis schießt die Tore.«

»Sehen Sie« – Tamara warf das Tuch auf einen Sessel – »so verändern Farben die Ausstrahlung. Und glauben Sie mir, es sind heute einige Damen anwesend, die sich im Ton vergriffen haben, im Farbton nämlich!«

Alarmiert sahen einige Zuschauerinnen an sich hinunter. Im Farbton vergriffen! Unverzeihlich!

Tamara zupfte ein weiteres Tuch aus dem Stoffhaufen und drapierte es sich um die Schultern. Es war babyrosa. »Wie sieht das aus?«

Niki war sich nicht sicher. Fragend stupste sie Walburga an, doch die verdrehte nur die Augen.

Wieder meldete sich Alexis zu Wort. »Schrecklich! Weg damit!«

Theatralisch ließ Tamara das Tuch zu Boden fallen.

»Ich bin ein Herbsttyp«, erklärte sie. »Deshalb bringen die Farben des Herbstes meine braunen Augen und meine rote Haarfarbe am besten zur Geltung. Rostrot, Kupferrot, Kastanienrot, Olivgrün, Tannengrün, Goldgelb, Rehbraun, Tannenzapfenbraun. Das nenne ich einen goldenen Herbst!«

Von irgendwoher kam ein knarzendes Geräusch. Genauer gesagt kam es aus dem Sessel, in dem Leo saß. Mit geschlossenen Augen und offenem Mund war sein Kopf nach hinten gerutscht. Er schnarchte ganz allerliebst, wie Niki fand. Oje, sie mochte Leo. Jeden Tag gingen sie miteinander spazieren, und er war ihr immer mehr ans Herz gewachsen.

Walburga kicherte. »Guck mal, wie der vor sich hin stoffwechselt. Heute hat er zum ersten Mal seit Monaten etwas Fleisch bekommen. Macht ihn total fertig, wie man sieht. Der schnarcht fast so laut wie du.«

»Ich schnarche nicht!«, protestierte Niki.

Inzwischen war das ein Spiel zwischen ihnen geworden. Jede behauptete von der anderen, nachts das Zimmer zu zersägen. Die Wahrheit lag vermutlich irgendwo dazwischen.

»Annika?«

Bei der Erwähnung ihres Namens zuckte Niki zusammen. »Ja?«

Tamara machte eine einladende Handbewegung. »Komm doch mal bitte nach vorn.«

Zögernd erhob sich Niki und stellte sich neben Tamara. Die hielt ihr ein kobaltblaues Tuch neben das Gesicht. »Merken Sie's? Diese Farbe ist pures Gift für Frau Michels. Sie ist ein Frühlingstyp, wegen der goldenen Reflexe in ihrem Haar und wegen ihres warmen Hauttons. Deshalb stehen ihr zarte Farben wie Lindgrün, Aquamarin und Apricot. Ganz bezaubernd übrigens, dieses Kleid. Man könnte die Wirkung allerdings mit einem passenden Schmuckstück erhöhen.«

Tamara öffnete einen Schmuckkasten aus poliertem Palisander und holte eine Kette mit einem Aquamarinanhänger heraus.

»Sehen Sie?« Sie legte Niki die Kette um. »Der richtige Schmuck lässt Annikas Augen leuchten und ihren Teint strahlen. Das spart mindestens zwei Liftings!«

Ein Dirndlmädchen erschien an der Tür. »Ist Frau Annika Michels hier?«

Ungehalten wedelte Tamara mit ihrer Stola, als wollte sie ein lästiges Insekt verscheuchen. »Sie kann gerade nicht.«

»Ich glaube, es ist dringend.« Das Mädchen von der Rezeption hielt einen Umschlag in die Höhe. »Das ist gerade per Kurier gekommen. Steht ›eilig‹ drauf.«

Niki wurde mulmig zumute. Was war das? Die Entmündigungsurkunde? Der Scheidungsantrag? Auf jeden Fall etwas Unangenehmes und auf jeden Fall hatte es etwas mit Wolfgang zu tun. Totenblass wankte sie zur Tür und ergriff den Umschlag. Mit zitternden Fingern riss sie ihn auf. Ein eng beschriebener Zettel lag darin und ein weiterer, kleinerer Umschlag. Auf Anhieb erkannte sie Peggys Handschrift und überflog die wenigen Zeilen.

Liebe Mama,
Du hattest leider völlig recht. Papa hat eine Geliebte. Es ist einfach grauenhaft. Heute ist er von seiner Reise zurückgekommen, und zwar nicht allein. Wenn Du stark genug bist, sieh Dir die Fotos an. Alles weitere erzähle ich Dir am Telefon. Ruf mich sofort an, sobald Du diesen Brief erhalten hast!
Kuss, Deine Peggy

Nikis Herz blieb stehen. Doch sie wollte die Wahrheit, nichts als die Wahrheit. Wild entschlossen öffnete sie den kleineren Umschlag. Was sie darin fand, war schlimmer als alles, was sie befürchtet hatte. Wolfgang und seine Geliebte auf der Terrasse. Auf ihrer Terrasse! Das dünne Ding trug ein Nichts von einem Tanga und ein Oberteil, das keine Vermutungen über ihren straffen Busen offenließ. Aufreizend beugte sie sich zu Wolfgang hinunter und reichte ihm ein Glas Bier.

Auf den anderen Fotos waren Varianten derselben Szene zu sehen. Mal lagen die beiden reglos nebeneinander im Sonnenschein, ihre Hände ineinander verschlungen, auf dem letzten Foto küssten sie sich. Und zwar heftig.

Der Boden öffnete sich unter Niki. Sie schwankte, irgendjemand knipste das Licht aus, dann fiel sie dem Dirndlmädchen in die Arme und riss es mit zu Boden.

Sie erwachte davon, dass ihr jemand in die Wangen kniff.

»Niki! Hallo? Los jetzt, back to reality!« Es war Walburga, die neben ihr kniete. »Was ist denn los? Wieso hat es dich umgenietet?«

Niki drehte den Kopf und tastete nach den Fotos, die auf dem Teppich verstreut waren. »Das ist los.«

Walburga starrte auf die Bilder.

»Verstehst du es jetzt?«, fragte Niki mit tränenerstickter Stimme.

»Ach, du große Scheiße.« Walburga hämmerte sich mit der Faust an die Stirn. »Halt mal meinen Kopf, ich muss kotzen.«

Mittlerweile waren auch Tamara und Alexis zu ihnen gelaufen. »Was ist passiert? Was war denn in dem Brief?«, redeten sie durcheinander. Sie verstummten, als Walburga ihnen die Fotos hinhielt.

Niki setzte sich auf. »'tschuldigung, Tamara, ich wollte nicht deine Veranstaltung stören. Mach einfach weiter. Wir sehen uns morgen früh.«

»Blödsinn«, schimpfte Tamara. »Du denkst doch nicht im Ernst, dass ich dich jetzt im Stich lasse?«

Sie wendete sich dem Publikum zu, das ihnen interessiert zusah. »So leid es mir tut, meine Damen, es gab einen Notfall. In wenigen Tagen setze ich das Farbseminar fort. Den genauen Termin gebe ich noch bekannt. Vielen Dank für Ihr Verständnis.«

Aber alle blieben sitzen, in Erwartung weiterer Ereignisse. Aufgeregtes Stimmengewirr durchzog die Bibliothek. Sogar Leo war aufgewacht. Er rieb sich erstaunt die Augen. Dann erfasste er die Situation und kam im Laufschritt angestürzt.

»Kann ich helfen?«

»Falls du eine kleinkalibrige Pistole mit Schalldämpfer hast, ja«, grummelte Walburga. »Schluss mit der Sondervorstellung. Lasst uns verschwinden.«

Gemeinsam zogen sie Niki hoch und brachten sie aufs Zimmer. Dort legte Niki sich auf die Couch, während Walburga einen nassen Waschlappen holte und ihn Niki auf die Stirn klatschte.

Leo betrachtete abwechselnd Niki und die Fotos. »Das ist dein Mann, oder?«

»Blitzmerker!« Tamara riss sich wütend ihre Stola von den Schultern. »Könnte der gnädige Herr seine Aufmerksamkeit mal aufs Wesentliche richten? Auf diesen Strich in der Landschaft, der Niki das Leben zur Hölle macht? Was dieser Wolfgang nur an der findet. Der Mann ist für mich gestorben!«

»Der Typ ist ein Witz ohne Pointe.« Walburga hatte es sich in einem Sessel bequem gemacht und die Füße auf den Couchtisch gelegt. »Wenigstens benutzt die kleine Schlampe Zahnseide. Nur dass sie das Zeug leider als Tanga zweckentfremdet.«

»Und jetzt?«, fragte Alexis.

Niki sah zur Uhr. »Ich muss Peggy anrufen!«

»Nur zu«, sagte Tamara. »Sollen wir besser gehen, während du telefonierst?«

»Nee, bleibt ruhig hier«, antwortete Niki.

Sie hatte sowieso keine Geheimnisse vor ihren Freundinnen. Und Leo? Den konnte auch nichts mehr erschüttern. Ihre Finger bebten, als sie Peggys Nummer wählte. Ihre Tochter war sofort dran.

»Hallo?«

»Peggy, mein Kind …« Weiter kam Niki nicht. Sie hatte einen Kloß im Hals, so groß wie drei Königsberger Klopse.

»Alles in Ordnung, Mama? Hast du meinen Brief erhalten?«

»Ja.« Niki schluckte. »Was hast du rausgefunden?«

»Sie ist quasi bei ihm eingezogen, diese widerliche Person. Papa ist zurück von seiner Reise. Ich war heute Nachmittag im Haus und habe alles gecheckt. Ihr Kosmetikkrempel steht im Badezimmer, und der Kühlschrank ist voller Diätdrinks.«

Diätdrinks? In Nikis heiligem Kühlschrank? Mitten im kulinarischen Paradies, wo sonst saftige Braten und köstliche Nachspeisen auf ihre Verwendung warteten? Das war zu viel!

»Dann habe ich mich im Garten versteckt und gewartet«, berichtete Peggy weiter. »So sind die Fotos entstanden. Mein lieber Herr Gesangsverein, die turteln, dass es nur so brettert.«

»Hast du mit Papa gesprochen?«, fragte Niki tonlos.

»Ja.« Es folgte eine kleine Pause. »Er hat alles abgestritten. Das sei nur seine Praktikantin, die gerade keine Wohnung hätte. Er wolle ihr nur helfen, und es sei auch nur vorübergehend. Aber die Fotos sprechen ja wohl Bände.«

Niki fing an zu schluchzen. »Auf meiner Terrasse! Neben meinem Oleander! Und auf den Sonnenliegen, die ich eigenhändig neu bezogen habe!«

»Du musst nach Hause kommen, Mama«, sagte Peggy streng. »Stell ihn zur Rede. Wasch ihm den Kopf. Und schmeiß dieses Boxenluder raus!«

»Aber ich habe kein Geld für einen Flug. Wolfgang hat die Kreditkarte gesperrt.«

Peggy räusperte sich. »Dann schenk ich dir den Flug eben. Hauptsache, du bringt alles wieder ins Lot.«

Das war ein mehr als großzügiges Angebot. Es schien Nikis Tochter wirklich viel daran zu liegen.

Niki seufzte. »Ich werde darüber nachdenken. Und, äh, Peggy?«

»Ja?«

»Danke. Du bist die beste Tochter der Welt.«

»Und du die beste Mutter überhaupt. Komm, so schnell du kannst, ja?«

»Mal sehen.«

Niki beendete das Gespräch. Dann sah sie in die Runde. »Peggy meint, ich soll nach Hause fahren und Wolfgang zur Rede stellen. Was haltet ihr davon? Ist es nicht das Beste?«

Leo zuckte die Schultern, und auch Alexis und Tamara sahen ratlos aus. Derweil kratzte sich Walburga ausgiebig unter dem Arm. Sie warf Niki einen abschätzigen Blick zu.

»Du hast wohl Stromausfall im Gehirn. Wenn du jetzt deinen abgeschrammelten Gatten aufsuchst, kommst du nie wieder. Der wird dich gepflegt in seine Lügengeschichten einwickeln, und du machst die Rolle rückwärts. Die Kerle wollen immer beides: ein Haustier für daheim, das kocht und putzt, und einen Aufreger fürs Hormonsystem. Du glaubst gar nicht, wie viele Männer das Ding durchziehen.«

»Nicht alle Männer«, bemerkte Leo hüstelnd.

»Na ja, fast alle«, erwiderte Walburga. »Frag nicht nach Sonnenschein. In meinem Beruf erkennt man die verheirateten Typen hundert Kilometer gegen den Wind. Gebügelte Hemden, geschmackvoller Schlips, gut genährt und gekämmt. Im Puff lassen sie die Sau raus. Und danach geht's wieder ab zu Mutti in die gemütliche Kuschelzone. So haben sie's gern.«

Niki hatte beklommen zugehört. »Selbst wenn's so wäre – was soll ich tun?«

»Du bleibst hier!«, befahl Walburga. Sie kratzte sich jetzt am Unterschenkel. »Ich fahre!«

Tag fünfzehn

Am nächsten Morgen versammelten sich alle an Nikis Tisch, gegen den erbitterten Protest von Fräulein Rottenmeier, die auf die Einhaltung der Sitzordnung gepocht hatte. Leo trug noch immer sein Dinnerjackett, weil er die ganze Nacht nicht von Nikis Seite gewichen war. Bis zum Morgengrauen hatte er in einem Sessel neben dem Bett ausgeharrt. Tamara und Alexis stürzten literweise Getreidekaffee in sich hinein. Niki zupfte hektisch an ihrem grauen Frotteekleid herum und brachte nicht einmal einen Schluck Wasser über die Lippen.

An Essen war sowieso nicht zu denken. Es ging nur um ein Thema: Walburgas bevorstehende Abreise. Noch in der Nacht hatte Nikis resolute Zimmergenossin am Computer der Rezeption einen Flug gebucht. Nun saß sie abmarschbereit auf ihrer Stuhlkante, in einem kreischblauen Jogginganzug. Ihr pechschwarzes Haar hatte sie zu Stacheln gegelt.

Ein Frühlingstyp ist sie definitiv nicht, dachte Niki. Walburga ist eine Frau für alle Jahreszeiten – wetterfest, wasserabweisend, sturmerprobt. Die kann es mit Wolfgang aufnehmen.

Doch ganz wohl war Niki nicht bei der Sache. Wie würde Wolfgang reagieren, wenn Walburga unangemeldet bei ihm aufkreuzte? Das könnte das endgültige Aus bedeuten. Oder der Beginn von etwas ganz Neuem? Sie hatte keinen blassen Schimmer.

»Fass ihn nicht zu hart an«, sagte sie leise. »Er ist kein schlechter Mensch.«

Walburga formte ihre violetten Lippen zu einem kreisrunden O. »Och, wirklich? Also, Niki, manchmal weiß ich nicht, ob ich stolz auf dich sein soll, oder ob ich mir Sorgen machen muss. Du bist wirklich Mutter Teresa reloaded. Immer loyal, sogar dann, wenn der Herr Gemahl ein Messer in deinen Rücken rammt.«

»So weit ist es ja noch nicht«, beschwichtigte Tamara. »Sie hat noch eine Chance.«

»Was willst du ihm überhaupt sagen, Walburga?«, erkundigte sich Alexis. »Dass du ihn köpfst, wenn er nicht brav ist?«

»Rübe runter wäre keine schlechte Idee«, antwortete Walburga. »Aber erst mal probier ich es mit Daumenschrauben. Heute Morgen habe ich meinen Anwalt angerufen. Wie's aussieht, ist Nikis Rohrkrepierer finanziell am Ende, falls er sich scheiden lässt. Sie hat nie gearbeitet, also hat sie Anspruch auf die Hälfte des Vermögens. Das heißt: Sie kriegt das Haus, oder er muss sie auszahlen. Und wenn das nicht zieht, habe ich noch ein paar schlagende Argumente.«

»Welche denn?«, fragte Niki furchtsam.

Walburga zerpflückte Leos Dinkelbrötchen. »Ich bring ein paar harte Jungs mit. Unter anderem Johnny, der den Puff leitet, während ich weg bin. Der hat alles drauf, was man für solche Fälle braucht.«

Niki konnte sich nur zu gut ausmalen, was das bedeutete. Aber so wollte sie Wolfgang nicht zurückerobern. So nicht.

»Keine Gewalt«, beschwor sie Walburga. »Gewalt ist keine Lösung. Ich will keinen Mann, der aus lauter Angst bei mir bleibt.«

»Lass mich nur machen. Der wird dich bald wieder so heiß und heftig lieben, dass du die Englein im Himmel singen hörst.«

Niki wagte nicht, daran zu denken, was Peggy wohl von solchen Methoden halten würde.

»Sag ihm, dass er eine wunderbare Frau hat«, meldete sich Leo zu Wort, der bisher geschwiegen hatte. »Dass sie liebenswert ist. Und dass er keine bessere Frau bekommen kann.«

»Genau!«, rief Alexis. »Er weiß nämlich gar nicht, was für ein Juwel er hat!«

»Eine wie dich hat er letztlich gar nicht verdient«, ergänzte Tamara. »Du bist der Goldfisch im Karpfenteich. Oder so ähnlich.«

Niki betrachtete das zerfledderte Dinkelbrötchen. »Jetzt übertreibt mal nicht. Ich bin eine wandelnde Zumutung.«

»Was du nicht sagst, Hase.« Walburga stand auf. »Okay, ich zisch los. Aber die Samthandschuhe lasse ich hier. Wolfgang ist so rücksichtslos, der würde einen ganzen Wohnblock anzünden, nur um sich ein Würstchen zu grillen. Da muss man andere Saiten aufziehen.«

»Mit Männern kennt sich Walburga wirklich aus!«, sagte Tamara. Nervös spielte sie mit dem Reißverschluss ihres taubenblauen Designeranzugs. »Auch mit verheirateten.«

»Vielleicht sollte sie ihm sagen, dass Niki ihn liebt«, warf Leo ein. Er sah Niki an. »Du liebst ihn doch, oder?«

Niki zögerte. Wollte Leo sie testen? Doch er hatte ein unbeteiligtes Gesicht aufgesetzt, und es war schwer zu erraten, was er dachte.

»Klar liebe ich Wolfgang.«

Wieso bloß hatte sie das dumme Gefühl, dass es nicht sonderlich überzeugend klang?

Walburga schnappte sich die Plastiktüte, die sie an ihren Stuhl gehängt hatte. Niki kannte keine andere Frau, die so konsequent auf Handtaschen und Koffer verzichtete. Aber originell wirkte es schon, das musste man Walburga lassen. Überhaupt war sie eine wie keine. Noch vor zwei Wochen hätte ich sie links liegen lassen, dachte Niki. Hätte sie unmöglich gefunden und abgehakt. Wie spießig ich doch war.

Mit gerunzelter Stirn wühlte Walburga in der Plastiktüte herum. »Zettel mit Adresse, Hausschlüssel, Pass, Schokolade, die beiden Tickets, ich glaube, ich habe alles.«

»Wieso hast du zwei Plätze gebucht?«, fragte Alexis.

»Die zwingen mich ja dazu«, schnaubte Walburga. »Frechheit! Ab hundertdreißig Kilo ist bei der Airline doppelt abdrücken fällig.«

»Zwei Plätze?« Niki seufzte. »Ich geb dir das Geld zurück, sobald ich kann. Versprochen.«

»Lass mal gut sein, ist 'n Freundschaftsdienst«, erwiderte Walburga. »Sonst noch was?«

»Es ist Sonntag, da ist Wolfgang vermutlich zu Hause«,

überlegte Niki laut. »Peggy weiß Bescheid, sie passt auf, dass er nicht mit dem Auto wegfährt. Falls keiner aufmacht, musst du den Hausschlüssel ganz vorsichtig drehen, das Schloss klemmt etwas. In der Speisekammer stehen selbstgebackene Plätzchen. Und bring mir bitte meinen roten BH und den passenden Slip mit, die findest du im Wäscheschrank, zweite Schublade von oben. Außerdem liegt mein Handy im Kamin, das brauche ich unbed…«

Walburga unterbrach sie. »Z-V-I!«

»Wie bitte?«

»Zu-viel-Information«, erklärte Walburga. »Ich muss mich auf das Wichtigste konzentrieren, wie ein verdammter Karatekämpfer.«

Keine Frage, für Walburga *war* Gewalt eine Lösung. Nikis Herz sank auf halbmast.

»Schatzi, jetzt heul mal nicht gleich.« Walburga tätschelte Nikis Schulter. »Heute Abend bin ich pünktlich um sechs wieder da. Klingeling, heute ist der neunzehnte. Du weißt, wir haben was vor.«

Niki konnte sich nicht erinnern. »Was denn?«

»Du kochst«, erwiderte Walburga. »Und zwar außer Haus.«

»Lass mich bloß in Ruhe mit dieser Schnapsidee!«, protestierte Niki. »Ich bin schon froh, wenn ich diesen Tag durchstehe.«

»Das wirst du, das wirst du«, sagte Walburga verschmitzt. »Als ich meinen Flug gebucht habe, bin ich bei der Gelegenheit ins Terminsystem vom Vitalis gegangen. Du bekommst heute Nachmittag zwei Stunden Mario. Außer der Reihe. Um fünfzehn Uhr. Das sollte dich etwas aufheitern.«

Leo sah auf einmal angespannt aus. Ahnte er, welche Wonnen Niki bei Mario erwarteten? Im Vitalis blühten Klatsch und Tratsch, und Mario war ein Topthema. War Leo etwa eifersüchtig?

»Pass auf dich auf, Walburga!«, flötete Tamara.

»Und guten Flug!«, fügte Alexis hinzu.

Walburga stand auf. »Ciao, ihr Süßen.« Sie klemmte sich ihre Plastiktüte unter den Arm und verließ hüftwackelnd den Speisesaal.

Alexis sah ihr hinterher. »Ihr Kleidungsstil ist eine einzige Katastrophe, aber sonst ist sie voll in Ordnung. Übrigens – dieses graue Frotteekleid ist furchtbar, Niki.«

»So eine Farbe ist nur für Wintertypen geeignet«, stimmte Tamara zu. »Wenn überhaupt. Das sieht verdächtig nach Unsichtbarkeitssyndrom aus.«

»Na ja, ich muss eben anziehen, was mein Koffer hergibt«, entschuldigte Niki sich. Sie selbst fand das Kleid ja unterirdisch. »Frühling oder nicht Frühling. Mehr habe ich nicht zu bieten.«

»Du hast viel mehr zu bieten, als du denkst«, widersprach Leo. »Du hast nur kein Vertrauen in dich selbst.«

Tamara applaudierte, indem sie die Fingerspitzen ihrer manikürten Hände lautlos aneinanderschlug. »Bravo, Leo. Du bist ein hervorragender Psychologe.«

»Was ist mit heute Abend?«, fragte Alexis. »Habe ich da was von Kochen gehört? Außer Haus?«

Leos Augen weiteten sich. »Ich will mit!« Er stand auf. »Sorry, ich habe einen Walking-Termin. Aber vergesst bloß nicht, dass ich heute Abend dabei sein will, wenn Niki kocht!«

Die Stunden verstrichen quälend langsam. Niki wurde immer kribbliger. Seit sie mit Walburga ein Zimmer teilte, waren sie noch enger zusammengewachsen. Vor dem Einschlafen besprachen sie alles, was ihnen durch den Kopf ging, und auch tagsüber trafen sie sich zwischen den Anwendungen im Zimmer. Kaum zu glauben, aber Niki vermisste Walburga. Und natürlich konnte sie es kaum erwarten, zu erfahren, was sich daheim abspielte.

Grübelnd trottete sie zum Kneippraum, zum Heuwickel im Zimmer, schließlich zum Fitnesscenter. Man hatte ihr einen neuen Personal Trainer zugeteilt. Der junge blonde Mann, so war ihr signalisiert worden, hatte weitere Begegnungen mit ihr rundheraus abgelehnt. Verstehen konnte Niki ihn irgendwie.

Seither mühte sich ein muskulöser Endvierziger namens Ricky mit ihr ab. Sein Kopf war geschoren, und heute trug er ein ärmelloses Unterhemd mit dem Schriftzug »Bastard«. Er hatte mehr Tattoos als ein alternder Rockstar. Und genau wie ein Rockstar riss Ricky die Arme hoch und grölte »Yeah!«, wenn Niki einen Sit-up hinkriegte. Auf diese Weise bekam sie jedes Mal seine rasierten Achselhöhlen präsentiert, sobald sie sich aufrichtete. Sogar dort hatte er Tattoos – bunte, feuerspeiende Drachen.

Womit Nikis Gedanken wieder zu Walburga abschweiften. Auf der einen Seite fand sie es ziemlich cool, dass Wolfgang Besuch von einem Rachedrachen bekam. Aber, aber, aber. Es waren ganz schön viele Abers, die ihr durch den Kopf schwirrten, und es wurden sekündlich mehr. Showdown im Nelkenweg acht. Wie krass war das denn?

»Hey, Schnecke, immer schön am Ball bleiben«, krakeelte der Trainer. »Abhängen kannst du noch, wenn du im Koma liegst.«

Die mussten akuten Personalmangel im Vitalis haben, dass sie solch ein zweifelhaftes Exemplar einstellten. So wie der drauf ist, würde er besser zu Walburga passen, überlegte Niki. Und schon hatte sie sich wieder in der vertrauten Gedankenschleife verheddert. Walburga. Und Wolfgang. Die schrägste Liaison der Saison.

Sie dehnte sich. »Äh – könnten wir jetzt damit aufhören?«

»Zehn Sit-ups, das ist gar nix«, sagte der Trainer abfällig. »Okay, mal sehen, wie du dich heute an der Rudermaschine machst, Muddi.« »Für Sie immer noch Frau Michels, Herr Bastard«, erwiderte Niki hoheitsvoll.

»Was?«

»Für Sie immer noch ›wie bitte‹.«

»Hä?«

Niki gab es auf. »Sie und ich, wir passen einfach nicht zusammen. Ich mach Pause. Und ich höre nicht wieder auf damit, bis die Stunde vorbei ist.«

»Schade.« Der Tattoomann wirkte ehrlich enttäuscht. »Bist 'n heißes Teil.«

»Ich vermute, das war ein Kompliment. Besten Dank auch.«

Damit waren Nikis sportliche Ambitionen für den Tag beendet. Heißes Teil. Sie musste lächeln. So was hatte noch nie jemand zu ihr gesagt. Hatte Wolfgang sie jemals sexy gefunden? Sie wusste es nicht. Klar, am Anfang ihrer Ehe waren sie ziemlich eifrig gewesen, was ihr Liebesleben betraf, und Wolfgang hatte sie zweifellos begehrenswert gefunden. Aber sexy? Warum sahen nur andere Männer in ihr, was Wolfgang wohl nie an ihr entdeckt hatte? Sie hatte allerdings auch noch nie einen Tanga im Zahnseidenformat getragen. Falls es das war, was ihr Mann sich wünschte, nutzte ihr großartiger Plan nichts. Size Zero war für sie so unerreichbar wie der Mars.

Es war schon fast Mittagszeit. Niki beschloss, in den Speisesaal zu gehen. Wieder und wieder checkte sie ihr Handy. Niki brannte darauf, endlich etwas über Walburgas Mission zu erfahren.

Im Speisesaal war nur ein einziger Tisch besetzt. Leo saß am Fenster und las Zeitung. Er war so in sich versunken, dass er zusammenfuhr, als Niki ihm auf die Schulter tippte.

»Oh, Niki. Du bist früh dran. Und? Gibt es schon Nachrichten von der Heimatfront?«

Niki legte eine Hand ans Ohr. »Der Geschützdonner ist bis in die Schweiz zu hören«, witzelte sie matt. »Sei ehrlich, war es falsch, Walburga fahren zu lassen?«

»Keine Ahnung.« Leo hob die Hände. »Ich weiß zu wenig über diese Dinge. Liebe und so.«

»Ach, nee. Und wie hast du deinen Sohn gezeugt? Im Reagenzglas?«

Er schmunzelte. »Auf die konventionelle Art, würde ich sagen. Wenn auch durchaus unkonventionell.«

Diese Antwort ließ eine Menge Spielraum für Fantasien. Ein kleiner, vorwitziger Flirtfunken segelte über den Tisch, direkt in Nikis Herzgegend. Verflixt. Sie wollte sich nicht in Leo verlieben.

»Hi, ihr zwei!« Mit schweren Schritten kam Tamara angelaufen. »Habt ihr schon was gehört?«

»Wie denn?«, fragte Niki. »Die Brieftauben sind nicht mehr so schnell wie früher. Und mein Handy ist stumm wie ein Fisch.«

Hektisch fuchtelte Tamara mit ihrem Handy herum. »Also, ich habe Walburga schon zwanzigmal angerufen. Nichts. Sie meldet sich nicht.«

»Wenn eine Frau nicht ans Telefon geht, ist sie entweder Schuhe kaufen oder tot«, befand Leo.

»Ich halte das nicht mehr aus!«, jammerte Niki. »Ich hätte selbst hinfliegen müssen. Es war einfach kindisch, Walburga vorzuschieben wie die große starke Schwester.«

»Aber das ist sie nun mal«, sagte Tamara. »Die wuppt das. Und wenn sie zurückkommt, machen wir Party! Was wirst du kochen? Alle reden darüber, dass du ein Profi bist. Kannst du Tiramisu? Was ist mit Steaks? Und ich liiiebe Kartoffelgratin!«

»Langsam, langsam.« Niki fuhr sich durchs Haar. »Ihr wisst ja noch gar nicht, *wo* Walburga mich an den Herd stellen will. Ist eine ziemlich abwegige Location.«

»Wo denn?«, fragte Tamara ungeduldig.

»In der Höhle des Löwen. Ach, was sag ich: mitten in der Löwengrube. In Doc Mannheimers Villa.«

Verblüfft beugte Leo sich vor. »Wie, hat er euch etwa eingeladen?«

Niki lächelte schief. »Nein, er ist verreist. Und Walburga ist fest entschlossen, bei ihm einzubrechen. Das ist der Plan.«

»Das ist Irrsinn«, stieß Tamara hervor.

»Ich habe nicht gesagt, dass es ein guter Plan ist. Und wenn ihr mich fragt: Wir sollten es bleiben lassen. Das ist eine Nummer zu groß für uns.«

Leo verzog seinen Mund zu einem unternehmungslustigen Lächeln. »In Anbetracht der Tatsache, dass wir alle Übergrößen tragen, sollte es eigentlich nichts geben, das eine Nummer zu groß für uns ist.«

Um fünf vor drei bestand Niki nur noch aus Schuldgefühlen, schlechtem Gewissen und nackter Angst. Walburga hatte sich immer noch nicht gemeldet. Entweder hatte Wolfgang sie in die ewigen Jagdgründe geschickt oder umgekehrt. Niki hatte es daraufhin auf Peggys Handy versucht, doch das war genauso ausgeschaltet wie Walburgas. Irgendwas lief da gründlich falsch. Was nur?

Niki hatte Kopfschmerzen und Schüttelfrost, als sie an die Tür des Shiatsuraums klopfte. War ja nett gemeint von Walburga mit der Extraportion Mario, aber ihr stand so gar nicht der Sinn nach erotischen Eskapaden.

Mario wich zurück, als er Nikis umwölkte Miene sah. »Oha, da kommen viele schlechte Vibes auf mich zu.«

»Weibs? Ich bin kein Weib.«

»Vibrations«, erläuterte Mario. Er sprach es »Waibräischns« aus. Dann übersetzte er: »Auf deutsch: Vibrationen, auch Schwingungen genannt.«

Wusste er etwa von Nikis Vibrator?

»Ich hab ihn nie, nie benutzt«, stellte Niki klar. »Ich weiß nicht mal, wie so ein Zauberstab funktioniert.«

»Hm. Sieht aus, als wärst du ziemlich abgespaced«, sagte Mario. »Komm erst mal runter. Leg dich hin, entspann dich. Dann werde ich deine Chakren öffnen.«

Niki verstand nur Bahnhof. Allmählich hatte sie das Gefühl, dass Mario in einem anderen Sprachuniversum lebte. Trotzdem legte sie sich auf die orangefarbene Matratze und streckte sich aus. War Orange überhaupt ihre Farbe? Das klang eher nach Herbsttyp. Aber Mario war ja ohnehin farbenblind, wie man der eigenwilligen Farbzusammenstellung des Raums entnehmen konnte. Gelb, Orange, Pink, das reine Farbinferno. Tamara wäre schreiend davongerannt.

Auch Niki war kurz davor. Die ganze Sache wuchs ihr über den Kopf. Was als harmloser Diäturlaub begonnen hatte, entpuppte sich zusehends als One-way-Ticket in die Hölle.

»Es ist nur …« Niki rang nach Worten. »Mein Mann, es ist alles ganz schrecklich, meine Tochter hat mir Fotos geschickt, und jetzt ist Walburga …«

»Atmen«, ordnete Mario an. »Gaaanz ruhig. Eeeiin … und aaauss.«

Niki schloss entnervt die Augen. Atmen war toll. Atmen war sogar ziemlich genial. Alle Lebewesen auf der Welt taten es, nebenbei gesagt.

»Sie ist bei Wolfgang, bei meinem Mann. Vielleicht zieht sie ihm gerade das Kaminbesteck über den Schädel!«

»Durch die Nase eeeiiinn … und durch den Mund wieder aaauuus. Leere deine Lunge, leere sie vollkommen aus. Leere deinen Geist. Reinige ihn von allen Gedanken. Und dann wieder eeeiin …«

»Geht nicht«, sagte Niki.

»Finde deinen Rhythmus. Durch die Nase eeeinn … durch den Mund wieder aaauuus. Und dann wieder eeeiin …«

Marios Singsang machte Niki müde. Sie hatte in der Nacht schlecht geschlafen und sich schon den ganzen Tag lang wie ausgespuckt gefühlt. Gut, dann eben atmen. Eeeiiin und aaauuus.

»Sehr, sehr schön. Spürst du die Schwingungen ohne Bedingungen?«, fragte Mario, während er ihr sanft über den Bauch strich.

»Öhhuaa«, gähnte Niki.

»Du bist schläfrig, weil deine Chakren blockiert sind«, verkündete Mario. Seine Hand glitt etwas tiefer. »Dir fehlt es an Energie. Chakren sind die Energiezentren des Menschen. Das Wort stammt aus dem Sanskrit und bedeutet so viel wie ›sich drehendes Rad‹. Ein Chakra ist sozusagen ein Energiewirbel, in dem das Bioplasma zirkuliert.«

»Ach so«, heuchelte Niki Interesse. Mario hätte auch Suaheli sprechen können, der Sinn seiner Worte blieb ihr ein Rätsel.

»Es gibt sieben Chakren«, fuhr Mario mit behutsamer Stimme fort. »Sie sind vom Rumpf bis zum Scheitel hin aufsteigend angeordnet und werden in dieser Reihenfolge geöffnet.«

Inzwischen war er bei Nikis Venushügel angelangt und rieb ihn mit kreisenden Bewegungen. Was auch immer es mit diesem Tschakka auf sich hatte, es fühlte sich wunderbar an. Allmählich verschwanden die bohrenden Gedanken aus Nikis Kopf. Sie flatterten einfach davon. Nicht denken, nur fühlen, hatte Mario letztes Mal gesagt. Erleichtert spürte Niki, wie sie in einem riesigen Wattebausch aus Wohlgefühl versank.

»Zieh dich aus«, sagte Mario.

So schlicht, so einfach.

»Nee.«

»Zieh dich einfach aus. Befreie dich.«

Also schön. Niki ging auf die Knie, zog sich das mausgraue Frotteekleid über den Kopf und legte sich wieder hin. Jetzt war sie splitterfasernackt.

»Zufrieden?«, fragte sie.

»Ich bin immer zufrieden. Ich lebe im Einklang mit allem, was ist.«

Seine Hände hatten schon wieder von ihrem Venushügel Besitz ergriffen, als gäbe es nichts Selbstverständlicheres auf der Welt. Nikis Körper begann zu pulsieren.

»Das ist dein Wurzelchakra.« Mario rieb kräftiger. »Es liegt zwischen Steißbein und Genitalien.«

Allein, wie sanft und verständnisvoll er das Wort Genitalien aussprach, brachte Niki restlos um den Verstand.

»Das Wurzelchakra erdet dich, wenn es mit Energie versorgt ist«, erklärte Mario, den tiefen Seufzer ignorierend, der von Nikis Lippen kam. »Es steht für Urvertrauen und Stabilität.«

»Hab ich nicht«, japste sie.

»Eben. Deshalb stimuliere ich ja dein Wurzelchakra.«

Niki hätte es etwas anders ausgedrückt. Aber was machte das schon? Sie war nur nicht ganz sicher, ob sie einschreiten sollte, falls Mario sein eigenes Wurzeltschakka zur Anwendung brachte. Wo das lag, wusste sie zufälligerweise ganz genau. Auch wenn sie den merkwürdigsten Körperteil des Mannes seit Ewigkeiten nicht mehr in Aktion erlebt hatte.

Leider rutschte Marios Hand weiter nach oben. »Dies ist dein Sakralchakra«, raunte er. »Es liegt eine Handbreit unter dem Nabel. Das Sakralchakra ist der Sitz der frei fließenden Sinnlichkeit und der sexuellen Energie.«

Heilig's Blechle, der Mann hatte es drauf. Niki wölbte ihm ihren Bauch entgegen. Ihr Seufzen steigerte sich zu einem Stöhnen. Himmel, war das gut.

»Fein«, lobte Mario. »Alle Schlacken in deinen Energiebahnen werden jetzt gelöst, und du öffnest dich.«

Niki stellte fest, dass eine ganz andere Zone ihres Körpers sich öffnete, so sacht wie ein Blütenkelch, der von der

Morgensonne geküsst wurde. Und so feucht wie ein Meer aus Tautropfen.

»Nun zum Sonnengeflechtchakra«, dozierte Mario weiter. Seine Finger kreisten in ihrer Magengrube. »In ihm verankert sind Selbstbewusstein, kraftvolle Beziehungen, Zufriedenheit.«

Sie verkniff sich den Kommentar, dass es auch damit nicht weit her war. Glaubte man Mario, war sie energetisch ein hoffnungsloser Fall. Aber sie spürte was. Immerhin. Sie spürte sogar eine ganze Menge.

»Dein Herzchakra, liebe Niki.«

Marios Stimme wurde wärmer. Seine unnachahmlich zartfühlenden Hände machten sich zwischen ihren Brüsten zu schaffen. Niki konnte nicht mehr an sich halten. Sie stöhnte so innig, so ungehemmt und so laut, dass Mario in hellen Jubel ausbrach.

»Ja! Lass es raus! Lass alles los! Hier ist die Quelle der Heilung! Hier entfalten sich Schönheit und Harmonie, hier strömt die Fülle deines lebendigen Seins!«

Mit beiden Händen massierte er ihre Brüste, und Niki begriff plötzlich, was Walburga gemeint hatte, als sie von dem Gesang der Englein im Himmel gesprochen hatte. Jetzt wollte sie nur noch eins: in die Zielgerade.

»Ma-hi-ho«, hechelte sie atemlos, »ich glaube, mein Wurzeltschakka ist noch blockiert.«

»Ich weiß«, erwiderte er mitfühlend. »Ich weiß das. Sei unbesorgt.«

Niki hielt den Atem an. Das war zwar falsch, aber sie konnte nicht anders. Doch Mario entging nichts.

»Durch die Nase eeeinn … und durch den Mund wieder aaauuus. Leere deine Lunge, leere sie vollkommen aus. Und dann wieder eeeiin …«

Seine Hände waren plötzlich verschwunden. Niki öffnete verstohlen ein Auge und sah, dass Mario seine blütenweiße Hose öffnete. Schnell klappte sie das Auge wieder zu. Nicht denken! Und wenn sie dereinst auf ewig im Fegefeuer braten musste – es gab kein Zurück mehr. Sie wollte es. Sie wollte es so sehr wie noch nie vorher in ihrem Leben.

»Und eeeiin …«, ächzte Mario.

Dann war er drin.

Durch Nikis jahrelang vernachlässigten Körper ging ein Ruck. Das Blut kochte in ihren Schläfen, es kochte überall. Was Mario mit ihr machte, fühlte sich unbeschreiblich an, wie ein süßer Schmerz. Und Mario? Steckte vollkommen reglos in ihr. Nur sein Wurzeltschakka pochte. Rhythmisch. Kraftvoll. Ungeduldig begann Niki, ihre Hüften zu bewegen.

»Noch nicht«, murmelte Mario.

Warum? Sein Atem an ihren Brüsten. Seine Hände an ihren Schultern. Seine Wurzel in ihrem Tschakka. Sie hielt es nicht mehr aus!

»Genieße den Moment. Spür deine Energie. Fühle dein Chakra.«

»Okay, okay«, hauchte Niki. »Und dann?«

»Finde deinen Rhythmus«, wiederholte Mario. »Gaaanz langsam.«

Sie bewegte sich einen geschätzten halben Millimeter,

und es war, als ob alle Sterne am Himmel gleichzeitig explodierten. Heiser schrie sie auf. Der Orgasmus ließ ihren gesamten Körper erbeben, von den Haarwurzeln bis zu den Fußsohlen. Es hörte gar nicht mehr auf.

»Das war erst der Anfang«, flüsterte Mario.

Nun war er es, der sich einen halben Millimeter bewegte. Ein Tsunami unfassbarer Lustgefühle erschütterte Niki, Tränen rollten über ihre Wangen. Der heiße Strom in ihr fing an zu glühen.

Sie hatte einmal in einem Tierfilm gesehen, wie Schildkröten kopulierten. Stundenlang hingen sie übereinander, fast ohne sich zu bewegen. Damals hatte sie die Schildkröten bedauert. Jetzt wusste sie, dass diese durchtriebenen Viecher den raffiniertesten Sex unter der Sonne hatten.

Mario küsste ihr die Tränen vom Gesicht. »Schön?«

»Schöner als schön«, stöhnte Niki.

Das hier war nicht von dieser Welt. Es war kosmisch. Unbekannte, kehlige Laute lösten sich aus ihrem Körper, Schweißrinnsale flossen, wohin sie wollten, und zwischen ihren Beinen loderte es, als ob der gesamte Erdkern aus ihr herausquellen würde.

Hinterher hätte sie nicht sagen können, wie lange sie so dagelegen hatten, vollkommen aufgelöst im Millimetersex. Als sie geschätzte zehn Milliarden Jahre später in der Lage war, ihre Augen wieder zu öffnen, saß Mario wie schon am Tag zuvor im Schneidersitz neben ihr, die Handflächen nach oben gerichtet. Ehrfürchtig murmelte er vor sich hin.

Niki betrachtete ihn mit hingebungsvoller Zärtlichkeit.

Was für ein Mann. »Ich weiß, du bedankst dich gerade beim Universum, und ich will dich dabei auch nicht stören – aber, bist du eigentlich auch gekommen?«

Mario deutete eine Verbeugung an, dann richtete er seinen entrückten Blick auf Niki. »Vollendung bedeutet, den Samenerguss zu vermeiden. So bleibt die Energie in mir. Und in dir. Das nennt man Tantra.«

Sagenhaft. Ein Mann, der keinen Orgasmus wollte? Niki staunte. Jedenfalls war es eine Methode, der sie rettungslos verfallen war.

»Du solltest dich auch bedanken«, mahnte Mario freundlich.

»Bei dir? Stimmt eigentlich. Danke sehr.«

»Nein, beim Universum. Es hat dich reich beschenkt. Nicht jede Frau fühlt, was du fühlst, Niki. Du bist auserwählt.«

Ob das die Wahrheit war? Oder flunkerte Mario ein bisschen? Allerdings hatte Niki noch nie gehört, dass eine Frau über Derartiges zu berichten wusste. Über Hingabe und Ekstase, dass einem Hören und Sehen verging. Also war wohl ein kleines Dankeschön angebracht. Sie setzte sich neben Mario und hob ihre Hände, die Handflächen nach oben gerichtet.

»Ommmm«, brummte Mario.

»Ommmm«, brummte Niki.

Sie fasste zwar nicht ganz, dass sie das wirklich tat. Aber es war das Mindeste, womit sie sich bei denen da oben revanchieren konnte.

Seit einer Dreiviertelstunde lag Niki im Bett, die Decke bis zum Kinn hochgezogen. Alles in ihr prickelte und vibrierte immer noch. Doch je mehr das Wonnegefühl nachließ, desto aufdringlicher kehrten die Gedanken zurück, die Mario weggestreichelt hatte. Es war schon fünf nach sechs. Hatte Walburga nicht gesagt, um sechs sei sie wieder da? Was für einen Schlamassel hatte sie bloß angerichtet?

Ängstlich zog sich Niki die Bettdecke über den Kopf. So wie sie es immer machte, wenn ihr alles zu viel wurde. Und jetzt einfach schlafen, bis zum Sankt-Nimmerleins-Tag. Das wär's.

Das Geräusch einer grob aufgestoßenen Tür ließ sie zusammenfahren. Schritte näherten sich, dann stand Walburga im Zimmer, stachlig und quietschblau, hundertdreißig Kilo ungebremste Vitalität. Lässig schleuderte sie ihre Plastiktüte von sich und ließ sich aufs Bett fallen.

»Uff.« Stille. »O Mann!«

Sofort saß Niki kerzengerade auf der Matratze. »Was hat er gesagt? Du hast ihm doch nichts angetan?«

»Ich habe von Mann zu Mann mit ihm gesprochen«, verkündete Walburga.

Das verhieß nichts Gutes. Niki krampfte die Finger ineinander. »Aber doch nicht wie im Western? Lass die Fäuste sprechen, Hombre?«

Walburga zog die viel zu kleine schwarze Lederjacke aus, die sie über ihrem Jogginganzug trug. »Männer für Anfänger, Lektion eins. Wenn die liebe Niki erfährt, dass ihr Kerl fremdgeht, wirft sie sich aus dem dritten Stock. Eine normale Frau schmeißt die Klamotten von dem Typ aus dem dritten Stock. Ich tu das Gleiche. Mit dem Unterschied, dass der Mann noch drinsteckt.«

»Du hast Wolfgang aus dem Fenster geworfen? Das war gegen die Abmachung!«, rief Niki entsetzt.

Walburga griente vom einen Ohr zum anderen. »Hätte ich gern. Und zwar durchs ungeöffnete Fenster. Aber man hat ja Manieren. Deshalb habe ich mich für die softe Tour entschieden.« Sie zog eine angebrochene Tafel Nussschokolade aus ihrer Lederjacke und biss hinein. »Als Erstes habe ich ihm sein Handy weggenommen und es aus dem Fenster geschmissen. Er wollte nämlich die Polizei rufen.«

»O nein.«

»Dann haben die Jungs seine Hosen, Hemden, Socken und auch gleich seinen anderen Kram in den Garten rausbefördert. Der ganze Rasen war voll …«

Niki schluckte. Ein Inferno. In ihrem Garten!

»Und dann?«

»Wart's ab.« Walburga biss ein weiteres Mal in die Schokolade und kaute genüsslich, bevor sie weitererzählte. »Auftritt der piepsenden Dummheit. Kommt ins Haus spaziert und sieht ihren Lover Wolfgang, wie der sich die Haare rauft. Fragt ihn, warum er sich das gefallen lässt.«

Niki hyperventilierte vor Spannung. »Und?«

»Sie zickt mich an: ›Wer sind Sie und was machen Sie hier?‹ Na, und ich sage: ›Du hast hier nur eins zu suchen – den Ausgang!‹ Darauf sie: ›Da haben Sie sich aber geschnitten, Wolfgang und ich, wir wohnen nämlich zusammen. Seine Frau hat sich von ihm getrennt.‹«

»Das hat sie wirklich gesagt?«, fragte Niki, gelähmt vor Schreck.

Walburga lachte dröhnend. »Genau so. Die Jungs haben sie in den Garten getragen. Und ich habe ihr ihre dämlichen Diätdrinks einzeln zugeworfen. Aus dem Küchenfenster.«

»Hast du nicht!«

»Waren sogar einige Treffer dabei. Gute Wurftechnik. Nicht umsonst habe ich einen Dartraum in meinem Puff.«

In Nikis Kopf lief ein Film ab, den sie ziemlich unterhaltsam gefunden hätte, wäre es dabei nicht um ihren eigenen Mann gegangen.

»Du willst mehr?«, fragte Walburga.

Niki nickte.

»Du kriegst mehr. Auftritt Peggy. Sie schreit: ›Was ist hier denn los?‹ Und ich schreie zurück: ›Ha! Ich verteidige dein Erbe.‹«

Niki schlang die Arme um ihre schlotternden Knie. »Wie bist du denn darauf gekommen?«

»War alles abgesprochen«, erklärte Walburga. »Wir haben vorher telefoniert. Dann hat Peggy ihrem Vater erklärt, dass sie ab jetzt das Haus bewohnt – übergangsweise, bis du zurückkommst. Die beiden Turteltäubchen mussten ihre Sachen packen und in die Einzimmerbude ziehen, wo das Fräulein Schlampe wohnt. Wenn du meine Prognose wissen willst: Da gehen die sich bald dermaßen auf den Sack, dass dein Wolfgang in ein paar Tagen genug von ihr hat.«

Niki war sprachlos. Vollkommen sprachlos.

Walburga kostete ihren Triumph sichtlich aus. »Sperr zwei Verknallte auf zehn Quadratmetern ein, und sie werden sich in null Komma nix hassen. Ach ja, und damit nichts Außerplanmäßiges passiert, wird ab jetzt einer von meinen Jungs rund um die Uhr das Haus bewachen. Inklusive Peggy.«

»Das heißt, sie ist wirklich eingezogen?«, fragte Niki.

»Mit drei Koffern und einem Laufbandgerät«, bestätigte Walburga. »Sie findet es nämlich mindestens so daneben wie du, dass ihr Vater mit einem lachhaften Luder im Ehebett rummacht.«

Niki hatte sich alles Mögliche ausgemalt, doch diese Wendung der Ereignisse wäre ihr nicht im Traum eingefallen. Sie rieb sich die Stirn. Walburga war unglaublich clever. Und dass sie sogar Peggy in das Komplott einbezogen hatte, war einfach genial.

»Danke, Walburga«, sagte Niki leise. »Du hast mehr getan, als man von einer guten Freundin erwarten kann.«

»Eine Hand wäscht die andere«, erwiderte Walburga. »Ich habe dafür gesorgt, dass Wolfgang sein Betthäschen demnächst in die Wüste schickt, jetzt bist du dran. Lass uns einkaufen gehen, und dann ab in Doc Mannheimers Gruselschloss!«

Niki verschränkte die Arme. »Kochen ist in Ordnung. Aber nicht bei Doc Mannheimer. Ich habe keine Lust, die Nacht in einer Gefängniszelle zu verbringen. Denk doch mal nach – so eine Villa ist bestimmt bis unter die Dachrinne mit Alarmanlagen hochgerüstet.«

»Stimmt!« Walburga lachte spitzbübisch. »Aber lass das meine Sorge sein. Wir werden da ganz entspannt reinwackeln, ohne den kleinsten Alarm.«

Sie zog ihren Jogginganzug aus und verschwand in Richtung Badezimmer. Man hörte das Rauschen der Dusche, dann kehrte Walburga mit tropfnassen Haaren im Bademantel zurück.

»Was ist? Zieh dich um! Wir gehen jetzt zum Abendessen, damit keiner Verdacht schöpft. Und dann ...«

»... nehmen wir den Fahrstuhl zum Schafott«, orakelte Niki.

Um Viertel nach sieben entfernten sich fünf Gäste des Beauty Resorts Vitalis vom Gelände. Sie gingen in einigem Abstand einzeln durch den Park, so war es unauffälliger. Auf der Straße, etwa hundert Meter weiter, wartete ein Großraumtaxi. Niki stieg als Letzte ein, mit weichen Knien.

»Na, endlich«, sagte Tamara. »Wir hatten schon Angst, dass du kneifst.«

Sie trug ein bodenlanges Abendkleid in Tannengrün. Nur den üblichen Baumbehang hatte sie weggelassen. Alexis hatte ein verwegen ausgeschnittenes Cocktailkleid in Türkis angezogen, Walburga hatte sich mit Tigerleggings und Lederjacke einen besonderen Look verpasst. Leo dagegen hatte einen Smoking gewählt, mit schwarzer Fliege. Sie sahen aus, als wollten sie jeden Moment über einen roten Teppich schreiten.

Aufgeregt fuhr sich Alexis durch ihr akkurat geföntes

Blondhaar. »Ganz in der Nähe ist ein Delikatessenladen, da wird jetzt abgeräumt!«

»Aber nicht zu knapp!«, bekräftigte Walburga.

Leo saß auf dem Vordersitz, sehr zum Missfallen des Fahrers, dessen Bewegungsfreiheit deutlich eingeschränkt war.

»Was kochst du uns denn Schönes, Niki?«, fragte er.

»Ich sterbe für ein Rinderfilet«, seufzte Tamara.

»Und ich will Süßspeisen, mindestens drei!«, rief Walburga.

Niki drückte sich tiefer in ihren Sitz. Warum hatte sie sich bloß auf diesen Riesenblödsinn eingelassen? Gleichzeitig jedoch lief ihr Hirn auf Hochtouren, um eine kunstvolle Speisenfolge zu ersinnen. Sie konnte nicht anders – Kochen war nun einmal ihre Passion.

»Seid unbesorgt«, sagte sie, »ich habe da schon ein, zwei Ideen.«

»Party!«, juchzte Alexis. »Walburga hat uns erzählt, wie sie deinen Mann aus dem Haus befördert hat. Und dass deine Tochter für eine Weile dort wohnt. Glückwunsch, Niki! Das hätte nicht besser laufen können.«

Niki seufzte. So bestechend Walburgas Strategie auf den ersten Blick wirkte, ob sie aufging, musste sich erst noch erweisen. Aber der Silberstreifen am Horizont wurde breiter. Und die Tatsache, dass Peggy ins Haus eingezogen war, bedeutete einen weiteren Schritt in die richtige Richtung. Nach dem Abendessen hatte Niki die Fotos von Wolfgang und seiner Geliebten zerrissen und in den Müll geworfen. Seitdem fühlte sie sich besser. Es kam Bewegung in die

Sache, und dafür hatte Walburga wirklich eine Belohnung verdient.

Kurze Zeit später hielt der Fahrer vor einem Laden, der das gesamte Erdgeschoss eines wuchtigen Gründerzeithauses einnahm. Unter blauweiß gestreiften Markisen boten die Schaufenster alle erdenklichen Leckereien dar: Pyramiden aus Kuchenstücken, monströs große Räucherschinken, gigantische Käselaibe, üppig gefüllte Obstkörbe und Schüsseln voller Langusten und Garnelen. Wie ein hungriges Wolfsrudel fielen die fünf Freunde in den Laden ein.

Gleich am Eingang präsentierte ein Kellner ein Tablett mit Champagner, den er der zweifellos zahlungskräftigen Klientel anbot. Sie nahmen alle ein Glas und prosteten sich zu.

»Auf das große Fressen!«, rief Walburga. »Und jetzt gib Gas, Niki!«

»Ich habe schwarze Périgord-Trüffel im Schaufenster gesehen«, schwärmte Leo. »Die sollten wir uns nicht entgehen lassen!«

»Und Langustenschwänze von der französischen Atlantikküste«, juchzte Alexis. »Du liebe Güte, wie habe ich die Dinger vermisst.«

Sie tranken den Champagner in einem Zug aus, dann durchstreiften sie mit knurrenden Mägen den Laden. Man konnte überall probieren, und sie stopften sich alles in den Mund, was man ihnen anbot: Käsewürfel, marinierte Königskrabben, Pralinen.

Niki war unendlich beeindruckt. Dies war ein Esstempel,

wie sie ihn noch nie betreten hatte. Ausgesuchte Delikatessen aus aller Welt wurden hier verkauft, appetitlich arrangiert auf schweren Holzregalen und in meterlangen Kühltheken. Der Duft von frisch gebackenem Brot mischte sich mit dem Geruch von Gewürzen, Käse und Fisch. Zwischen den Regalen wuselten hübsche weibliche Angestellte mit weißen Rüschenschürzen herum und schleppten die Einkaufskörbe der Kunden.

Zunächst arbeitete sich Niki zur Fleischtheke vor. Dort gingen ihr die Augen über. Dunkelrote, marmorierte Filetsteaks lagen neben Bergen von Kalbskeulen und Wachtelbrüsten, übertrumpft von einem ganzen Lammrücken.

»Schlag zu«, raunte Walburga ihr zu. »Wir legen alle zusammen, du musst nichts zahlen, nur kochen.«

Und Niki schlug zu. Erst beim Fleisch, dann beim Fisch, danach in der Obst- und Gemüseabteilung. Anschließend wanderten unzählige Becher mit Sahne und Crème fraîche in die Einkaufskörbe, dazu Butter, Eier, Mehl und Zucker. Drei knusprige Baguettes, Kirschwasser, Grand Marnier und zehn Tafeln dunkle Schokolade rundeten den Einkauf ab.

Leo, der ein ausgemachter Weinkenner zu sein schien, erkundigte sich bei Niki nach dem Menu. »Du musst mir nicht alles verraten, nur ungefähr, damit ich die passenden Getränke besorgen kann.«

»Na gut: Languste, Seezunge, Rinderfilet, Lamm, Bayerische Creme, Schokoladenkuchen, Orangenparfait«, zählte Niki auf.

»Oha«, Leo schluckte, und seine Augen verschleierten

sich. Dann verschwand er für längere Zeit in der Weinabteilung.

Schwer mit Tüten beladen, stiegen sie eine halbe Stunde später wieder in das Taxi.

»Küsnachter Dorfstraße drei«, wies Walburga den Fahrer an, und schon brauste er Richtung See und dann die Uferstraße entlang.

»Bevor wir loslegen, muss ich noch was wissen«, hakte Niki nach. »Was ist mit der Alarmanlage?

»Alles eine Frage der Technik«, erwiderte Walburga triumphierend. »Willkommen im digitalen Zeitalter. Meine Jungs haben sich heute Nachmittag in das Sicherheitssystem gehackt und die Codes geknackt.« Sie zog ihr Handy aus der Tasche und wählte eine Nummer. »Johnny? Ja, ich bin's. Wir sind gleich da. Leg den Laden lahm. Und aktivier die Anlage erst wieder, wenn ich's dir sage. Klar so weit?«

»Sag mal, wenn das so einfach ist, könnten deine, äh, Jungs doch jederzeit überall einbrechen«, sagte Leo stirnrunzelnd.

»Tun sie ja auch, aber natürlich nur in Notfällen«, rechtfertigte sich Walburga. »Zum Beispiel, wenn Kunden nicht zahlen wollen.«

»Das ist kriminell!« rief Niki.

»Nee, ausgleichende Gerechtigkeit. Und wir wollen ja heute nichts mitgehen lassen, nur einen schönen Abend haben«, gab Walburga zu bedenken. »Danach bringen wir alles wieder auf Vordermann. Glaub mir, wir werden die Bude sauberer hinterlassen, als wir sie vorgefunden haben.«

In diesem Moment stoppte der Fahrer vor einem schmiedeeisernen Tor. Leo reckte seinen kurzen Hals. »Nicht schlecht, wie Doc Mannheimer wohnt. Schaut doch mal!«

Hinter einer Natursteinmauer erstreckte sich ein parkähnliches Grundstück, auf dem ein Chalet im Schweizer Stil stand. Selbst jetzt, in der einsetzenden Dämmerung, waren die geschnitzten Balkone und die fein stukkatierten Fensterumrahmungen gut auszumachen. Das Ganze wirkte luxuriös und gediegen zugleich. Aber auch wie eine uneinnehmbare Festung. Alles in Niki sträubte sich dagegen, dort einzudringen.

Leo bezahlte den Fahrer, dann rafften sie ihre Tüten zusammen und stiegen aus.

»Noch können wir umkehren«, sagte Niki flehend. »Noch haben wir nichts angestellt.«

Keiner hörte auf sie. Ungerührt machte sich Walburga an die Eroberung des verbotenen Terrains. Sie zückte ihr Handy und klickte eine SMS an. Dann gab sie einen Zahlencode in das Tastenfeld ein, das neben dem schmiedeeisernen Tor in die Mauer eingelassen war. Mit einem leisen Summen sprang das Tor auf. Sofort flammten überall auf dem Grundstück Scheinwerfer auf, die den Park taghell erleuchteten. Wie angewurzelt blieben die fünf ungebetenen Gäste stehen.

»Kommt schon, das ist die Festbeleuchtung, extra für uns«, rief Walburga nach einer Schrecksekunde. »Willkommen beim Fürsten der Finsternis!«

Keiner sagte ein Wort, als sie sich im Gänsemarsch auf das Chalet zubewegten. Niki schaute sich immer wieder ängstlich nach allen Seiten um. Wer konnte schon wissen, ob hier nicht vielleicht irgendwelche Security-Leute lauerten? Als sich etwas im Gebüsch bewegte, gab sie einen halb unterdrückten Schrei von sich. Doch es waren nur zwei Kaninchen, die hakenschlagend davonliefen.

Währenddessen hatte Walburga die Haustür erreicht. Auch hier gab es ein Tastenfeld, in das sie nach einem Blick auf ihr Handy einen Code eingab. Sie drückte die Klinke herunter, und schon standen sie im Eingangsbereich.

»Meine Fresse«, entfuhr es Walburga. »Stil hat der Doc, das muss man ihm lassen!«

Die weiträumige Eingangshalle reichte bis zum obersten Geschoss, so dass man bis zu den freigelegten Holzbalken der Dachkonstruktion schauen konnte. Die Wände waren in abgestuften Grautönen gewischt, die einzige Dekoration bestand aus zwei gekreuzten silbernen Schwertern. Der Boden war aus dunkelgrauem Schiefer, auf dem ein dünner, in zarten Brauntönen gemusterter Teppich lag.

»Ein Kelim, mein Gott, der ist antik! Und ein Vermögen wert!«, murmelte Alexis andächtig.

»Der hat hier Tonnen von Körperfett verbaut, das seine Kunden losgeworden sind«, sagte Walburga. »Fragt sich nur, ob unser Diätguru auch in eine anständige Küche investiert hat.«

Sie bogen nach rechts und gelangten in einen offenen Wohnbereich. Er wurde von einem ausladenden Marmorkamin dominiert, vor dem bequeme cognacfarbene Ledersessel standen. Zum See hin, an der großen Fensterfront, stach ein großer hölzerner Esstisch ins Auge, der gut zweihundert Jahre alt sein mochte. Umstellt war er von Stahlrohrstühlen. Die Kombination aus alt und neu wirkte eigenwillig, aber geschmackvoll, wie alles hier.

Trotzdem war die Atmosphäre unterkühlt. Was eindeutig fehlte, war die Hand einer Frau, die dem Raum mehr Gemütlichkeit verliehen hätte – mit ein paar Pflanzen zum Beispiel, mit Gardinen oder Bildern. Doch auch im Wohnbereich hingen nur Waffen an den Wänden, spitze Dolche mit Elfenbeingriffen und ein altes Jagdgewehr.

»Dachte ich's mir doch, der Typ ist ein Waffenfan«, grummelte Walburga. »Wer nicht abnimmt, wird gemeuchelt, das ist wahrscheinlich seine heißeste Fantasie.«

Niki ging zu einem Sekretär aus rötlichem Wurzelholz, der an der Stirnwand des Raums stand. Er war penibel aufgeräumt. Nur ein Laptop stand darauf sowie ein silbern gerahmtes Foto. Es zeigte Doktor Mannheimer mit einer stark übergewichtigen, lachenden Frau. Unbehaglich musterte Niki das Foto. Die beiden sahen so glücklich aus.

»Wer ist das denn?«, fragte Tamara, die Niki gefolgt war.

»Vermutlich seine verstorbene Frau«, antwortete Niki. Sie fing an zu schniefen. »Wir hätten nicht herkommen dürfen.«

»Unsinn«, widersprach Walburga, die ebenfalls zum Schreibtisch geschlendert war. »Wir haben nur ein bisschen Spaß und tun niemandem weh.«

Tamara nahm den Bilderrahmen in die Hand. »Seht doch mal – sieht sie nicht genau wie Walburga aus?«

Niki riss die Augen auf. Tatsächlich. Die Frau auf dem

Foto war zwar blond, doch das breite Lachen, die übermütig funkelnden Augen, dazu das tiefe Grübchen im Kinn, das war Walburga, wie sie leibte und lebte.

»Du bist absolut sein Typ, Walburga«, presste sie hervor. »Deshalb sieht er dich immer so seltsam an.«

»Quatsch mit Soße«, wehrte Walburga ab. »Apropos Soße – ich habe Hunger! Wenn wir hier noch lange blöd rumstehen, falle ich um.«

Sie fanden die Küche gleich nebenan. Sie war ein Hightech-Traum aus gebürstetem Edelstahl und mit den modernsten Geräten ausgestattet, wie Niki fachmännisch feststellte. Der Herd war ein wahres Wunderwerk aller möglichen Funktionen, daneben standen ein Dampfgarer und ein Grill. Der mannshohe Kühlschrank hatte einen integrierten Automaten, der auf Knopfdruck Eiswürfel ausspuckte.

»So cool und unpersönlich wie Doc Mannheimer«, befand Walburga. »Meinst du, dass du hier überhaupt was Anständiges kochen kannst, Niki?«

Leo räumte gerade Champagnerflaschen und einige Flaschen mit Weißwein in den Kühlschrank. »Klar kann Niki das!«, sagte er nachdrücklich. »Habt ihr nicht gesehen, wie sicher sie im Laden ausgewählt hat? Mit diesem untrüglichen Sinn für Qualität? Niki ist ohne Frage eine kulinarische Offenbarung. Was man vom meistgehassten Arzt des Vitalis nicht gerade sagen kann. Der Kühlschrank ist vollkommen leer!«

»Wovon lebt der denn?«, fragte Tamara argwöhnisch. »Isst der etwa gar nichts mehr?«

Alexis schüttelte belustigt den Kopf. »Vielleicht ist er ja einer von der Sorte Öko und Tierschutz: Kauft Fischstäbchen im Supermarkt und lässt sie dann im Meer frei.«

»Knäckebrot, sieben Packungen!«, rief Tamara, die einen der Hängeschränke geöffnet hatte. »Kein Wunder, dass der immer so schlechte Laune hat. Wer nicht genießt, ist eben ungenießbar. Seht euch mal Buddha an, der ist fett, aber er lacht. Wir sind rund, na und? Dafür sind wir immer gut drauf.«

»Niki, fang bitte an!«, rief Walburga. »Oder ist es dir lieber, wenn ich die Sachen direkt aus der Tüte esse?«

Doch Niki war längst damit beschäftigt, das Menü vorzubereiten. Über ihr lindgrünes Kleid hatte sie ein großes, kariertes Geschirrhandtuch gebunden. In Windeseile schnitt sie das Fleisch zu, spülte das Gemüse ab und öffnete die Sahnebecher. Ihre letzten Skrupel waren verflogen, jeder Handgriff saß, und sie pfiff glücklich vor sich hin. Endlich wieder kochen! Endlich wieder die Vorfreude auf sinnliche Genüsse auskosten! Sie arbeitete so schnell und routiniert, dass die anderen ihr verblüfft zusahen.

»Boaah, die ist ja ein hammerharter Kochprofi«, wunderte sich Walburga.

Niki blickte auf. »Gelernt ist gelernt. Deckt doch schon mal den Tisch. Champagnergläser, Weißweingläser, Rotweingläser und Wassergläser. Für jedes Gedeck drei Messer und Gabeln, zwei große Löffel, zwei kleine Löffel und eine Kuchengabel. Vergesst nicht die Servietten, ich habe welche im Schrank neben der Tür gesehen.«

Leo sah sie mit grenzenlosem Entzücken an. »Wie viele Gänge werden es denn?«

»Sieben«, sagte Niki. »Nein, acht.«

Dann programmierte sie den Herd, den Dampfgarer und den Grill, während Leo vor Bewunderung zerfloss.

Eine gute Stunde später nahm das fünfblättrige Kleeblatt am Esstisch Platz. Walburga hatte sich inzwischen mit dem elektronisch gesteuerten Lichtsystem beschäftigt, und ein warmes, milchiges Licht aus gedimmten Strahlern ergoss sich über die Tafel. Die geschliffenen Kristallgläser blitzten mit dem silbernen Besteck um die Wette. Niki saß am Kopfende, am anderen Ende des Tisches hatte Leo Platz genommen. Walburga fläzte sich an Nikis linke Seite, gegenüber saßen Tamara und Alexis.

Mit ihrer Kuchengabel brachte Niki ein Glas zum Klingen. Es wurde still.

»Liebe Freunde«, begann sie, »es ist mir eine unaussprechliche Freude, mit euch dieses Essen zu feiern. Ihr seid mir mehr ans Herz gewachsen, als ich in Worte fassen kann. Ohne euch …« Ihre Stimme versagte. Sie räusperte sich. »Guten Appetit!«

»Auf Niki!«, kam es von den anderen vier, dann floss der Champagner in die ausgetrockneten Kehlen.

Walburga wischte sich mit dem Ärmel ihrer Jacke über die feuchten Lippen. »Jetzt mal zur Sache, Schätzchen. Was ist der erste Gang?«

»Gegrillte Langustenschwänze mit Limonen-Kerbel-

Butter und einem Zucchini-Mango-Chutney«, antwortete Niki.

Alle stöhnten auf. Schon die Ankündigung dieser Vorspeise ließ ihnen das Wasser im Mund zusammenlaufen. Vergessen waren die Hungerqualen des Vitalis, vergessen waren die strengen Regeln und Verbote. Jetzt zählte nur noch eins: pure, enthemmte Völlerei!

Tamara und Alexis halfen Niki, die Teller aufzutragen, Leo schnitt das aufgebackene Baguette in Scheiben. Sobald die ersten Bissen auf der Zunge landeten, kam frenetischer Jubel auf. Es war einfach überirdisch, was Niki da serviert hatte, so das einhellige Urteil.

»Ich habe eine Gänsehaut«, bekannte Leo. »Ein Schauer nach dem anderen läuft mir über den Rücken. Mit diesem Wahnsinn übertriffst du alles, was ich jemals gegessen habe, Niki!«

Dankbar sah sie ihn an. Und stolz. Ja, sie konnte kochen. Doch was ihr immer gefehlt hatte, waren Gäste, die sich völlig dem Genuss hingaben. Wolfgang mochte zwar, was sie ihm vorsetzte, doch unablässig zählte er Kalorien. Er war ein sachlicher, eher leidenschaftsloser Esser. Kein Vergleich mit Leo, dessen Gesicht vor Seligkeit strahlte.

Wie unterschiedlich doch die Menschen essen, dachte Niki. Tamara speiste mit konzentrierter Zielstrebigkeit, Alexis knabberte wie ein Vögelchen. Walburga saugte die Langustenhälfte mit aufgestützten Ellenbogen in sich hinein, und Leo schloss verklärt die Augen, während sein ganzer Körper beim Kauen bebte.

Für den würde ich gern öfter kochen, durchzuckte es Niki. Es war ganz schön erotisch, wie er sich in seine Esslust steigerte. Sie ertappte sich bei dem Gedanken, ob Leo wohl auch im Bett so lustvoll genießen konnte. Aber war das überhaupt eine Frage? Trotz seiner Körperfülle war er die pralle Sinnlichkeit in Person.

»Und jetzt?«, fragte Walburga, die schon alles verputzt hatte. »Was kommt als Nächstes?«

»Überbackene Crêpes, gefüllt mit Seezunge, Crème fraîche und gedünsteten Frühlingszwiebeln«, kündigte Niki den zweiten Gang an.

Leo warf seine Serviette auf den Tisch, erhob sich und ging auf Niki zu. Ohne Zögern umarmte er sie.

»Du bist eine Göttin!«

Dann machte er sich wieder auf den Weg zu seinem Platz, entgeistert beäugt von Walburga, Tamara und Alexis. Oje. Verlegen spielte Niki mit der goldfarbenen Kordel, die sie zur Feier des Tages umgelegt hatte. So viel spontane Zuneigung war sie einfach nicht gewohnt.

»Wenn sie ein Restaurant hätte, würde sie jetzt den ersten Stern bekommen«, stellte Alexis fest. »Sie kocht alles in Grund und Boden, was jemals eine Kochmütze aufgesetzt hat.«

Der zweite Gang rief noch mehr Jubel hervor. Die hauchdünnen Crêpes mit ihrer sanftsaftigen Füllung zergingen auf der Zunge. Leo schenkte dazu einen Meursault ein, den er als einen der größten französischen Weißweine bezeichnete. Niki hatte noch nie davon gehört. Doch sie spürte bereits beim ersten Schluck, wie wunderbar die fruchtige Säure mit dem zarten Fischaroma harmonierte. Wieder ein Punkt für Leo.

Der dritte Gang bestand aus getrüffelten Rinderfiletspitzen mit in Rotwein pochierten Schalotten und Ratatouille. Als vierten Gang brachte Niki einen ganzen, ausgelösten Lammrücken auf den Tisch, mit Honig, Olivenöl und Kräutern im Ofen gegart, zu dem sie Kartoffelgratin reichte. Jedes Mal, wenn sie ein neues Gericht auftrug, wurde sie gefeiert wie eine Olympiasiegerin. Der Wein floss in Strömen, alle hatten glänzende Augen. Die Stimmung wurde immer ausgelassener.

»Auf die Königin der Küche!«, brachte Alexis einen Toast aus.

Sie waren mittlerweile bei einem schweren Burgunder angelangt, der öligbraun in den Gläsern schwappte.

Walburga kratzte den letzten Rest Kartoffelgratin aus der feuerfesten Form. »Wenn die Desserts genauso gut sind, mache ich ihr einen Heiratsantrag!«

Alexis und Tamara lachten los. Nur Leo blieb ernst. Er sah Niki mit einem eigenartigen Blick an, den sie nicht ganz deuten konnte. Doch ihr Herz machte einen kleinen, erschrockenen Hüpfer. Um sich ihre Verwirrung nicht anmerken zu lassen, eilte sie in die Küche. Dort wartete der nächste Angriff auf Bauch, Beine, Po: ein halbflüssiger Schokoladenkuchen in kleinen Förmchen, die sie nun aus dem Ofen holte und mit einem Klacks geschlagener Sahne dekorierte.

»Dafür würde ich morden«, grunzte Walburga, als sie wenig später ihre Portion in sich hineinschob.

»Und ich würde dafür sterben«, seufzte Tamara.

»Magie, reine Magie«, ächzte Leo.

Alexis verdrehte die Augen. »Grundgütiger, ist das etwa Kirschwasser, was diesem Kuchen dieses unnachahmliche Aroma gibt?«

»Erraten«, antwortete Niki.

Ihr war heiß, sie schwitzte, doch sie war nie glücklicher gewesen. Das hier, das ist meine Familie, dachte sie gerührt, nur Peggy fehlt.

Sie erhob ihr Glas. »Auf euch und auf meine wunderbare Tochter Peggy!«

»Die hat zum Glück deine Gene abbekommen«, sagte Walburga. »Ist 'n toughes Mädel, die Kleine. Auch wenn sie freiwillig aufs Laufband geht. Aber wenn sie erst mal einen anständigen Kerl im Bett hat, ist Schluss mit dem Sportgerödel.« Sie machte eine Kunstpause. »Apropos Bett. Während Niki gekocht hat, bin ich ein bisschen im Haus unterwegs gewesen. Und wisst ihr, was ich in Doc Mannheimers Schlafzimmer gefunden habe? Ein ganzes …«

»Behalt's für dich«, unterbrach Niki ihre Freundin. »Reicht es nicht, dass wir in seinem Wohnzimmer sitzen und bis zum Anschlag futtern?«

»Nö«, widersprach Walburga. Sie lehnte sich auf dem Stahlrohrstuhl zurück und leckte sich die Lippen. »Der Doc ist einer von der harten Sorte. Handschellen im Nachtschrank, genauso wie ich's erwartet habe. Dazu ein nettes

Fetischequipment, Lack und Leder, das volle Programm. Wer sich mit dem einlässt, kann sich über mangelnde Abwechslung nicht beklagen. Und dann diese dunkelgraue Satinbettwäsche, hmmm, der gute Onkel Doc hat ausgefallene Vorlieben.«

»Also, für mich wäre das nichts«, protestierte Alexis. »Ist mir zu anstrengend.«

»Och, man sollte immer was Neues ausprobieren«, quietschte Tamara. »Warum nicht mal Doktorspiele unter ärztlicher Aufsicht? Langweilig gibt's schon.«

Niki wechselte einen kurzen Blick mit Leo. Doch das anzügliche Thema schien ihn nicht zu stören. Der Anflug eines feinen Lächelns umspielte seine Mundwinkel. Was hatte er noch gesagt? Er hätte seinen Sohn auf die konventionelle Art gezeugt, aber durchaus – unkonventionell?

In Niki regte sich etwas. Sie wusste nicht genau, was es war, doch es spielte sich eindeutig in ihrem Wurzeltschakka ab. Herr im Himmel!, betete sie stumm. Lass nicht zu, dass ich mich in Leo verliebe! Ich habe genug Probleme an der Hacke, die reichen fürs Erste.

Doch selbst während sie in der Küche eine Schüssel Bayerische Creme mit frischen Erdbeeren garnierte, hörte das seltsame Prickeln nicht auf. Sie fühlte sich zu Leo hingezogen, ganz egal, was ihr Verstand dazu sagte. Reiß dich zusammen, ermahnte sie sich. In zwei Wochen bist du wieder zu Hause und die beste Ehefrau der Welt. Dummerweise ließ sich das sanfte Ziehen und Pochen in ihren intimsten Bereichen nicht abstellen.

Lag das an Mario? Hatte er wirklich ihre erotischen Energieflüsse befreit? Am Ende war an seinem Geschwurbel über aufgelöste Blockaden doch mehr dran, als Niki zugeben mochte.

Sie trug die Schüssel ins Esszimmer, wo sie mit großem Hallo empfangen wurde. Dann holte sie die Dessertteller, die sie mit Puderzucker bestäubt hatte. Als sie zurückkam, löffelte Walburga schon die ebenso federleichte wie butterweiche Creme direkt aus der Schüssel in sich hinein.

»Du lässt dich sofort scheiden und ziehst bei mir ein«, wurde Niki von ihr empfangen. »Ich kann nicht mehr leben ohne deine Kochkünste.«

Alexis und Tamara kicherten.

Leo hüstelte vergnügt. »Falls ihr einen Trauzeugen braucht, bin ich zur Stelle. Und auch für die Hochzeitsnacht stehe ich gern zur Verfügung, falls Not am Mann ist.«

Alle brachen in Gelächter aus, und nun musste auch Niki lachen. Der Wein war ihr zu Kopf gestiegen, der kleine Anfall von Schuldbewusstsein löste sich in Luft auf. Warum nicht ein bisschen flirten? Was war schon dabei? Sie fühlte sich großartig. Endlich bekam sie Anerkennung, darauf hatte sie viel zu lange gewartet. Angenehm erschöpft strich sie sich die Haare aus dem Gesicht. Was für ein wunderbarer Abend. Was für wunderbare Freunde. Wenn es doch immer so bleiben würde.

»Ich kann nicht mehr«, röchelte Alexis, als sie die letzte Erdbeere von ihrem Teller gegabelt hatte. »Den achten Gang müsst ihr ohne mich essen.«

»Du weißt ja noch gar nicht, was es ist«, wandte Tamara ein. »Ich bin zwar kurz vorm Platzen, aber wie ich Niki kenne, hat sie sich das Beste bis zum Schluss aufgehoben. Also? Was ist es?«

Niki strahlte übers ganze Gesicht. Es stimmte, das dritte Dessert war ihr absoluter Brenner. Die Krönung aller Genüsse.

»Ein Orangenparfait mit Grand-Marnier-Sorbet!«, trällerte sie. »Doc Mannheimer hat nämlich eine Eis-ma-schi-ne! Auch wenn er sie bestimmt noch nie benutzt hat.«

Walburga rutschte von ihrem Stuhl und ging stöhnend vor Niki auf die Knie. »Wenn du mich nicht heiratest, bringe ich mich um!«

Auch Leo ließ sich schwerfällig auf die Knie fallen. »Ich schließe mich meiner Vorrednerin an. Am besten, du heiratest uns beide!«

»Nicht ohne uns!«, rief Alexis.

Tamara riss die Arme hoch. »Ja, wir heiraten uns alle zusammen!«

Unversehens löste sich die Runde in einem einzigen Durcheinander auf. Erst lagen sich alle in den Armen, dann tanzten sie ausgelassen um den Tisch herum wie Erstklässler beim Kindergeburtstag. Walburga stellte die Musikanlage an, und ein Wiener Walzer erklang. Das Getöse war so laut, dass sie nicht hörten, wie ein schriller Schrei die Luft durchschnitt.

Leo war der Erste, der innehielt. Mit schreckgeweiteten Augen zeigte er zur Tür, die in die Eingangshalle führte.

»D-da!«

Nach und nach bemerkten auch die anderen, dass ein weiterer Gast das Haus betreten hatte. Wie ein Gespenst aus der Unterwelt stand Fräulein Rottenmeier im Türrahmen. Statt ihres Dirndls trug sie einen nachtschwarzen Mantel. Das hagere Gesicht unter dem Madonnenscheitel war leichenblass.

»Was ist hier los?«, kreischte sie.

Eine Weile war nichts zu hören außer dem Wiener Walzer. Wie vom Donner gerührt standen alle da. Am schlimmsten traf es Niki. Aus und vorbei. Diesen Fehltritt würde ihr Doc Mannheimer niemals verzeihen. Und sie konnte von Glück sagen, wenn er ihr keine Anzeige anhängte. Schwer angeschlagen taumelte sie zu ihrem Stuhl und klammerte sich an die Lehne.

Walburga hatte unterdessen die Hände in die Hüften gestemmt und fixierte Fräulein Rottenmeier. »Sagen Sie mal, Sie abgehalfterte Küchenfee, wie sind Sie eigentlich hier reingekommen?«

Fräulein Rottenmeier wurde noch etwas blasser. »Ich, ich kam ganz, äh, zu-zufällig vorbei. Dann habe ich Licht gesehen und dachte, ich schau mal nach dem Rechten.«

Sie warf einen vernichtenden Blick auf die Tafel, in deren Mitte die fast geleerte Schüssel mit Bayerischer Creme stand. »Was ja auch bitter nötig war, wie man sieht. Ich werde Herrn Doktor Mannheimer umgehend darüber informieren, welche Ungeheuerlichkeiten sich hier abspielen.«

»Ach, nee.« Walburga machte ein paar Schritte auf die

gestrenge Oberkellnerin zu. »So billig kommen Sie mir nicht davon.«

Niki hielt den Atem an. Was meinte Walburga nur? Die aber baute sich herausfordernd vor der mageren Frau auf und reckte das Kinn in die Höhe.

»Erstens sieht man gar kein Licht von der Straße aus. Zweitens kommt man nur rein, wenn man den Türcode kennt. Was haben Sie hier eigentlich verloren?«

Unsicher griff sich Fräulein Rottenmeier an den Hals. »Das geht Sie gar nichts an!«

»Und wie mich das was angeht!«, schrie Walburga. »Kaum ist Doc Mannheimer verreist, kommen Sie hier reingewanzt? Was ist das für eine perverse Nummer?«

Schuldbewusst sah Fräulein Rottenmeier zu Boden. »Es ist ja nur, weil …«

»… weil Sie in ihn verknallt sind? Ist es das?«, vervollständigte Walburga den abgebrochenen Satz. »Ist doch kein Geheimnis, dass Sie ihn anhimmeln wie der Mops den Mond.«

Abgrundtiefer Hass malte sich auf Fräulein Rottenmeiers Zügen. »So schweigen Sie doch«, herrschte sie Walburga an. »Sie verstehen gar nichts. Und Herr Doktor Mannheimer wäre sicherlich erfreut, wenn er wüsste, dass ich hier ab und zu nachschaue, ob alles seine Ordnung hat. Außerdem …«

Das Aufheulen eines Motors brachte sie zum Schweigen. Kein Zweifel, direkt vor dem Haus fuhr gerade ein Wagen vor.

»Der Doc!«, schrie Alexis auf. »Hattet ihr nicht gesagt, dass er erst übermorgen zurückkommt?«

»Ach, du elender Mist«, fluchte Walburga. Durchdringend sah sie Fräulein Rottenmeier an. »Was ist – wollen Sie Ihren Chef mit heißen Küssen begrüßen, oder mit uns die Biege machen?«

»Biege machen«, kam es fast unhörbar von Fräulein Rottenmeiers schmalen Lippen.

Für Niki brach eine Welt zusammen. Dass eine Respektsperson wie Fräulein Rottenmeier heimlich Eis schleckte, konnte man ja noch durchgehen lassen. Aber dass sie noch dazu in Doc Mannheimers Villa herumschnüffelte, war ein starkes Stück. Viel wichtiger war allerdings, dass sie schleunigst verschwinden mussten.

»Okay, Sie Stalkerin, dann ab durch die Mitte«, schnaufte Walburga. »Am besten, wir verziehen uns durch die Terrassentür.«

»Das geht nicht«, rief Fräulein Rottenmeier verzweifelt. »Für die Fenster gibt es Extracodes, die habe ich nicht. In Doktor Mannheimers Büro habe ich nur die Türcodes gefunden.«

»Wir sind gefangen!«, schrie Tamara auf.

Mit einem lauten Knall wurde draußen ein Wagenschlag zugeworfen. Nur noch wenige Sekunden, und Doc Mannheimer würde im Wohnzimmer stehen und die ganze Bescherung entdecken.

Leo ging auf das zitternde Fräulein Rottenmeier zu. »Inge-Gundula«, sagte er mit ruhiger Stimme, »gibt es einen Ort in diesem Haus, wo man sechs Leute verstecken kann?«

»Im Keller«, flüsterte Fräulein Rottenmeier und hastete los.

Walburga folgte ihr. »Los, alle hinterher! Rennt um euer Leben!«

Eine halbe Minute später hockten die reuigen Sünder in Doktor Mannheimers Keller. Sie hatten sich im Fitnessraum verschanzt, zwischen allerhand Foltermaschinen, mit denen der Arzt offenbar seinen drahtigen Körper stählte. Das Licht war ausgeschaltet, die Tür hatten sie jedoch einen Spalt offen gelassen, damit ihnen nicht entging, was weiter passierte.

Zuerst hörten sie, wie die Haustür aufflog. Dann konnte man einzelne Schritte ausmachen, gefolgt von einem wütenden Schrei. Soeben musste der Doktor Mannheimer die Spuren der Fressorgie entdeckt haben. Niki hätte sich am liebsten geohrfeigt. Von Anfang an war sie gegen diesen aberwitzigen Plan gewesen. Aber jetzt war alles zu spät.

»Was wird er tun?«, fragte Alexis mit erstickter Stimme.

Walburga hatte ihr Rotweinglas mitgenommen und trank einen Schluck. »Wenn wir Pech haben, nimmt er die Säbel von der Wand und spießt uns damit auf. Wenn wir Megapech haben, holt er die Polizei.«

»Und wenn wir Glück haben?«, wisperte Niki voller Panik.

»Haben wir nicht«, antwortete Walburga. »Wir stecken knietief in der Scheiße.«

»Pssst«, machte Leo. »Er spricht.«

Das war eine Untertreibung. Doktor Mannheimer brüllte

so laut, dass jedes einzelne Wort bis in den Keller zu hören war. »Polizeiwache? Ja, kommen Sie schnell! Küsnachter Dorfstraße drei. Ein bisschen Tempo, wenn ich bitten darf. Ich bin überfallen worden!«

Niki brach lautlos in Tränen aus. Ihre schlimmsten Befürchtungen bewahrheiteten sich. Wenn Wolfgang davon erfuhr, schickte er sie todsicher in die geschlossene Abteilung. Ein Einbruch inklusive Kochgelage, und das auch noch während einer Diätkur – wer das nicht komplett gaga fand, war ja selbst nicht ganz dicht.

Plötzlich spürte sie, wie jemand ihre Hand drückte. Es war Leos Hand, die sich auf ihre gelegt hatte. Im Halbdunkel sah sie, wie er näher an sie heranrückte.

»Nicht weinen, Niki«, sagte er beruhigend. »Wir stehen das durch. Zusammen.«

»Wie denn, Prince Charming?«, giftete Walburga. »Entweder erschießt uns der Doc eigenhändig mit der Jagdflinte, oder wir wandern in die feuchten Verliese der Schweizer Justiz.«

»Vielleicht gibt es eine andere Lösung«, sagte Leo. »Für uns alle.«

»Nicht für mich«, schluchzte Fräulein Rottenmeier. »Ich bin so gut wie entlassen. Seit zwanzig Jahren arbeite ich für den Herrn Doktor, habe mir nie etwas zuschulden kommen lassen. Und jetzt das. Es ist eine Tragödie.«

»Nun, ich habe eher den Eindruck, dass es sich um eine Komödie handelt«, sagte Leo gelassen. »Warten wir erst mal ab, ob man uns überhaupt findet.«

»Du liebe Güte, Leo, du hast Nerven«, fuhr Tamara ihm über den Mund. »Hörst du nicht, was da draußen abgeht?«

Sie horchten gebannt. Gellende Polizeisirenen näherten sich und wurden immer lauter. Kurz darauf ließ heftiges Getrampel das Erdgeschoss erzittern. Leo stand auf, schloss die Tür und drehte den Schlüssel zweimal im Schloss. Den Schlüssel steckt er in seine Hosentasche.

»Cleverle«, brummte Walburga. »Die treten die Tür schneller ein, als du Komiker bis drei zählen kannst.«

»Genau das ist meine Absicht«, erklärte Leo. »Ab jetzt sagt ihr am besten gar nichts mehr. Der Grat zwischen einer guten Geschichte und einer dreisten Lüge ist schmal. Lasst mich nur machen.«

So viel Entschlusskraft hatte niemand Leo zugetraut. Was hatte er bloß vor? Niki stand kalter Schweiß auf der Stirn. Sie verstand einfach nicht, wie Leo so ruhig bleiben konnte. Sie waren Einbrecher! Hundsgemeine Einbrecher! Und es würde nicht mehr lange dauern, bis man sie erwischte!

Auf der Kellertreppe polterten Schritte. Dann rüttelte jemand an der geschlossenen Tür. Alle verhielten sich mucksmäuschenstill. Vielleicht ging die Katastrophe ja an ihnen vorüber. Doch das Schicksal wollte es anders.

»Eintrrrreten!«, schrie eine raue Männerstimme, und schon gab die Tür krachend nach.

Fünf Polizisten leuchteten mit Taschenlampen in den Raum. Und Leo? Erhob sich und ging freudig auf den Polizisten zu, der ihm am nächsten stand.

»Danke!«, rief er. »Danke, dass Sie uns befreit haben!«

Verdutzt sah der Beamte den untersetzten Herrn im Smoking an. »Befrrreit?«, fragte er mit knarrendem Schweizer Akzent.

»Wir sind hier seit Stunden eingesperrt«, behauptete Leo. »Sie wissen ja, dass Herr Doktor Mannheimer Diätarzt im Beauty Resort Vitalis ist. Seine Methoden sind durchaus erfolgreich, jedoch zuweilen etwas – ungewöhnlich. Diesmal hat er den Bogen überspannt.«

Jetzt schob sich Doktor Mannheimer an den Polizisten vorbei. Er trug einen grauen Mantel und seinen seidenen Schal. »Was in aller Welt …?«

Weiter kam er nicht. Fassungslos sah er von einem zum anderen. Musterte Leo, streifte Walburga mit einem bohrenden Blick, schaute kopfschüttelnd zu Niki, Alexis und Tamara. Als er zu allem Überfluss auch noch Fräulein Rottenmeier erspähte, wurde er grau im Gesicht.

»Inge-Gundula!«, stieß er hervor. »Sie stecken dahinter?«

»Nein, nein«, wimmerte Fräulein Rottenmeier.

»Herrrr Doktrrr«, sagte der Polizist ungehalten, »könnten Sie mirrr daaas bitte errrkläärrren? Drrr Herrr dorrrt sagt, Sie hätten diese Perrrsonen eingesperrrt.«

Doktor Mannheimers Gesichtszüge verzerrten sich. »Eingesperrt? Das ist doch absurd!«

Leo setzte ein verbindliches Lächeln auf. »Herr Oberhauptwachmeister, wir sind Gäste von Herrn Doktor Mannheimer. Er hatte uns zu einem Essen eingeladen. Das können Sie unschwer am gedeckten Tisch oben erkennen. Er hat uns brillant bekocht. Doch dann …« Hilflos hob er die Arme. »Offenbar ist der Herr Doktor ein wenig überarbeitet.«

Der Polizist zuckte die Schultern. »Und? Haben Sie vorrr, gegen den Herrrn Doktrrr Anzeige zu errrstatten?«

Doktor Mannheimer stand kurz vor einem kapitalen Wutausbruch, doch er war zu aufgewühlt, um etwas zu sagen. Alles sprach gegen ihn, so wie es aussah.

»In Anbetracht der Tatsache, dass ich langjähriger Gast des Vitalis bin, schlage ich vor, dass wir von einem juristischen Nachspiel absehen«, erklärte Leo. »Tut mir leid, dass Sie Unannehmlichkeiten hatten. Ich denke, wir sollten diesen Vorfall ohne Anteilnahme der Öffentlichkeit mit Doktor Mannheimer klären.«

»Wie Sie wünschen«, sagte der Polizist. »Abrrr wenn Sie es sich andrrrs überrrlegen, rrufen Sie mich an.«

Er reichte Leo seine Visitenkarte und bedachte Doktor Mannheimer mit einem misstrauischen Seitenblick. »Wirrr gehen dann mal, odrrr?«

»Ja ja, gehen Sie nur«, sagte Doktor Mannheimer eisig. »Entschuldigen Sie vielmals die Störung.«

Der Polizist tippte sich an die Stirnmütze und zog mit seinen Kollegen ab. Man hörte noch ein bisschen Getrappel auf der Kellertreppe, das Zuschlagen der Haustür, dann war alles ruhig.

Jetzt gab es kein Pardon mehr. Wütend boxte Doktor Mannheimer gegen die eingetretene Tür. »Raus hier, alle! Das wird ein böses Ende nehmen! Inge-Gundula, die Entlassungspapiere schicke ich Ihnen per Post, Sie brauchen morgen gar nicht mehr zu kommen. Und für die anderen ist ja wohl klar, dass Sie noch heute Nacht das Vitalis verlassen!«

Jammernd brach Fräulein Rottenmeier zusammen. Niki vergaß ihren ganzen Groll und legte ihr einen Arm um die Schulter. Mitgefangen, mitgehangen, lautete die grausame Regel, auch für Fräulein Rottenmeier. Niki konnte nicht anders, als Mitleid für die gestrenge Herrin über Brühe und Glaubersalz zu empfinden.

»Sie wollen uns rauswerfen? Das würde ich mir an Ihrer Stelle noch einmal überlegen«, sagte Leo vollkommen ruhig. »Was halten Sie davon, wenn wir uns alle an den Tisch setzen und von Nikis Orangenparfait mit Grand-Marnier-Sorbet kosten? Auch an einem exzellenten Rotwein soll es nicht fehlen.«

Doktor Mannheimer wurde hochrot im Gesicht. Er ballte seine Fäuste. »Verschwinden Sie! Sofort!«

»Das würde Sie in eine missliche Lage bringen«, sagte Leo. »Wie Sie ja selbst wissen, ist nicht alles legal, was im Vitalis geschieht.«

»Nicht legal?«, wiederholte Fräulein Rottenmeier entsetzt.

Niki hatte dem verbalen Scharmützel mit wachsender Faszination zugehört. Sie staunte Bauklötze. Wie selbstsicher Leo auftrat, wie gewandt. Und nicht unraffiniert. Allein zu behaupten, Doc Mannheimer hätte sie eingesperrt, war eine geniale Idee gewesen. Und jetzt auch noch die coole Art, wie er seinen Joker präsentierte. Aber stimmte das wirklich? Drehte Doc Mannheimer krumme Touren?

»Die Ausländergesetze der Schweiz sind äußerst streng«,

erläuterte Leo. »Und in der Klinik arbeiten einige Personen, die keine gültige Arbeitserlaubnis haben. Annegret zum Beispiel. Neuerdings auch dieser etwas zwielichtige Ricky. Von den philippinischen Küchenhilfen und den afrikanischen Putzfrauen ganz zu schweigen.«

Alle schwiegen betreten.

»Also gut«, lenkte der Arzt mit mühsam unterdrücktem Zorn ein. »Setzen wir uns an den Tisch.«

Sie gingen hoch ins Erdgeschoss. Voller Abscheu betrachtete Doktor Mannheimer die abgegessene Tafel, während er sich im Mantel auf einen Stuhl fallen ließ. Walburga holte ein Glas aus der Küche und goss ihm Rotwein ein.

»Wohl bekomm's! Wir haben hier übrigens nichts angerührt, ehrlich. Nur gekocht. Und, nun ja, eine Kleinigkeit gegessen.«

»Eine Kleinigkeit.« Unter dem rechten Auge von Doktor Mannheimer zuckte es. »Nach dem Zustand der Küche zu schließen, haben Sie sich schamlos über alle Prinzipien der Kur hinweggesetzt. Ganz abgesehen davon, dass Sie nicht mal vor dem Straftatbestand des Hausfriedensbruchs zurückschrecken! Ich sollte Sie wirklich einsperren lassen.«

»Ganz ruhig, Doc«, sagte Walburga kess. »Wenn ich Leo richtig verstanden habe, haben wir alle Interesse an einem kleinen Deal. Ach, Niki? Was ist mit dem dritten Dessert?«

»Dem – *dritten* Dessert?« Doktor Mannheimer schüttelte sich. »Sie sollten sich schämen, alle miteinander.«

»Das machen wir morgen früh«, sagte Niki. »Versprochen.

Aber der heutige Abend ist dem leiblichen Wohl gewidmet, wenn Sie gestatten.«

Walburga goss auch die übrigen Gläser voll und prostete dem Arzt zu. »Schnucklig haben Sie's hier. Superhütte. Jetzt ist mir auch klar, wie Sie den ganzen Luxus finanzieren. Unangemeldete Arbeitskräfte sparen eine Menge Kohle.«

»Sie wollen mich erpressen«, zischte Doktor Mannheimer.

»Nee, nur ein bisschen lockern«, gurrte Walburga. »Rotwein ist gut fürs Herz. Falls Sie überhaupt eins haben.«

Sichtlich gegen seinen Willen zeigte Doktor Mannheimer ein winziges Lächeln. »Soso. Herzlos finden Sie mich.«

»Da, wo andere ihr Herz haben, sitzt bei Ihnen ein Eiswürfel«, grinste Walburga. »Aber vielleicht kann man ihn ja zum Schmelzen bringen.«

Doktor Mannheimer wusste offensichtlich nicht, was er darauf antworten sollte. Vielsagend funkelte er Walburga an. Die hielt seinem Blick stand und machte einen koketten Schmollmund. Alle spürten, dass zwischen diesen beiden Hochspannung in der Luft lag.

Schließlich erhob der Arzt sein Glas und trank, erst widerwillig, dann überrascht. »Nicht übel. Was ist das?«

»Ein Burgunder aus der Domaine de la Romanée-Conti. Aparte Farbe, nicht wahr?« Leo drehte sein Glas hin und her. »Von den Grand-Cru-Lagen gibt es nur äußerst wenige Flaschen. Diese hier stammt aus dem Jahr neunzehnhundertvierundsechzig, ein großes Jahr, wie Sie möglicherweise wissen. Volles Bouquet, edle Holznote, eine Spur Beerenaroma. Alles in allem ein Gewächs, dass dem besonderen Anlass heute durchaus angemessen ist. Oder, wie ein Dichter einmal sagte: Wenn man diesen Wein trinkt, dann ist es, als ob einem der liebe Gott in roten Samthosen die Kehle hinunterspaziert.«

Niki liebte Leo dafür, wie er über diesen Wein sprach. Er war ein Genießer durch und durch.

»Man hört ja, dass Sie ein echter Kenner sind, Herr Doktor«, flötete Tamara. »Einen Château Pétrus sieht man auch nicht alle Tage in einer Hotelküche.«

»Woher wissen Sie das?«, fragte der Arzt, dann verhärteten sich seine Gesichtszüge. »Ach, so. *Sie* waren das. *Sie* haben meinen Wein aus der Küche gestohlen!«

»Nicht gestohlen, nur degustiert«, gluckste Alexis.

»Lassen wir doch die alten Geschichten ruhen«, mischte Leo sich ein. »Viel interessanter ist, wie es jetzt weitergeht.«

Er zeigte auf Fräulein Rottenmeier, die halb ohnmächtig auf ihrem Stuhl hing.

»Wir sollten die Sache bereinigen, wie es unter Gentlemen üblich ist. Als Erstes könnten Sie Inge-Gundula verzeihen. Es gibt keine bessere Oberkellnerin für das Vitalis, und sie ist Ihnen treu ergeben.«

Großzügig überging er die Tatsache, dass Fräulein Rottenmeier nicht mit ihnen zusammen eingebrochen war, sondern sich auf eigene Faust Zutritt zur Villa verschafft hatte. Voller Dankbarkeit sah sie Leo an, dann schlug sie die Augen nieder, in Erwartung ihres Strafgerichts.

»Also gut«, knurrte Doktor Mannheimer. »Inge-Gundula ist rehabilitiert. Meinetwegen kann sie im Vitalis bleiben.«

»Danke, das werde ich Ihnen nie vergessen!« Fräulein Rottenmeier schoss von ihrem Stuhl hoch. »Aber jetzt sollte ich besser gehen.«

»Nein!«, rief Niki. »Sie bleiben! Für jemanden, der gern Eis isst, ist das folgende Dessert wie gemacht. Darf ich servieren?«

Doktor Mannheimer sah missbilligend zur Decke, Fräulein Rottenmeier lächelte säuerlich, alle anderen waren hellauf begeistert. Niki ging in die Küche und holte das Orangenparfait aus der Eismaschine. Dann rührte sie das halbgestockte Sorbet noch einmal um, das im Gefrierfach gestanden hatte, und goss es mit etwas Champagner auf. Jeweils ein paar Löffel Parfait und einen Hauch Sorbet verteilte sie in flachen Cocktailgläsern und dekorierte die Ränder mit halben Orangenscheiben. Sie war so vertieft in ihre Arbeit, dass sie nicht bemerkte, wie Leo die Küche betrat.

»Niki?«

Sie fuhr herum. »Himmel, hast du mich erschreckt!«

»Ich wollte dir nur sagen, dass du eine wunderbare Frau bist. Eine Traumfrau. Meine Traumfrau.«

Oha, das klang brenzlig. Traumfrau. So was hatte noch nie jemand zu ihr gesagt. Mit zitternden Händen säbelte Niki an einer Orange herum, ohne aufzublicken.

»Danke, Leo. Ich, na ja, weiß das sehr zu schätzen.«

Was sollte sie auch sonst sagen? Sie gehörte nun einmal zu Wolfgang, obwohl sie Leo mochte. Sehr mochte. Die Erinnerung an seinen leidenschaftlichen Kuss brachte sie vollends ins Schlingern.

»Du weißt das zu schätzen? Tja, mehr hatte ich auch nicht erwartet«, seufzte er. »Einer wie ich …«

»Was heißt das? Einer wie du? Du bist ein großartiger Mann!«, brach es aus Niki heraus. »Du bist sensibel, gefühlvoll, hast Humor, kannst genießen, was will man denn mehr, kannst du mir das …?«

Sie stockte, erschrocken über ihre eigenen Worte. In diesem Moment stampfte Walburga in die Küche.

»Störe ich?«

»Wie man's nimmt«, erwiderte Leo und ergriff die Flucht.

In Niki tobte ein Gefühlssturm der Stärke zwölf. War das gerade eine Liebeserklärung von Leo gewesen? Und hatte sie die nicht irgendwie erwidert, wenn auch mit ein paar Umwegen? Was war bloß in sie gefahren?

Walburga nahm ein übriggebliebenes Stück Baguette und biss hinein. Sie kaute und kaute, während sie Niki zusah, die sich stumm dem Dessert widmete. Schließlich griff Walburga zur Champagnerflasche, setzte sie an die Lippen und trank sie bis auf den letzten Tropfen aus.

»Irgendwelche Neuigkeiten?«, fragte sie und rülpste ausdauernd.

»Wieso das denn?«, nuschelte Niki mit Unschuldsmiene.

»Ich weiß ja nicht, was da mit dir und Leo abgeht. Aber was den Doc und mich anlangt, lagst du gar nicht mal so daneben«, sagte Walburga mit gedämpfter Stimme. »Oder meinst du, dass er nur deshalb seine nette Seite zeigt, weil er Angst vor Leo hat?«

Niki dachte nach. »Schwer zu sagen. Am besten, du findest es selber raus.«

Sie stellte die fertig dekorierten Gläser auf ein Tablett und drückte es Walburga in die Hand. »Viel Glück.«

Als sie ins Esszimmer kamen, bot sich ihnen ein Bild des Friedens. Alle plauderten so entspannt, als ob es sich um eine Dinnerparty unter alten Freunden handelte. Doktor Mannheimer hatte seinen Mantel ausgezogen. In seiner Jeans und dem hellblauen Hemd hatte er viel von dem furchterregenden Halbgott in Weiß verloren. Er lächelte sogar, während er mit Tamara über Weine fachsimpelte.

Walburga verteilte das Dessert, dann saßen alle unbehaglich da. In Doktor Mannheimers Gegenwart etwas Süßes zu essen, hatte irgendwie etwas Obszönes. So, als ob man in Gegenwart des Klassenlehrers rumknutschen würde. Doch der Arzt deutete das Zögern anders.

»Ich glaube, ich bin Ihnen eine Erklärung schuldig«, druckste er heraus, während er nervös mit der Orangenscheibe an seinem Glas herumspielte. »In der Tat habe ich ein paar Fehler gemacht. Aber das geschah aus purer Not, glauben Sie mir. Das Vitalis ist mein Leben. Doch die Kosten sind mir davongelaufen. Miete, Personal, das alles verschlingt ein Vermögen. Wegen der Finanzkrise kommen immer weniger Gäste, auch wenn wir stets behaupten, wir seien ausgebucht. Im letzten Jahr stand ich kurz vor der Insolvenz. Deshalb musste ich handeln.«

»Niemand macht Ihnen einen Vorwurf«, sagte Tamara begütigend. »Wir halten dicht, ist doch Ehrensache.«

Leo betrachtete Doktor Mannheimer nachdenklich. »Bei Gelegenheit würde ich mich gern mit Ihnen über das Vitalis unterhalten. Aber nicht heute Abend. Lassen Sie uns lieber diese Nachspeise würdigen. Auf Niki!«

Alle prosteten sich zu. Dann gaben sie sich Nikis Kochkunst hin, mit Geseufze und Gestöhn. Sogar Doktor Mannheimer verstieg sich zu einem Lob, während er das Parfait in sich hineinlöffelte.

»Nicht schlecht«, sagte er. Und das war vermutlich das größte Kompliment, was einer wie Doc Mannheimer zu vergeben hatte.

Tag sechzehn

Es war halb acht Uhr morgens. Niki lag schon länger wach, hatte aber überhaupt keine Lust aufzustehen. Nicht einmal ihr Glaubersalz hatte sie eingenommen, obwohl das nach dem kalorienreichen Dinner mehr als nötig gewesen wäre.

Immer wieder rief sie sich die Ereignisse des vorhergehenden Abends ins Gedächtnis. Es war so viel passiert. Sie war mit ihren Freunden in eine Villa eingebrochen, sie hatte gekocht wie noch nie, Leo hatte ihr eine Liebeserklärung gemacht, und Doc Mannheimer hatte sich als leibhaftiger Mensch entpuppt. Unfassbar, das Ganze.

»Wieso habe ich eigentlich keinen Kater?«, tönte es dumpf von der anderen Seite des Doppelbetts. Walburga rieb sich die Augen und warf ihre Decke in hohem Bogen von sich. »Wir haben gebechert wie angefixt, aber es geht mir richtig gut!«

»Na, wir haben ja auch nur die besten Weine getrunken«, antwortete Niki. »Keinen Château Migräne. Da war ein Könner am Werk.«

Sie musterte ihre Freundin. Walburga trug ein offenherziges Nachthemdchen aus schwarzem Satin mit Spitzenbesatz und sah bemerkenswert munter aus. Mit einem herzhaften Gähnen streckte sie ihre Arme von sich.

»Ihr beiden könnt euch echt das Wasser reichen. Du kochst, dass es einen fast zerreißt, und Leo hat's mit den Getränken drauf. Ihr solltet euch zusammentun, seid ein verdammtes Dreamteam, ihr beiden.«

Niki verpasste ihrem Kissen einen Handkantenschlag. »Wenn hier ein Dreamteam unterwegs ist, dann du und der Doc. Wie ging der Abend eigentlich weiter? Ich weiß nur noch, dass ich irgendwann ins Bett gefallen bin.«

»Du bist vor dem Kamin eingepennt, Süße«, lachte Walburga. »Filmriss. Wir mussten dich zum Taxi tragen.«

»Wirklich?« Niki raufte sich die Haare. »Habe ich mich danebenbenommen?«

»Nee, wie immer untadelig, die liebe Niki. Aber das Ganze war ziemlich spooky. Der Doc hat gute Miene zum miesen Spiel gemacht, wenn du mich fragst. So richtig schlau werde ich nicht aus ihm. Nur Leo hat es schwer erwischt. Der hat die ganze Zeit deine Hand gehalten, während du fröhlich vor dich hin geschnarcht hast. Das komplette Kaminholz hast du zersägt.«

»Ich schnarche nicht! Außerdem hat Leo bestimmt nur einen Lagerkoller«, wiegelte Niki ab. »Da nimmt man mit, was da ist. Komm, lass uns zum Frühstück gehen, bevor es zu spät dafür ist.«

Damit war das Thema vorerst beendet, auch wenn Niki ahnte, dass der Gefühlsschlamassel gerade erst losging. Sie putzten sich die Zähne, warfen ihre Bademäntel über und stapften los.

Im Speisesaal liefen sie als Erstes Fräulein Rottenmeier in

die Arme. Sie trug wieder eines ihrer Dirndl und verzog keine Miene, als sie Niki und Walburga erblickte.

»Meine Damen, Sie sind spät dran«, sagte sie, ganz Pokerface.

»Je später der Morgen, desto dösiger die Gäste – was übrigens auch für manche Abende gilt«, spottete Walburga. »Gut geschlafen, Inge-Gundula?«

»Kurz, zu kurz.« Fräulein Rottenmeier senkte ihre Stimme. »Ähm, Frau Michels? Könnte ich vielleicht das Rezept von diesem Eis haben?«

»Klar, Fräulein … ich meine, Inge-Gundula.« Niki zwinkerte ihr zu. »Wir alle haben doch unsere kleinen Schwächen, odrrr?«

»Nikiiiie!«

Wie ein Kugelblitz kam Tamara angeschossen, gefolgt von Leo, der Mühe hatte, mit ihrem Tempo Schritt zu halten. Tamaras rote Locken standen wild vom Kopf ab, die Hose ihres rosa karierten Schlafanzugs war verrutscht. Sichtlich aufgelöst hielt sie Niki ihr Handy hin.

»'tschuldigung, dass ich so derangiert aussehe, ich wollte gerade duschen. Es ist Peggy! Sie hat dich nicht erreicht, deshalb hat sie mich angerufen!«

Verflixt! Niki hatte wegen der sich überstürzenden Ereignisse vergessen, ihr Handy aufzuladen.

»Die Benutzung von Mobiltelefonen im Speisesaal ist untersagt!«, bemerkte Fräulein Rottenmeier. Doch sie klang bei weitem nicht so unfreundlich wie sonst.

Niki schnappte sich das Telefon und rannte nach draußen

auf den Flur, wo sie sich in einen Erker drückte. Ein Anruf ihrer Tochter am frühen Morgen, was hatte das zu bedeuten? Sie zerquetschte das Handy fast mit den Fingern, so aufgeregt war sie.

»Ich bin's. Was ist?«

»Du wirst es nicht glauben«, rief Peggy, »gerade ist Papa nach Hause gekommen. Er sieht furchtbar aus, hat die ganze Nacht nicht geschlafen. Und weißt du was? Er will die Affäre beenden!«

Das – haute – Niki – um. Zentimeterweise rutschte sie an der Wand herunter, an die sie sich gelehnt hatte, und landete mit einem Plumps auf dem Teppich. »Jetzt noch mal langsam – *was* hat er gesagt?«

»Er macht Schluss mit dieser kleinen Schlampe! Weil er eingesehen hat, dass das zu nichts führt. Er will wieder eine Familie haben, eine Frau, die zu ihm hält. Er will dich zurück!«

Niki fühlte sich, als würde sie in ein schwarzes Loch gesogen. Sie hätte sich freuen müssen, doch sie fühlte sich nur leer. Mausetot. Seit zwei Wochen dachte sie unablässig darüber nach, wie sie Wolfgang zurückerobern könnte. Nun war er es, der sie zurückhaben wollte. Und diese Nachricht löste nichts in ihr aus, weder Freude noch sonst irgendetwas. Noch einmal horchte sie in sich hinein. Nix und niente, wie Walburga gesagt hätte.

»Mama? Bist du noch dran?«

»J-ja, mein Kind.«

»Warum sagst du nichts? Ist das nicht fantastisch? Du

musst sofort kommen. Und heute Abend gehen wir drei zusammen essen, das muss doch gefeiert werden!«

Niki schluckte. Sie verstand ja selbst nicht, warum sie so teilnahmslos reagierte. Eines aber wusste sie ganz genau: Sie wollte nicht weg von hier. Sie wollte im Vitalis bleiben.

»Peggy, du musst jetzt sehr stark sein«, sagte sie mit ersterbender Stimme. »Das geht mir alles zu schnell, deshalb …«

»Zu schnell?«, fuhr Peggy dazwischen. »Hast du sie noch alle?«

»Hör mir zu«, bat Niki. »Die Sache mit Wolfgang hat mir die Augen geöffnet. Wer ich war, und wer ich auf keinen Fall mehr sein möchte. Ich brauche Zeit. Zeit, mich selbst zu finden, meine Kraft zu entdecken, meine Energien.«

Sie wusste, dass das kitschig klang. Nach waschechtem Mario-Sound. Doch es war die reine Wahrheit. Es gab kein Zurück in das alte Leben. Nur einen Neustart. Wie der aussehen sollte? Sie hatte nicht die geringste Ahnung.

»Mama, du spinnst, und zwar komplett«, war Peggys enttäuschter Kommentar. »Kann es sein, dass ein gewisser Walfisch deine Entscheidung beeinflusst hat?«

O nein, jetzt sollte auch noch Leo dran glauben. Nervös zupfte Niki am Flor des weichen Teppichs herum. Wie fand sie nur die richtigen Worte? So, dass Peggy es verstand?

»Bitte mach nicht wieder den Fehler, mich nicht für voll zu nehmen«, begann sie erneut. »Ich bin keine Schachfigur, die man hin- und herschieben kann, je nachdem, was Wolfgang gerade denkt oder was du gerade meinst. Bevor ich nicht weiß, wer ich bin und was ich wirklich will, kann ich nicht nach Hause kommen.«

Peggy schwieg eine Weile. »Gut, Mama. Vielleicht hast du recht«, sagte sie dann resigniert. »Auch wenn es mir lieber wäre, wenn du auf der Stelle abreisen würdest.«

Niki nahm all ihre Kraft zusammen. »Ich liebe dich, Peggy. Und in gewisser Weise …«, sie zögerte, »… liebe ich auch Wolfgang. Doch das reicht nicht für den Rest meines Lebens. Ich will etwas tun, was mir Spaß macht. Ich muss herausfinden, was ich kann, was mich aufbaut. Was genau das ist, weiß ich noch nicht. Aber ich will nie wieder abhängig von Liebe sein, verstehst du das?«

»Nein.«

Sie wischte sich über die heiße Stirn. »Wer sagt mir, dass Wolfgang nicht noch mal fremdgeht? In einem Jahr, in fünf, in zehn Jahren? Eine Heiratsurkunde ist kein Bausparvertrag. Wolfgangs gute Absichten können sich jederzeit ändern.«

Peggy holte hörbar tief Luft. »*Du* hast dich verändert. So kenne ich dich gar nicht.«

»Vielleicht werde ich auf meine alten Tage erwachsen.«

»Vielleicht«, wiederholte Peggy leise. »Ruf mich an, wann immer du willst.«

»Mach ich. Bis bald, Peggy.«

Niki legte auf. Ihr ganzer Körper war schweißbedeckt. Das Gespräch mit Peggy hatte all ihre Kraft gekostet. Als sie ihren Blick hob, entdeckte sie Leo, der etwas abseits im Flur stand.

»Hast du etwa gelauscht?«, fragte sie kratzbürstig. »Wie lange stehst du schon da?«

Er nestelte an den Manschettenknöpfen seines rotweiß gestreiften Kingsize-Oberhemds, bevor er antwortete. »Ein, zwei Minuten nur. Du sahst so durcheinander aus. Und ich hatte Angst, dass du wieder ohnmächtig wirst.«

»Besten Dank auch, ich brauche keinen Krankenpfleger«, fauchte Niki. Sie wusste selbst nicht, warum sie so wütend war. »Hier, gib Tamara das Handy zurück. Und lass mich jetzt bitte, bitte in Ruhe.«

»Wie du willst.« Leo nahm das Handy in Empfang, drehte sich um und ging mit hängenden Schultern davon.

»War trotzdem nett von dir«, rief Niki hinter ihm her.

Nett? Nett war viel zu wenig. Schon bedauerte sie, dass sie Leo solch eine heftige Breitseite gegeben hatte. War er nicht der beste Freund, den man sich wünschen konnte? Und noch weit mehr? Doch genau das wurmte sie. Auf seine dezente, höchst eigenwillige Art hatte er sich einen festen Platz in ihrem Herzen erobert.

Sie blieb noch lange auf dem Boden sitzen, bevor sie sich endlich aufrappelte und aufs Zimmer ging. Die Anwendungen des Morgens sagte sie telefonisch ab. Dann duschte sie ausgiebig, wickelte sich in ihren Bademantel und trat auf den Balkon. Der Tag war grau, der Himmel hing voller Wolken. Doch in ihrem Herzen klarte sich alles auf. Sie konnte die Sonne wieder sehen, obwohl sie gar nicht schien.

»Mensch, Niki, wo hast du gesteckt? Die ganze Klinik habe ich abgekaspert, wie der Osterhase, der seine Eier verloren hat.«

Walburga stampfte mit dem Fuß auf. Es war kurz vor dem Mittagessen, Niki saß schon an ihrem Tisch. Ein sanftes Lächeln lag auf ihrem Gesicht.

»Ich bin spazieren gegangen. Allein. Es war herrlich.«

»Ach, Prinzessin haben einen Ausritt auf ihrem weißen Pony vorgezogen. Dabei wollten wir zusammen zum Yoga!«, rief Walburga aufgebracht. »Hat das zufälligerweise was mit Peggys Anruf zu tun?«

»Indirekt ja.« Niki nahm ihre Serviette und zerknüllte sie. »Wolfgang ist wieder zu Hause. Er will mich zurückhaben.«

»Hey, meine Taktik ist aufgegangen«, stellte Walburga hochzufrieden fest. »Eine Nacht im Wohnklo, und schon hat er gemerkt, dass Size Zero ein Irrtum ist. Toll. Jetzt fährst du bestimmt nach Hause und schmeißt dich in Vatis Arme.«

Täuschte sich Niki, oder lag da ein gewisses Bedauern, ja sogar Besorgnis in Walburgas Stimme? Sie sah aus dem Fenster. »Ich bin noch nicht so weit.«

Walburga ließ sich auf Leos Stuhl fallen und kratzte sich unter dem Arm. »Wirst du jemals so weit sein, Schätzchen?«

»Gute Frage. Wo ist überhaupt Leo? Er ist doch sonst immer als Erster im Speisesaal.«

»Bei Doc Mannheimer. Ein Gespräch unter Gentlemen,

schätze ich. Leo muss uns rauspauken. Es ging alles viel zu glatt gestern. Ich kenne Doc Mannheimer. Gibt den Smartie, aber dann tritt er nach. So einer ist das. Ein Bajazzo der Heimtücke.«

Niki sagte nichts dazu. Seit dem Telefonat mit Peggy hatte sie genug mit sich selbst zu tun und keine Energie, auch noch an dieser Baustelle rumzuwerkeln. Sie war schon froh, wenigstens in Sachen Wolfgang einen einigermaßen klaren Kopf zu haben.

Ungeduldig trommelte Walburga mit den Fingern auf das Tischtuch. »Herrschaftszeiten, was für ein Chaos. Am besten, ich esse heute hier mit dir. Du brauchst eine Aufsichtsperson, siehst ja total verramscht aus.«

Schon möglich, dachte Niki. Schließlich ist kein Stein auf dem anderen geblieben, als ich mit Peggy gesprochen habe. Ab jetzt ist alles offen, nichts ist gewiss. Außer, dass ich keine Kompromisse mehr mache.

Sie sah sich um. Der Speisesaal füllte sich allmählich. Einer nach dem anderen kam angetrottet, die englische Lady, die japanische Familie, die indischen Herren mit Turban, die ganze schräge Kundschaft dieser überaus schrägen Klinik. Niki mochte sie alle. Sie waren Leidensgefährten. Übergewichtig, überfordert, emotional überdehnt. Und alle hatten sie die Chance auf einen Neustart.

Fräulein Rottenmeier nahm es kommentarlos hin, dass sich Walburga und Niki über die Tischordnung hinwegsetzten. Zunächst brachte sie eine fade Gemüsesuppe. Doch wenig später trat sie noch einmal an den Tisch, mit zwei dampfenden Tellern, auf denen gekochte Ochsenbrust mit Bratkartoffeln und einer köstlich aussehenden Remoulade lag.

Mit offenen Mündern beobachteten die anderen Gäste, welche verbotenen Köstlichkeiten an Nikis Tisch serviert wurden. Der ganze Speisesaal starrte gierig auf die üppig gefüllten Teller, und an manchen Tischen war aufgeregtes Flüstern zu hören.

»Tafelspitz nach Art des Hauses«, verkündete Fräulein Rottenmeier. »Ein kleines Dankeschön für gestern Abend. Sie haben meine Anstellung gerettet und noch viel mehr – meinen guten Ruf. Möchten Sie auch einen Nachtisch? Ich könnte Ihnen einen Kaiserschmarrn zubereiten lassen.«

»Her damit, Sie Engel auf Speed«, frohlockte Walburga.

Fräulein Rottenmeier errötete leicht, dann huschte sie davon. Schweigend aßen Niki und Walburga den Tafelspitz, schweigend verspeisten sie danach den Kaiserschmarrn mit Mandeln und Kirschsauce.

Schließlich schob Niki ihren Teller von sich. »Das war das letzte Mal. Ich zieh's jetzt durch mit der Diät, bis zum bitteren Ende. Ohne Schokolade, ohne Fressattacken, ohne Extrawürste.«

»Hammer.« Walburga goss sich stilles Wasser ein. »Was ist mit dir los? Hast du dich mit deinem inneren Schweinehund unterhalten?«

»Ich denke über meine Zukunft nach«, sinnierte Niki. »Ich brauche mehr Leichtigkeit, da stört das ganze Fett nur. Und weißt du was? Ich werde das schaffen! Nicht für Wolfgang, nicht für irgendjemand anderes. Nur für mich! Ab jetzt gehört mein Leben mir.«

»Schon klar.« Walburga lutschte einen Rest Kirschsauce von ihrem kleinen Löffel. »Wenn du mich fragst – du solltest kochen. Richtig. Mach ein Restaurant auf. Mit allem, was antörnt. Nikis Sexrezepte. Food for love oder so ähnlich.«

Es war schon fast beängstigend, wie treffsicher Walburga Nikis Gedanken erriet. Ihr Menü am Vorabend war eingeschlagen wie eine Bombe. Seitdem ging ihr immer wieder durch den Kopf, wie sie daraus so etwas wie eine Zukunftsperspektive machen könnte. Doch dafür brauchte man Startkapital, das Niki nicht hatte. Leider würde alles ein Luftschloss bleiben.

Fräulein Rottenmeier rauschte heran. »Der Chef hat gerade in der Küche angerufen. Sie sollen sofort in sein Büro kommen, alle beide!«

Missmutig starrte Walburga die Oberkellnerin an. »Also, wenn der Doc uns jetzt rausschmeißt, filetiere ich ihn mit dem Brotmesser, und zwar ohne Betäubung.«

»Bitte nicht«, erwiderte Fräulein Rottenmeier angstvoll. »Sie wissen ja, dass ich … auch wenn der Herr Doktor für mich unerreichbar ist.«

»Sie sind eine Heldin«, flüsterte Niki. »Ich mag sie.«

Fräulein Rottenmeier zuckte unangenehm berührt zurück. »Vergessen Sie sofort, was ich gesagt habe. Das ist mir nur so rausgeschlüpft.« Wie von bösen Geistern getrieben, lief sie davon.

Niki und Walburga erhoben sich. Gerade kamen Tamara und Alexis in den Speisesaal, doch sie winkten den beiden nur von fern zu und machten sich auf den Weg zu Doktor Mannheimers Büro. Wenn der sofort sagte, meinte er sofort.

Reichlich unbehaglich war ihnen schon zumute. So glimpflich auch der Abend zuvor geendet hatte, mit dem Doc war nicht zu spaßen. Sie hatten ihn in seiner Berufsehre gekränkt, noch dazu hatten sie seine Privatsphäre kurz und klein getrampelt. Selbst sanftere Gemüter als Doktor Mannheimer hätten jetzt grässliche Rachepläne geschmiedet.

»Leo hat's vergeigt«, sagte Walburga düster. »Und wenn nicht mal der es schafft, dieses Monster von einem Arzt ruhigzustellen, schmieren auch wir gnadenlos ab. Stell dich lieber auf eine abgefeimte Vernichte ein.«

»Das ertrage ich nicht«, hauchte Niki und blieb stehen. »Geh du allein.«

»Sind wir nun Freundinnen oder nicht, du Nervenbündel?«, raunzte Walburga. Herausfordernd schaute sie Niki an.

»Freundinnen«, sagte Niki fest.

Doch, sie musste da durch, was immer ihnen blühte. Das war sie Walburga schuldig. Und sich selbst.

Zaghaft klopften sie an die Tür des gefürchteten Medizinmannes und traten ein. Aber was war das? Auf dem Schreibtisch standen zwei halb geleerte Cognacgläser. Leo hatte es sich in einer der cremefarbenen Couchen am Fenster bequem gemacht und rauchte eine Zigarre, während Doktor Mannheimer rastlos hin und her wanderte.

»Da sind Sie ja endlich«, begrüßte er die beiden Frauen. »Setzen Sie sich.«

Wortlos sanken sie neben Leo auf die Couch.

»Möchten die Damen auch einen kleinen Schluck?« fragte Leo und zeigte auf die Cognacflasche, die auf dem Couchtisch stand.

»Nee, nee, wir sind lieber nüchtern, wenn die Einschläge näher kommen«, schnaubte Walburga. Zornig blitzte sie Doktor Mannheimer an. »Eins kann ich Ihnen schriftlich geben, Sie Schnitzel: Wer mir einen reindonnert, kommt nicht mit einem blauen Auge davon.«

Der Arzt betrachtete sie amüsiert. »Ich würde das Wort gern an Herrn Holst weitergeben.«

Leo nahm einen Zug aus seiner Zigarre und formte ein paar perfekt geformte Rauchkringel. »Das Kriegsbeil kannst du begraben, werte Walburga. Wir wollen euren Rat. «

»Hä?«, machte Walburga. »Versteh nur Kleister.«

»Dann sollten wir wohl deutlicher werden«, lächelte Leo. »Soeben hatte ich eine Unterredung mit unserer ärztlichen Fachkraft, die ja zugleich Verantwortung als Geschäftsführer dieser Klinik trägt. Wie ihr gestern selbst von Doktor Mannheimer erfahren habt, steht es nicht gut um das Beauty Resort Vitalis.« Wieder paffte er ein paar Rauchkringel in die Luft. »Da mir dieses Haus im Laufe der Jahre ans Herz gewachsen ist, habe ich ihm einen Vorschlag unterbreitet.«

Walburga wechselte einen Blick mit Doktor Mannheimer, der sich an die Schreibtischkante gelehnt hatte und angespannt mit den Kiefern mahlte.

»Zwei Dinge braucht dieses Haus«, erklärte Leo. »Einen Investor und ein neues Konzept.«

Einen Investor, aha. Niki überlegte. Leo war doch so was in der Richtung, auch wenn sie sich wenig Konkretes darunter vorstellen konnte. Aber was meinte er mit Konzept?

»Fasten und entgiften, das reicht nicht mehr«, übernahm Doktor Mannheimer. Er löste sich von der Schreibtischkante, ging zur Behandlungsliege und setzte sich darauf. »Jedenfalls nicht so wie bisher.«

»Deshalb wäre es angebracht, einiges zu verändern«, ergänzte Leo. »Was ist eure Meinung dazu?«

»Mehr Service, mehr Spaß«, sagte Walburga prompt. »Und Ärzte, die nicht zum Lachen in den Keller gehen.«

Nikis Magen flutschte wie ein Gummiball hin und her. Das Blut pochte in ihren Schläfen. Ein Gedanke formte sich in ihrem Kopf, undeutlich noch, aber er nahm immer mehr Gestalt an.

»Man bräuchte eine exzellente, wirklich einzigartige Küche«, meldete sie sich zu Wort.

Ihr Herz klopfte so laut, dass sie es kaum aushielt. In ihren Ohren rauschte es. Der Gedanke in ihr gewann immer mehr Kontur. Aber wie sollte das gehen? In zwei Wochen würde sie ihre Koffer packen und daheim ein neues Leben beginnen.

Sie bekam einen unsanften Ellenbogenstüber von Walburga. »Famose Idee. Hier geht es ums Hungern, nicht ums Schlemmen, Dummibärchen.«

»Abnehmen mit Genuss«, sagte Niki heiser. »Feinstes

Essen, kleine Portionen. Nicht diesen zerfaserten Fraß. Leicht, aber raffiniert. Gesund, aber unwiderstehlich.«

Doktor Mannheimer starrte sie entgeistert an. »Und wie soll das funktionieren?«

Ich will etwas tun, was mir Spaß macht. Ich muss herausfinden, was ich kann, was mich aufbaut. Das hatte sie Peggy noch heute Morgen gesagt. Und plötzlich wusste sie, was es war. Klar und deutlich stand alles vor ihr.

Niki räusperte sich. Das Rauschen in ihren Ohren wurde lauter. Sie setzte sich ganz aufrecht hin und holte tief Luft. »Ich würde gern die Leitung der Vitalis-Küche übernehmen.«

Jetzt war es heraus, und diejenige, die sich am meisten darüber wunderte, war Niki. Das furchtsame Wesen, das sie noch vor zwei Wochen gewesen war, schlich sich auf leisen Sohlen davon und machte endgültig einer neuen Niki Platz. Sie spürte, wie sie ein unbändiger Energiestrom durchflutete. Bunte Bilder tauchten vor ihrem inneren Auge auf, von liebevoll dekorierten Tellern, die vor erwartungsvollen Gästen standen, von Suppen, Eintöpfen und Salaten, deren Anblick Gaumenfreuden versprach, ohne dass man um seine mühselig abtrainierten Pfunde bangen musste.

»Haben Sie denn so etwas schon einmal gemacht?«, fragte Doktor Mannheimer skeptisch. »Wir müssen in guten Zeiten hundertfünfzig Gäste versorgen. Das erfordert eine professionelle Logistik. Außerdem wohnen Sie zu weit entfernt, um sich angemessen um alles zu kümmern.«

Nikis Herz hörte auf zu schlagen. Eine letzte Hürde

trennte sie noch von ihrem Traum. Es war eine hohe Hürde. Doch sie war nicht unüberwindlich.

»Das könnte ich ändern. Alles könnte sich ändern.«

Leo richtete sich mit einem Ruck auf. Er wurde rot vor Freude, die goldenen Pünktchen in seinen Augen strahlten. Die ganze Zeit über hatte er Niki mit einem Ausdruck größter Überraschung zugehört. Nun stand er auf, nahm eines der beiden Gläser vom Schreibtisch und kippte den Cognac in sich hinein.

»Unglaublich«, stöhnte er. »Das ist die Lösung!«

Doktor Mannheimer verschränkte die Arme. »Ich weiß nicht …«

»Aber ich«, sagte Leo. »Es ist nicht zu übersehen, dass Frau Michels über eine neue Existenz nachdenkt.«

»Du meinst wohl, das war nicht zu überhören«, korrigierte Niki ihn vorwurfsvoll. »Du hast mich also doch belauscht.«

»Zum Glück, wenn ich das sagen darf.« Er wandte sich an den Arzt. »Annika Michels besitzt nicht nur meine tiefsten Sympathien, ich traue ihr auch einiges zu. Wenn's nach mir geht, hat sie den Job.«

»Tja, und wie es aussieht, liegen die Entscheidungen ab jetzt bei Ihnen, Herr Holst«, knurrte Doktor Mannheimer. »Na schön. Probieren wir es mit ihr.«

In Nikis Innerem war alles in Aufruhr. Sie hätte tanzen und singen können, so befreit fühlte sie sich und so glücklich. Doch das Beste war: Sie hatte überhaupt keine Angst mehr. Weder vor Wolfgang, noch vor sich selbst.

»Danke, Leo«, krächzte sie mit belegter Stimme. »Danke, dass du mir das zutraust. Und auch Ihnen danke ich, Herr Mannheimer. Ich werde Sie nicht enttäuschen.«

»Dann bin ich euer Versuchskarnickel!«, witzelte Walburga, die sich nach ihrer ersten Verblüffung wieder gefangen hatte.

Grübelnd sah Leo sie an. »Mir ist natürlich völlig klar, dass du daheim Verpflichtungen hast, beruflicher wie privater Natur.« Er wandte sich an Doktor Mannheimer. »Aber vielleicht könnten wir Frau Maletzke für den Job der F&B-Managerin gewinnen. Food and Beverage, auch Essen und Trinken genannt. Einkauf, Organisation, Lagerung. Ich denke, sie und Frau Michels wären ein großartiges Team.«

Walburga blieb der Mund so weit offen stehen, dass man ihre Goldfüllungen sehen konnte. Auch Doktor Mannheimer öffnete sprachlos den Mund. Zwischen seinen Augenbrauen bildete sich eine tiefe Falte.

»Das ist doch …«

»Wie man hört, hat Frau Maletzke einige Erfahrungen mit der Leitung eines gewissen Etablissements gesammelt«, unterbrach Leo ihn. »Ich bin sicher, dass sie außerdem äußerst innovative Ideen hätte, wie man zur Unterhaltung der Gäste beitragen könnte.«

Walburga ließ sich in das Polster zurückfallen und fächelte sich mit einer Hand Luft zu. »Das meinst du nicht wirklich, Leo.«

»So wahr ich hier sitze und eine Romeo e Giulietta rauche. Niki ist engagiert, und du hast eine Woche Bedenkzeit. Überlegt es euch gut. Niemand zwingt euch. Aber es wäre mir und Herrn Doktor Mannheimer eine große Freude, wenn ihr das Vitalis zu neuem Glanz führen würdet.«

Nun ja, Freude war nicht ganz das richtige Wort, was Doktor Mannheimers Reaktion betraf. Forschend sah er Walburga an, und es war nicht zu sagen, was er wirklich dachte. Die Falte zwischen seinen Augenbrauen glättete sich jedoch zusehends.

Vor dem Abendessen versammelten sich alle im Kaminzimmer. Niki hatte das lachsrosa Kleid angezogen. Auf ihrem Dekolleté schimmerte die Kette mit dem Aquamarinanhänger, eine Leihgabe von Tamara. Walburga hatte für diesen Abend ein bodenlanges, tief ausgeschnittenes Samtkleid in Violett gewählt, was ihr die Aura einer russischen Großfürstin verlieh, wenn auch einer ziemlich durchgeknallten. Tamara und Alexis waren nachmittags gemeinsam shoppen gewesen und mit feuerroten Taftkleidern im Partnerlook zurückgekommen. Wäre nicht die eine rothaarig und die andere blond gewesen, man hätte sie für Zwillinge halten können.

Niki hatte eine Menge zu erledigen gehabt. Ein längeres Telefonat mit Peggy, dann ein noch längeres mit Wolfgang. Es war viel leichter gewesen, als sie befürchtet hatte. Wenn man weiß, was man will, gibt es keine Wenns und Abers mehr, dachte sie. Viel zu lange hatte sie viel zu viel Rücksicht genommen. Nun fühlte sie sich unendlich befreit. Ihr Leben war kein Hoffen und Bangen mehr und auch kein Fragezeichen. Nur noch ein einziges Ausrufezeichen.

Leo stocherte im Kaminholz herum, bis das Feuer lichterloh brannte. Dann setzte er sich in einen Sessel und nahm einen Schluck Kräutertee. Nur einer fehlte: Doktor Mannheimer. Er lasse sich entschuldigen, erklärte Leo, da er dringenden Geschäften nachgehen müsse.

»Stimmt das, Leo, du willst diesen Schuppen kaufen?«, fragte Tamara im Tonfall einer Staatsanwältin.

»Das Kapital erhöhen, was mich zum Mehrheitseigner macht«, verbesserte Leo. »Was nicht zuletzt den Vorteil hat, dass ich hier wohnen kann. Ich verbringe ja sowieso schon den größten Teil des Jahres im Vitalis.«

»Holla«, staunte Alexis. »Das nenne ich brisante Neuigkeiten.«

Niki betrachtete die Buchrücken in den Regalen, das knisternde Kaminfeuer. Sie fühlte sich längst zu Hause. Den ganzen Nachmittag hatte sie mit Walburga diskutiert, die Pros und die Kontras erwogen. Sie waren zu dem Schluss gekommen, dass sie keine Bedenkzeit brauchten. Es fühlte sich zu gut an, was Leo vorgeschlagen hatte. Im Moment jedenfalls. Möglicherweise auch länger. Vielleicht für immer.

»Tamara und Alexis, wir haben euch noch etwas mitzuteilen«, sagte Niki. »Ich werde demnächst die Leitung des Restaurants übernehmen, und Walburga managt die Küche.«

»Wie bitte?« Tamara knetete den rotglänzenden Stoff ihres Kleides. »Wie wollt ihr das machen? Was sagt dein Mann dazu? Und was ist mit Walburgas Puff?«

»Wolfgang kommt allein klar, den Puff übertrage ich

Johnny, der hat es drauf«, antwortete Walburga. Sie sah auf die Uhr und erhob sich. »Wartet nicht mit dem Essen auf mich. Ich habe noch was vor.«

»Was vor?«, echote Alexis.

Walburga stand auf. »Ein Date.«

Niki wusste plötzlich, mit wem Walburga eine Verabredung hatte. Deshalb also hatte sie heimlich im Badezimmer telefoniert, stundenlang geduscht und sich die Zehennägel dunkelrot lackiert. Und immer wieder Doc Mannheimer erwähnt. Sie begleitete ihre Freundin hinaus.

»Denk dran, nie Sex beim ersten Date«, flüsterte sie, als sie vor der Bibliothek standen.

»Der einzige Grund, warum man mit Sex länger als einen Tag warten sollte, wäre ein Junge, der noch eine Woche bis zu seinem achtzehnten Geburtstag hat«, grinste Walburga. »Wir sind erwachsen, Niki. Wir brauchen keine Gouvernanten mehr.«

»Oha, ich bin so aufgeregt!«, sagte Niki mit gedämpfter Stimme. »Aber du bist ja kein unbeschriebenes Blatt.«

Walburga ordnete ihr schwarzes Haar, das sie heute besonders wild geföntt hatte. »Jeder neue Mann ist wie eine Schiffstaufe – man geht immer wieder auf Jungfernfahrt.«

»Obacht vor den Eisbergen«, lächelte Niki.

»Die schmelzen gerade, glaube ich. Falls der Doc nicht die Schlüssel von den Handschellen wegschmeißt, bin ich zum Frühstück zurück. Aber dein Geschnarche wird mir fehlen, ehrlich.«

Niki drohte Walburga mit dem Zeigefinger. »Ein für allemal: Ich schnarche nicht!«

»Und wie du schnarchst! Ich habe dir übrigens den roten BH mit dem passenden Slip mitgebracht. Liegt in der Schublade vom Nachtschrank. Vielleicht kannst du das Zeug demnächst gebrauchen. Und du weißt ja, falls du mehr über die Pythonstellung wissen willst …«

»… frage ich jemanden, der sich damit auskennt«, gluckste Niki.

Sie umarmte ihre Freundin, dann ging sie in die Bibliothek zurück. Dort hatte sich unterdessen ein lebhaftes Gespräch entwickelt. Tamara stand vor dem Kamin und entwarf mit glühenden Worten die Vision eines Hotelshops, der keine Wünsche offenließ. Mit Klamotten in Übergrößen und erlesenem Schmuck.

»Erinnerst du dich an die Besitzerin des Secondhandladens?«, rief Alexis Niki zu. »Die macht bestimmt mit. Jeder, der auch nur hundert Gramm abnimmt, will sich doch sofort neu einkleiden.«

»Dazu ein hübscher Ring oder eine Kette – das wird eine Goldgrube!«, juchzte Tamara. »Und die Gäste werden es lieben!«

Leo nickte. »Genau solche Ideen brauchen wir. Aber jetzt entschuldigt bitte Niki und mich. Wir haben noch etwas unter vier Augen zu bereden. Wollen wir ein bisschen spazieren gehen, Niki?«

Niki spürte, wie ein Taumel sie erfasste. Dennoch folgte sie Leo, ohne lange nachzudenken. Nicht denken, nur fühlen. Und was sie fühlte, war ein warmer Strom aus Zuneigung und Vertrauen. Auch wenn Leo nicht so aussah, er war ein ganzer Kerl. Einer, mit dem man jeden Sturm aushalten konnte.

Sie traten auf die Terrasse. Der Himmel hatte sich rosa gefärbt, die Berge am anderen Ufer des Sees waren nur noch zarte, bläuliche Schatten. Da und dort gingen erste Lichter an. Es konnte keinen schöneren Ort auf der Welt geben. Langsam gingen sie hinunter zum See und setzten sich auf eine Bank. Ein paar kleine Wellen plätscherten an die Uferpromenade, sonst war alles still.

Leo nahm ihre Hand. »Du wirst die beste Köchin sein, die das Vitalis jemals gesehen hat. Doch du solltest wissen, dass du jederzeit aussteigen kannst. Ich will nicht, dass du dich in irgendeiner Weise gedrängt fühlst, verstehst du?« Er atmete schwer, seine Stimme klang heiser. »Vor allem nicht, was deine Gefühle angeht.«

»Hm.« Ihr Wurzeltschakka pulsierte, und auch in ihrem Herztschakka war so einiges los. Sie drehte ihm das Gesicht zu. Seine Lippen waren leicht geöffnet, verzückt betrachtete er ihren Mund.

»Du denkst doch wohl nicht darüber nach, mich zu küssen?«, fragte sie mit gespielter Entrüstung.

Entschuldigend hob er die Achseln. »Eigentlich schon.«

»Dann hör auf, darüber nachzudenken und fang an, es zu tun«, murmelte Niki.

Leo küsste immer noch grandios. Sogar noch viel besser als beim ersten Mal. Einfach kosmisch. Niki ließ sich fallen, ließ alles los, so wie sie es bei Mario gelernt hatte. Einmal Universum und zurück, dachte sie, während sie in Leos Armen schmolz, der beste Trip seit der Erfindung von Mann und Frau. Nur nicht das Atmen vergessen. Dann schloss sie hingebungsvoll die Augen.